作为听者的华兹华斯

（附《安家格拉斯米尔》全诗译文）

朱 玉 著

图书在版编目(CIP)数据

作为听者的华兹华斯 / 朱玉著. —北京：北京大学出版社,2018.4
（国家社科基金后期资助项目）
ISBN 978-7-301-29388-1

Ⅰ.①作… Ⅱ.①朱… Ⅲ.①华兹华斯（Wordsworth, William 1770—1850）—诗歌研究 Ⅳ.①I561.072

中国版本图书馆CIP数据核字(2018)第035964号

书　　　名	作为听者的华兹华斯 ZUOWEI TINGZHE DE HUAZIHUASI
著作责任者	朱　玉　著
责任编辑	李　颖
标准书号	ISBN 978-7-301-29388-1
出版发行	北京大学出版社
地　　　址	北京市海淀区成府路205号　100871
网　　　址	http://www.pup.cn　新浪微博:@北京大学出版社
电子信箱	evalee1770@sina.com
电　　　话	邮购部 62752015　发行部 62750672　编辑部 62754382
印　刷　者	北京鑫海金澳胶印有限公司
经　销　者	新华书店
	730毫米×1020毫米　16开本　14.25印张　彩插4　320千字 2018年4月第1版　2018年4月第1次印刷
定　　　价	59.00元

未经许可，不得以任何方式复制或抄袭本书之部分或全部内容。
版权所有，侵权必究
举报电话: 010-62752024　电子信箱: fd@pup.pku.edu.cn
图书如有印装质量问题，请与出版部联系，电话: 010-62756370

图1　华兹华斯出生地科克茅斯（Cockermouth）

图2　德温河从科克茅斯家宅的花园墙外流过。《序曲》开篇称之为"最清秀的河流／乐于在我的摇篮曲中／溶入喃喃私语"

图3 霍克斯海德语法学校(Hawkshead Grammar School),成立于1585年,是当地优秀的学校。华兹华斯于1779~1787年间在此就读

图4 安·泰森的房舍(Ann Tyson's Cottage),华兹华斯在霍克斯海德语法学校求学期间寄宿于此

图 5　鸽斋（Dove Cottage）。1799～1808 年间，华兹华斯与妹妹、妻子在此居住。《安家格拉斯米尔》（1800）指的就是在此安家

图 6　鸽斋内，华兹华斯喜爱的沙发，据说诗人就是坐在这里写下了《我孤独地漫步如一朵游云》（又名《水仙》）

图 7　鸽斋花园内的凉亭，诗人常在此写作

图 8　莱德尔山庄。诗人自 1813 年起居住此地，直至去世

图 9 莱德尔山庄,阁楼书房一角

图 10 莱德尔山庄里的雕像。长诗《漫游》中"一个好奇的孩子"倾听海贝的片段即源于此

图 11　莱德尔山庄，诗人用过的书架与沙发

图 12　莱德尔山庄花园

图13　格拉斯米尔教堂内的华兹华斯家族墓。右三为诗人与妻子的墓碑。右二为诗人最疼爱的女儿多拉(Dora)之墓

图14　华兹华斯与妻子的墓碑

图 15　莱德尔湖（Rydal Water）

图 16　雨中的温德米尔湖。"温德米尔少年"片段即以此为场景

国家社科基金后期资助项目
出版说明

后期资助项目是国家社科基金项目主要类别之一，旨在鼓励广大人文社会科学工作者潜心治学，扎实研究，多出优秀成果，进一步发挥国家社科基金在繁荣发展哲学社会科学中的示范引导作用。后期资助项目主要资助已基本完成且尚未出版的人文社会科学基础研究的优秀学术成果，以资助学术专著为主，也资助少量学术价值较高的资料汇编和学术含量较高的工具书。为扩大后期资助项目的学术影响，促进成果转化，全国哲学社会科学规划办公室按照"统一设计、统一标识、统一版式、形成系列"的总体要求，组织出版国家社科基金后期资助项目成果。

全国哲学社会科学规划办公室
2014 年 7 月

献 给

我 的 父 母

目　录

序言：四月的格拉斯米尔 …………………………………………… 1

第一章　作为听者的华兹华斯 …………………………………… 11
1. 作为听者的诗人 ………………………………………………… 11
2. "灵魂忘掉感觉的对象，/ 却记住感觉方式本身" …………… 15
3. "倾听的责任" …………………………………………………… 24

第二章　"和声的力量使目光平静"：华兹华斯与 18 世纪
　　　　"视觉的专制" ……………………………………………… 31
1. "视觉的专制" …………………………………………………… 32
2. "和声的力量使目光平静" ……………………………………… 41

第三章　"那沉静而永在的人性悲曲"：
　　　　英国浪漫主义传统中的同情思想 ……………………… 53
1. 自我与忘我 ……………………………………………………… 53
2. 倾听与共鸣 ……………………………………………………… 63

第四章　"远居内陆……却听到强大的水声"：
　　　　倾听能力的演化与诗人心灵的成长 …………………… 87
1. 《序曲》之序曲 ………………………………………………… 89
2. 一组童年游戏片段中的倾听活动 ……………………………… 94
3. 写诗即倾听 ……………………………………………………… 105

第五章　"我将海螺托向耳边"：责任始于倾听 ……………… 111
1. 倾听海贝：音乐与空间 ………………………………………… 118
2. 歌赋与苦难 ……………………………………………………… 124
3. 荒漠中的倾听 …………………………………………………… 131

第六章 "当他在无声中/倾听":"温德米尔少年"
　　　　片段中的倾听行为 …………………………………… 137
1. 片段的基本含义 ………………………………………………… 139
2. "无声的旋律更加美妙":无声中的倾听与浪漫主义想象 ………… 147
3. 喧声与无声 ……………………………………………………… 150

结语　倾听:一种敏感性的形成 ……………………………… 160

附　录 ………………………………………………………………… 172
　Ⅰ. 安家格拉斯米尔 ………………………………………………… 172
　Ⅱ. 致无声(英文) ………………………………………………… 205

引用书目 …………………………………………………………… 207
后　记 ……………………………………………………………… 217

序言:四月的格拉斯米尔*

2014年4月,我到爱尔兰参加了纪念诗人谢默斯·希尼(Seamus Heaney,1939～2013)的活动。会后,我借机探访了另一位故友——英国浪漫主义诗人威廉·华兹华斯(William Wordsworth,1770～1850)。华兹华斯与希尼是我最爱的两位诗人,他们都出生在四月。而对我来说,这个四月既是一次诗歌之旅,也是一场凭吊之行。

离开了希尼的爱尔兰,我只身前往华兹华斯的湖区(Lake District,位于英格兰西北部),尚未走出对希尼的缅怀。尽管湖区的美是意料之中的,但是,抵达湖区的瞬间,我依然被这充满欢乐的美所震动,华兹华斯的诗句也随即浮现——"surprised by joy"①:这里,几乎是天堂!此前我也曾犹豫是否要拜访湖区,因为人们常说,不一定要去实地寻找诗中的风景,或者,这种寻找是徒劳的、令人失望的。然而,当我抵达这里后,我并非想象,而是看到诗中的一切:

> ……很早以来,他就学会
> 敬畏那呈现秘密的书卷,
> 及其不灭的生命;但是,
> 唯在群山之中,他感受到他的信念。
> 在那里,万物呼应着文字,
> 呼吸着永生,循环着生命。
> 伟大永远在循环;无限:
> 那里没有渺小;最微小的事物
> 也宛若无限;在那里,他的精神塑造着
> 她的景象,他并非相信,——他看到。
>
> (《漫游》,第一卷,223～232行)②

---

* 本文曾发表在《作家》2014年10月号。
① 这是华兹华斯一首诗的题目。
② William Wordsworth, *The Excursion*, eds. Sally Bushell, James A. Butler and Michael C. Jaye (Ithaca: Cornell UP, 2007).除特别注明外,本书中所有译文均为笔者所译。

2 作为听者的华兹华斯

湖区的美是纯净、欢乐的。这里一片开阔,放眼望去尽是绿色,碧绿的湖水、翠绿的山坡,茵茵的草场——"绿啊,我多么爱你这绿色。/ 绿的风,绿的树枝。/ 船在海上,/ 马在山中。"(洛尔迦,《梦游人谣》,戴望舒译)山上没有马,只有胖嘟嘟的绵羊,安然地吃着永远也吃不完的草。山坡柔缓、安详,不似阿尔卑斯山那样陡峭、诡异。巨大的云影投在山脊上,像一张舒软的被,让我想起华兹华斯同时代画家弗朗西斯·汤恩(Francis Towne,1739~1816)为湖区画的一系列水彩画。是啊,在这里,你可以看到诗中、画中的一切。艺术家们并没有将其美化,因为这里本有的美,能画出三分都非易事。大自然也基本保持着几百年前的容貌,不似人类社会那样多变。我在夕阳照耀下的大山面前驻足,真的觉得他是活着的、温热的,而我就像他脚下的草地和羊群一样,都在他的视野和看护之中。我不止一次地想,是什么样的人和生灵才能在此降生?能出生在这里是多么幸运!他们的心灵一定也像这片土地一样柔软、和谐。我也渐渐明白,为何童年的华兹华斯在上学的路上要伸出手去抓紧树干、去感受它们真实的存在;为何作为诗人的华兹华斯要不断地写心灵与大自然的互动、让想象力与自然力一比高低;而且,生长在如此美妙的大自然中,诗人是经过了怎样的努力,才能最终证明"人类的心灵/能比其居住的大地美妙一千倍"①!

华兹华斯出生在湖区,除了在剑桥求学期间,以及短暂地寄居英国(伦敦)、法国和德国以外,他的一生基本上是在湖区度过的。然而,诗人幼年失怙,很早就寄宿在学校里。直到1799年底,诗人将近三十岁的时候,他才在湖区有了一个属于自己的、稳定的家——格拉斯米尔的鸽斋(1799年12月20日~1808年5月底)。② 在这座朴素的白色房屋里,诗人将迎来他创作上的黄金时期:1800年3月,诗人开始创作长诗《安家格拉斯米尔》③;9月,开始扩写《抒情歌谣集》序言;10月~12月创作《麦克尔》;从1804年初到1805年6月,将1799年两卷本《序曲》扩写为13卷本;1807年出版《两卷本诗集》,其中收录了《我心欢跃》《决心与自主》《颂歌:不朽性之启示》《我孤独地漫步如一朵游云》《孤独的割麦女》等经典诗篇。妹妹多萝西的《格拉斯米尔日记》也是在此记录的。

---

① 见《序曲》结尾,14.451~452。译文出自威廉·华兹华斯:《序曲,或一位诗人心灵的成长》,丁宏为译,北京:中国对外翻译出版公司,1999年。以下简称为《序曲》。
② 格拉斯米尔的鸽斋(Dove Cottage, Grasmere):房屋的名称是后人为方便而取的,之所以称为"鸽斋",是因为房屋以前是一个客栈,名为"鸽子与橄榄枝"(Dove & Olive)。华兹华斯当时并不这样呼它。
③ *Home at Grasmere*. 本书最后附有全诗译文。

诗人已经离开家乡太久了。无论在令想象力昏昏欲睡的剑桥,还是在地狱般混乱的伦敦,乃至血雨腥风的巴黎,诗人都常常凭借着早年从大自然中得到的启示来维持心灵的平衡。对于诗人来说,大自然代表着最基本的元素和恒久的价值,激发着人们最朴素、最单纯的情感。在德国写就的两卷本《序曲》开篇中,我们已经可以听到诗人返乡的足音。所以,当诗人1799年5月从德国返回英国后,他的返乡情结愈发强烈。诗人有意识地要回到故乡的大自然中去延续早年的生命,去恢复那赤子之心,并让生活与艺术有机地结合起来。在入住鸽斋后的第五天,这一天恰好是圣诞节,诗人已经开始到附近的湖上滑冰了。也许他已经很久没有享受过这样的自由了。他很快融入了周围的生活环境,并和妹妹一起动手建造他们的第一个家。哥哥负责修建花园,妹妹则做些缝纫。如今,房间里的陈设基本保持着原貌,楼下是餐厅、厨房、储藏室、妹妹的卧室,楼上是客厅、诗人的卧室、客人房和"报纸屋"——为御寒,妹妹在墙上糊上报纸。房间里保留着原先的家具陈设,还挂着一些华兹华斯家族的肖像。

推开房门,我仿佛回到家中。餐桌上,烛台里的蜡烛还在燃烧,瓶中的鲜花散发着幽香,木地板发出亲切的吱吱声。我走上楼,进入客厅,诗人正在他最喜爱的躺椅上沉思,见我归来,便吟诵道:

> 常常,当我卧在我的躺椅上,
> 或漫不经心,或心事重重,
> 它们闪现在我心灵的目光中,
> 这孤寂的馈赠,
> 我的心也充满欢乐,
> 同水仙花一起舞动。

(《我孤独地漫步如一朵游云》,13~18行)①

我赶忙拿出纸笔,记录下这些诗句。这首小诗后来成为诗人流传最广的作品之一,人们常常误称之为《水仙》,其实写的并不是水仙本身,而是独处的心灵在平静的回忆中涌起的强烈情感,是心灵与大自然的秘密交流,并且已经过时间与思想的过滤。这也是华兹华斯对一首好诗的定义。在鸽斋的所有房间里,这间客厅与诗人的创作有着最为紧密的联系,因为这里光线好,而且

---

① William Wordsworth, "I wandered lonely as a cloud," *Poems, in Two Volumes 1800—1807*, ed. Jared Curtis (Ithaca: Cornell UP, 1983), pp. 207—209.

看得见风景——窗外就是明澈的格拉斯米尔湖和缓缓的山谷,诗人常常在此读书、创作,他的妹妹和妻子玛丽则负责记录。客厅的墙上还挂着一幅油画,再现着当年诗人口述、妻子记录的情景。

记录完毕,诗人邀我到花园里散步。穿过楼梯中间的一扇门,我们来到了诗人亲手修建的花园。1799年底,诗人和妹妹刚搬进这里时,多萝西很喜欢这个新家,并且已经开始想象着在自家的小山坡上拥有一个凉亭。诗人也将房前的一片空地围了起来,为了种些花儿,以便使这里更像自己的家。他们在花园里种下水仙、玫瑰、报春花和兰铃花,还有一排排豌豆、萝卜、菠菜和西兰花。诗人在花园小径上踱来踱去,这是他开始酝酿一首诗的先兆。然后,我们来到高处的凉亭里小憩,诗人常常在此进行构思。凉亭非常朴素,是由很多树干拼接搭建起来的。我抚摸着这些斑驳的树皮,想触及渗入其中的诗意。过了一会儿,诗人回到楼上的卧室休息。和往常一样,他依然拉开窗帘睡觉,为了欣赏月亮洒在湖面上的清辉。我则留在楼下多萝西的房间里,写我的格拉斯米尔日记。

鸽斋的旁边就是华兹华斯博物馆,里面展出了诗人不同时期的手稿,泛黄的纸页上,墨迹已呈现棕色,令我想起那曾经"鲜活而温暖的手"(济慈)握笔运思时的情景。馆内还展出了诗人的部分衣物,包括笔墨、眼镜、书包、雨伞、参加桂冠诗人领奖仪式时所穿的衣服(这件借来的衣服后来又借给了丁尼生)。在一个橱窗里,我意外地发现了一篇希尼的文稿,上面还有他的修改手迹。这是他在2005年杰伍德中心(Jerwood Centre,即华兹华斯手稿图书馆)落成仪式上的致辞。我感到惊喜与温暖,觉得是希尼领我来到这里,我们并未分开。我也想到华兹华斯的诗句——在真理的宏大体系里,诗人们相互关联。希尼在致辞中说:"我永远也忘不了看到华兹华斯笔记本上《序曲》开篇的手稿时所感到的宗教般的悸动(religious thrill),以及看到诗人冰鞋的情景,那冰刀依然锋利,足以划过孤星的倒影。""宗教般的悸动"大约指某种极其强烈的、超越意识层面的共鸣与体认吧——不可以言说。在旁边的橱窗里,便是诗人的冰鞋。希尼还为此写过一首诗:

    星斗在窗间。
      石瓦作响。
        鸟还是枝条?
    抑或冰刀在平静的冰面上摩擦、疾驰?

    不是那空留冰刀的"冰鞋"

> 在橱窗中跌向尘埃
> 扣栓脱落,
>
> 而是它们在冰封的温德米尔湖上的飞旋
> 当他沿着大地的弧线跃出大地的掌心
> 并在大地上刻印留音。
>
> (《华兹华斯的冰鞋》)①

希尼从橱窗中残损的"冰鞋"联想到它们当初富有生命力的"飞旋",并通过一组声音遥遥呼应着华兹华斯当年滑冰时的喧声。最后两行生动地刻画出华兹华斯作为诗人的特质:他既能够"沿着大地的弧线"深入平凡的人间生活、努力探索人性的规律,同时也能够"跃出大地的掌心",以诗歌("刻印留音")表达着超越凡俗的思想。这首诗是对《序曲》第一卷"滑冰片段"的回应,也是一位当代诗人向前辈诗人的致敬。在《序曲》中,华兹华斯曾这样描述童年时的滑冰情景:

> 我常离开这沸反盈天的喧嚣,
> 来到偏僻的角落;或自娱独乐,
> 悄然旁足,不顾众人的兴致,
> 去纵步直穿一孤星映姿的湖面,
> 见它在面前遁去,遁逃时将寒光
> 洒在如镜的冰池。我也常常
> 和大家一起随风旋转,看岸边
> 所有模糊的景物都抛出高速的
> 弧线,在黑暗中不停地疾驶,这时
> 我会突然停止,站稳脚跟,
> 但那孤寂而陡峭的山崖继续
> 在我周围旋转——似乎自转的
> 地球将她每日的运动向人类

---

① Seamus Heaney, "Wordsworth's Skates", in *District and Circle* (New York: FSG, 2006), p. 24. 笔者关于这首诗的译文发表在《译诗》(武汉:长江文艺出版社)2013 年第 2 卷,第 174 页。关于这首诗的解读,可参考笔者论文《"如果第一行不能音乐般展开":希尼诗歌思想管窥》,《东吴学术》2013 年第 6 期,第 90~97 页。本文亦收录于《历史进程与文学嬗变:新世纪英语文学研究》,南京大学出版社,2014 年。

> 展示！绵联的峭壁在我身后
> 排出庄严的队列，延伸而去，
> 远处的愈加渺小，我注视着，直至
> 万物静止，如酣眠无梦无思。
>
> (1.447～463)

华兹华斯的超卓之处，或许就在于他能够在飞旋之中戛然而止、"站稳脚跟"，不随物转，而是静观万物之动。

在博物馆里，我还看到了 18 世纪英国诗歌中经常提到的风奏琴（the Aeolian Harp）。一个长方形的木制琴体上有 12 根琴弦，还有两个圆形的出音孔。当时的人们喜欢把它放到窗台上，当微风吹来，琴弦就会颤动，发出美妙变幻的音声。浪漫主义诗人往往用风奏琴来比喻人的心灵，她能够与外界、特别是大自然进行交流和互动，并敏感地做出回应。同时，这种律动和音乐也是浪漫主义的精神所在。柯尔律治、雪莱等诗人都曾写到风奏琴。

离开博物馆，我穿过华兹华斯曾经静观的风景，去寻访诗人后半生定居的莱德尔山庄（Rydal Mount，1813 年 5 月～1850 年 4 月）。我选择步行，凭着模糊的感觉行走，并且故意不走公路，而是走入路旁的树林。踩在柔软的泥土上，我体味着久违的、与大地的贴近，感到由衷的踏实与满足。一生当中，我们有多少时间可以这样亲近泥土呢？这是四月的早晨，树木映着柔和的阳光，舒展着婀娜的手臂，有的已经萌发新芽了。树的根部和周围的土地上铺满了青苔，远远望去，仿佛树木都穿着席地的绿罗裙。这里的树木品种不同，姿态各异，它们自由自在地生长，常常从头到脚都长满了枝叶。我觉得，这才是真正的树。偶尔有几棵倒下的树横在原地，根须曝露在外面，树冠却几乎扑入泥土中，如一位虔诚的朝圣者，五体投地。我沿着林中的一条小路往湖畔走去。这大概就是华兹华斯曾经滑冰的地方。湖水清澈见底。我伸出手，去触摸这湖水，拾起两枚卵石——

> 这是四月的早晨：清新、晴朗
> 小溪，为自己的力量而高兴，
> 以壮年的速度奔跑起来，而水声
> 虽来自严冬的供给与馈赠，
> 已柔化成一支青翠的春曲，
> 欢乐与渴望，希冀与梦想，
> 其精神正在万物之间

> 传递,有如众音的齐鸣。
> 正在萌芽的树林似急着催促
> 六月的脚步;仿佛它们参差的颜色
> 不过是障碍,站在它们和它们的
> 目标之间;然而,与此同时,空气中
> 弥漫着如此全心全意的满足,
> 以至于在这欢乐的日子里,
> 每一棵赤裸的橡树,以及迟缓
> 无叶的树木,看似生来就拥有
> 夏日的面容。——我沿着小溪
> 上游的方向漫步,心里充满迷茫,
> 既敏感于一切,也忘了一切。
>
> (《这是四月的早晨,清新、晴朗》,1~19 行)①

  我不知不觉就走上了山坡,"那青青的山坡柔软得像一朵云"②。站在山坡上眺望远处的湖泊,它仿佛一颗嵌在群山之间的蓝眼睛,沉默地与我对视。山坡上有很多用石头垒起来的围栏,羊儿在里面休息,哪一块是老麦克尔家的石头?山中只有羊和我。没有人能告诉我,我所在的山是否是莱德尔山——诗人经常散步的后山。我只能向前走,推开一道道木门。这里的山很有趣,人们在山间装了很多栅栏门,虽然有门闩,但可以随手打开,只要记得再关上就好了。我不知道这是为了什么,但是觉得这样大山就更像一个家了,而且是每个人都可以回归的家。我就这样穿过一道道家门,自由得像一个不归的孩子。这样走了很久,终于看到一个木质的路标,上面写着"Rydal",我也就快到家了。前方一道洁白、狭长的小瀑布飞奔而下,宛若山峦的喉舌,急促地诉说着什么,我停下来,录下了她的声音。华兹华斯在很多诗里都写到瀑布的声音,它象征着流泻的诗思和流畅的诗语,不可遏制。听到它,胸中就感到畅快,仿佛哑者突然获得了语言能力,仿佛它说出了那难以言表的。

  终于来到了莱德尔山庄。这是一座很大的宅邸,依然是白色的房子,白色的门,白色的窗棂,房前还有一张白色的长椅。屋外是更大的花园,里面有

---

① Wordsworth, "It was an April morning, fresh and clear",作于 1800 年。见 William Wordsworth, *Lyrical Ballads and Other Poems*, 1797—1800, eds. James Butler and Karen Green (Ithaca: Cornell UP, 1992), pp. 242—243. 以下简称《抒情歌谣集》。

② Wordsworth, "Soft As a Cloud Is Yon Blue Ridge",作于 1833~1834。

诗人亲手铺就的台阶。与鸽斋不同的是，这里不是纪念馆，它依然是家宅，诗人的后人还会经常回来小住。1813年5月12日，诗人携全家搬至此处，一方面为了缓解丧子之痛，另一方面也为了重续鸽斋时期融艺术与生活为一体的生存方式。此时，诗人有了一份固定的工作，即负责当地的印花税事务，这份薪金使他告别了长年紧张不安的拮据生活。对此，拜伦和勃朗宁曾经讥讽诗人的选择，然而，诗人靠自己的工作为家庭提供保障、承担责任，这本无可非议。生活上的稳定让他得以安心地投入写作。诚如华兹华斯的传记作者史蒂芬·吉尔所说，1813年～1815年同1799年～1800年一样，是诗人创作生涯的分水岭，[①]诗人进入了新的创作和修订时期。1843年，他成为英国的桂冠诗人。

在这幢宽敞明媚的房子里，一层设有客厅、餐厅和诗人的图书室，二楼是家人的卧室，阁楼被诗人改造成书房，现在则陈列着诗人生前出版的诗集和各种遗物，从窗口可以眺望到温德米尔湖。在布置得像沙龙一样的客厅里，有一件东西最令我难忘。那是桌上的一座大理石雕像：一个孩子，手握一枚海贝，将它放到耳边倾听。华兹华斯很喜欢这个雕像，称它为"好奇的孩子"(the curious child)，并把它写入诗中：

> 我曾见过
> 一个好奇的孩子，他住在内陆的
> 一个地方，却将一个边唇平滑的
> 大海螺放在他的耳旁。在寂静中，
> 他聚精会神地倾听着，用上全部的
> 心灵。很快，他的脸庞露出
> 欢快的表情，因为他从中听到
> 喃喃语声，那是这枚提示物
> 在表达着它与生身之海的神秘的亲缘。
> 对于信者的耳朵，如此海贝正是
> 宇宙本身，而且我并不怀疑，
> 有时候它能向你传递眼睛不见之物的
> 真实而可靠的音讯；传递大海的
> 潮涨潮落，和它恒久不息的力量；

---

① Stephen Gill, *Wordsworth: A Life* (Oxford: Oxford UP, 1989), p.297. 本序言中关于诗人生平的内容大多参考了此书。

传递它那永远激荡的巨心中永远存在于
中央的平静。①

　　这是长诗《漫游》第四卷中的片段(1132～1147行)。如果不曾见到这个雕像,我还以为真有那么一个孩子。通过想象,诗人为冰冷的石像赋予了内在的生命。我们也由此发现,诗人创作的源泉和想象的空间都是超越我们的测度的。最后一句"永远激荡的巨心"和"永远存在于中央的平静"也是诗人心灵的写照。1814年8月,《漫游》出版。

　　除了创作以外,诗人在此进行了大量的编辑和修订工作。1815年第一次出版诗歌选集,并撰写前言,阐明了自己的诗歌思想,包括创作理论、诗歌分类,以及对想象(imagination)和幻想(fancy)的区分。这些内容促使已经与华兹华斯产生分歧(约1812年起)的柯尔律治开始着手阐述自己的思想体系,并于1817年出版了《文学生涯》(Biographia Literaria),其中对华兹华斯的诗歌思想进行了评述,并提出初级想象、次级想象等说法。从1816年到1819年,诗人对《序曲》进行了持续的修改、扩充,直至1839年定稿,并在逝世后三个月出版,史称1850年14卷本。1840年和1841年,诗人与亲友重访了早年生活过、游览过的地区,包括达顿山谷(Duddon Valley)、丁登寺(Tintern Abbey)以及阿尔佛克斯顿(Alfoxdon)等地区,这些地方都曾在他的诗歌里出现过。这次"朝圣"(诗人妻子语)加强了诗人与过去的联系,也使他忆起了原先的创作过程。于是,1843年上半年,诗人回顾一生的诗作,并向伊莎贝拉·芬威克口述了其中约350首诗歌的创作背景,成为后来的《芬威克笔记》(The Fenwick Notes of William Wordsworth)。总的来说,莱德尔山庄时期是诗人回忆与回顾的时期。

　　格拉斯米尔是诗人一生活动的中心。生前,他曾以亲友的名字为这里的山谷、树林命名,执意要与这片土地结下更深的"血缘"。最后,他也永远地成为这里的一部分。在格拉斯米尔教堂的墓地里,我找到华兹华斯家族的墓。芳草依依,水仙簇簇,诗人的墓就在眼前,我的影子投在墓碑上……我想起希尼在《格兰摩尔十四行诗》组诗中曾将自己在格兰摩尔的新生活与华兹华斯在格拉斯米尔的生活相比较。无论是格兰摩尔还是格拉斯米尔,都不仅仅是一处地方,而是代表了一种质朴而充满创造力的生活,像四月那样和煦而富有生机:

---

① William Wordsworth, *The Excursion*, eds. Sally Bushell, James A, Butler and Michael C. Jaye (Ithaca: Cornell UP, 2007). 引文基本参考了丁宏为译文,见《理念与悲曲——华兹华斯后革命之变》,北京:北京大学出版社,2002年,第318页。笔者对局部进行了调整。

我们的路在蒸腾,翻开的土地呼吸。
现在 好日子就是穿过田野,
艺术即如犁铧下的新泥。

(《格兰摩尔十四行诗》,第一首)①

---

① Seamus Heaney, "Glanmore Sonnets", *Opened Ground: Selected Poems 1966-1996* (New York: Farrar, Straus and Giroux, 1998), p.156. 笔者关于这组诗的译文发表在《译诗》第3卷,武汉:长江文艺出版社,2014年,第101~106页。

第一章　作为听者的华兹华斯[*]

> 我放下笔,去聆听那风声,它歌唱着
> 连根拔起的树木以及海面上颠簸的船只——
> 一场子夜的和声,然而对于那些为俗务、
> 忧愁或欢乐所束缚的人们,或者惯于
> 适时入睡的人们来说,这声音
> 完全不存在。[①]

一位诗人,在写作的过程中搁下笔来,让自己的思路——包括对有序诗语的字斟句酌——让位于原始、无序的自然界语声,并且以"敏悟的耳朵"从这自然界的声音中感悟到汲于过去的"悲歌"或者有关未来的"预言",听到大多数人所不闻的声音。[②] 在许多诗作中,华兹华斯为我们展现了停下来、静静地去听这一独特姿态,其倾听的内容也不仅限于自然界的声音。在"诗人/歌者"传统的基础之上,华兹华斯让我们看到诗人的另一重身份,即作为听者的诗人。"听者"与"诗人"的重合不仅表现为倾听活动在成诗过程中的积极参与,而且更意味着倾听能力在诗人心灵成长过程中的重要性。

1. 作为听者的诗人

停下来,去聆听,或者,请悄悄走过。这是华兹华斯经常对路人/读者提出的请求,考验着我们的感受力和敏感度。诗人自己则总是"我听着,一动不动,屏息凝神"(I listened, motionless and still[③]),不仅身体暂停了运动,在心

---

[*] 本章部分内容发表在《学问》2017 年第 5 期。

[①] William Wordsworth, "I dropp'd my pen, and listen'd to the wind," *Shorter Poems*, 1807—1820, ed. Carl H. Ketcham (Ithaca: Cornell UP, 1989), p.53, 译自该十四行诗之 1～6 行。

[②] Wordsworth, "I dropp'd my pen, and listen'd to the wind," 第 9～12 行。

[③] 见华兹华斯《孤独的割麦女》(1820 年文本),第 29 行。William Wordsworth, "The Solitary Reaper", *Selected Poems*, ed. John O. Hayden (London, Penguin Books, 1994), p.212.

灵层面上，他也因受到巨大的震动以致感情活动暂时凝止，体现了超越一般程度的感动。并且，他听到的往往是久已远去的声音（"long after it was heard no more"①）。要听到它，需凭借回忆与想象，体现了诗人的创造力，以及诗人能够为"失在的（absent）事物所感动，仿佛它们是实在的（present）一样"②。尽管"失在"，诗人却听到声音充溢着整个空间（"overflowing with the sound"③）。"overflow"一词也让人想起他对诗歌的定义，即"一切好诗都是强烈情感的自发涌溢（all good poetry is the spontaneous overflow of powerful feelings）"，并且是"平静中忆起的情感"。④

华兹华斯的另一种倾听方式体现了诗人更为超卓的一面：他总是听到大多数人们所不闻的声音。他曾写到两次登高远目的情景。当他站在峰巅之上，下界的一切模糊难辨，唯有山脚下的水声发出巨大的轰鸣，震人心魄。诗人从山顶的圆月中看到"心灵的表征"，并指出一颗至高无上的心灵是"凝神倾听着的心灵"，为了"倾听底下的喧声升起，／形成一股连续的声流"（《序曲》"攀登斯诺顿峰"片段，14.65～72）。面对这样浩大的声响，诗人告诉我们，那些处在下方平原上的人们是听不到这声音的：

> 尽管［峰顶上的人］与世隔绝，
> 却并非极大的损失；而是
> 获得某种优势，更符合我们的需求
> 因此，我们应汲取新的力量
> 与不可见的精神世界交流，
> 听到那强大的水流
> 为提升我们的思想
> 发出清晰、深厚的语声，
> 而大多数在下方平原上
> 迷真逐妄或烦恼劳碌的
> 人们却听不到这声音。

（《漫游》，第 9 卷，83～93 行）⑤

---

① 《孤独的割麦女》，第 32 行。
② 见华兹华斯《抒情歌谣集》序言（1800 年版本），《抒情歌谣集》751 页。
③ 《孤独的割麦女》，第 8 行。
④ 华兹华斯，《抒情歌谣集》，第 744、756 页。
⑤ William Wordsworth, *The Excursion*, eds. Sally Bushell, James A. Butler and Michael C. Jaye (Ithaca: Cornell UP, 2007), p.278.

以上几种倾听活动中,路人、平原上的人都因为忙于营生反而成为真实生活的匆匆过客。他们听不到诗人听到的声音。

诗人是与实质亲密接触的人("a fellowship with essence",济慈语①)。下面一则轶事形象地体现了上述说法,同时也不乏象征意味。根据德昆西的记载,一次,当他和华兹华斯在路边等待邮差时,我们的诗人突然低下身来趴在了大地上,将耳朵贴紧地面,专注地探听是否邮车正从远方驶来。② 这种有些夸张的行为,如此贴近大地的实际聆听,既反映出诗人对听觉的信任——"聆听着声响弥散出超逸于形状／或形象的崇高情绪"③,也暗示着诗人企及本质的努力。在许多诗作中,华兹华斯以倾听行为实现了一种转化,从而透过表象而探测(sounding)到背后的实质:当他静观自然,却从中听到"沉静而永在的人性悲曲"④;当他置身于震耳欲聋的喧嚣,却从中提取出"托升灵魂的和声",⑤等等。同时,华兹华斯趴在大地上的倾听行为也让我们想到爱尔兰诗人希尼的一行诗句:"我过去常躺下来将耳朵贴近铁轨"(I used to lie with an ear to the line)。⑥ 儿时的希尼尝试以铁轨的震动来判断是否有火车驶过、发出"钢铁的曲调"。然而这里的"line"是一种双关,它兼具"诗行"的意思,仿佛暗示着在倾听行为与诗歌创作之间存有某种微妙的联系,因为二者都源于某种振动——声波的、词语的、乃至心灵的振动。

屹立于山巅的倾听与俯身在大地上的倾听分别体现了华兹华斯倾听能力的两个方面:前者超尘脱俗,遗世独立,体现了浪漫主义"不断攀登那不断攀升的高峰"(雪莱)之精神追求。后者则谦卑朴实(down-to-earth),呼应着诗人"以实质的事物为题材"(13.235)、"人心是我唯一的主题"(13.242)等诗歌思想,并借助倾听行为表达了对"悲伤的歌曲"(plaintive numbers)、"更加卑微的民谣"(a more humble lay)⑦等人生基调的共鸣,反映了英国浪漫主义传统中的同情思想——这一思想值得我们深入挖掘。以上两种倾听方式不仅不矛盾,而且相互依存。只有具备了一定的制高点,诗人才能俯瞰现实而

---

① John Keats, *Endymion*, I. 779, in *Complete Poems*, ed. Jack Stillinger (Cambridge, Mass.: Harvard UP, 1978), p. 83.

② John E. Jordan, *De Quincey to Wordsworth: A Biography of a Relationship* (Berkeley and Los Angeles: University of California Press, 1962), p. 211.

③ 《序曲》第 2 卷,305~306 行。

④ William Wordsworth, "Lines Written a Few Miles Above Tintern Abbey",第 92 行。中文通常译为《丁登寺》。

⑤ 《序曲》第 7 卷,第 771 行。

⑥ Seamus Heaney, "Glanmore Sonnets," in *Opened Ground: Selected Poems 1966—1996* (New York: Farrar, Straus and Giroux, 1998), p. 159.

⑦ 《孤独的割麦女》,第 18、21 行。

不迷失,并且学会"从画面中捕捉音调"①。同时,诗人愈是深入到实质的经验中去,才愈能够有所体悟和超越。他必须"沿着大地的弧线"才有望"跃出大地的掌心 / 并在大地上刻印留音"。②

倾听能力是一个演进的过程,体现着诗人心灵的成长。华兹华斯的十四卷长诗《序曲,或一位诗人心灵的成长》(1850 年文本)(*The Prelude, or Growth of a Poet's Mind*)讲述诗人的精神旅程。从某种意义上说,这一旅程以倾听活动开始并以倾听活动告终,其间也遍布着丰富的、不同层面的倾听活动,体现出倾听能力的演化与诗人心灵成长之间的平行关系。"在我们的生命中有一些瞬间(spots of time)",③根据《序曲》记载,几乎每一个经典的瞬间都包含倾听活动——从首卷的一组童年游戏片段直到尾卷的"攀登斯诺顿峰"片段——为记忆中的历史画面赋予精神维度,并无形地维系着心灵成长的连续性。从倾听自然到倾听人间,从倾听他人讲述的故事到倾听自我内心的声音,以及在无声中凝神倾听的行为,这些不同类型的倾听活动不仅体现着诗人心灵成长的不同阶段,也是促成诗人心灵成长的重要途径,对于充分理解全诗的主题思想非常重要。同时,诗人的倾听活动不仅记录着他个人的心灵历史,而且也清晰地传达着诗人对一个时代的回应,特别是联系到西方 18 世纪"视觉专制"(despotism of the eye)④的文化背景,相对于视觉所代表的探察(inquiring)精神,永远敞开的耳朵则体现了诗人珍视的"明智的被动性"(wise passiveness)。⑤ 这种"明智的被动性"与诗人对表象背后之本质精神的积极把握并不矛盾,而恰好反映了诗人倾听能力的主要特征,即一种接受并加以转化(再创造)的能力。在同样涉及心灵成长的《丁登寺》一诗中,华兹华斯将听到"人性悲曲"的能力称为一种"馈赠",即是这种特征的具体表现之一。在另一首涉及心灵成长主题的诗作《颂歌:不朽性之启示》中,诗人"远居内陆……却听到强大的海水奔涌不息"的倾听能力则反映了处于经

---

① 《序曲》第 13 卷,第 359 行。

② Seamus Heaney, "Wordsworth's Skates", in *District and Circle* (New York: Farrar, Straus and Giroux, 2006), p. 24.

③ 出自第 12 卷第 208 行,原文是 "There are in our existence spots of time"。"spots of time" 是《序曲》中的重要概念,简单地说,它们指的是生命过程中令人获得启迪与训诫的一些瞬间,其启示性多于经验性。

④ Samuel Taylor Coleridge, *Biographia Literaria, or Biographical Sketches of My Literary Life and Opinion*, eds. James Engell and W. Jackson Bate (Princeton: Princeton UP, 1983) Vol. 1, 107. 以下简称《文学生涯》。在《序曲》中,华兹华斯也提到"视觉的专制"(tyranny [of the eye]),第 12 卷第 135 行。

⑤ William Wordsworth, "Expostulation and Reply,"《抒情歌谣集》,第 107~108 页。

验世界中的诗人对某种精神故乡的探寻。①

2. "灵魂忘掉感觉的对象,/ 却记住感觉方式本身"

"灵魂忘掉感觉的对象,/ 却记住感觉方式本身。"②本书要探讨的就是华兹华斯如何去听、为何去听这些基本问题。尽管许多学者都公认华兹华斯有着"极具天赋的耳朵"(gifted ear),③但他们的研究大多局限于诗中有关声音的表述,而较少进一步关注到声音背后的倾听者及其倾听方式,并且,他们所说的声音主要是指自然界的声音。早在1884年,W·A·赫德(W. A. Heard)曾发表论文《华兹华斯的声音表述》("Wordsworth's Treatment of Sound")。赫德指出,华兹华斯"对自然界的声音有一种敏感性和一种富于想象的欣赏力",并认为这两种因素"构成了华兹华斯诗歌独有的特征"。④ 他认为,华兹华斯"对声音的联想"是其"心智的习惯"之一。⑤ 赫德提醒我们不要把华兹华斯诗中对自然界声音的表述与文艺复兴传统中的天体音乐所混淆,因为他认为华兹华斯更关注"个体生命的丰富形式"。⑥ 他从《序曲》以及诗人的其他作品中选取许多关于声音的例子,重点强调关于水声的描写,认为在华兹华斯的诗歌中,不息的水声象征生命的连续性。尽管他也谈到诗中关于人声的表述,如《孤独的割麦女》中的歌唱声,但他认为这些人声也是"自然界的一部分",并且是"非人格化的"。⑦ 他认为,自然界的声音对身心的影响之大足以教人学会聆听"那沉静而永在的人性悲曲"。⑧

在《华兹华斯研究》(A Study of Wordsworth,1944)中,A·C·史密斯(A. C. Smith)也专辟一章论述了华兹华斯的感受力。他认为,尽管一般来说,听觉次于视觉,但是在华兹华斯的诗歌中,听觉在某些方面甚至更为重

---

① William Wordsworth, "Ode: Intimations of Immortality," *Poems, in Two Volumes, and Other Poems, 1800-1807*, ed. Jared Curtis (Ithaca: Cornell UP, 1983), pp. 271–277. 中文通常译为《颂歌:不朽性之启示》。
② 《序曲》第2卷,第316~317行。黑体字为笔者所加。
③ William Wordsworth, "The Ruined Cottage" (MS. B, line 77), *The Ruined Cottage and The Pedlar*, ed. James Butler (Ithaca: Cornell UP, 1979), p.46.
④ W. A. Heard, "Wordsworth's Treatment of Sound," *Wordsworthiana: A Selection from Papers Read to the Wordsworth Society*, ed. William Angus Knight (London: Macmillan & Co., 1889) p.221.
⑤ Ibid., p.222.
⑥ Ibid., p.224.
⑦ Ibid., p.235.
⑧ Ibid., p.238.

要。如同赫德一样,史密斯也注意到华兹华斯对自然界声音的敏感性,尤其是风声和水声,认为它们能引起深入内心的精神作用。同时,他也指出华兹华斯在听觉方面的局限,认为华兹华斯"对旋律的感受力极小",并借用柯尔律治的观点,认为华兹华斯对音乐没有感觉,或者更精确地说,他对纯音乐缺乏感受力。① 他还指出,华兹华斯在音量和音色(volume and timbre)方面比在音高(pitch)方面更为敏感,至于他的节奏感,"尽管很好,却并非出众"。②

美国诗人兼学者约翰·霍兰德(John Hollander)曾就华兹华斯诗歌中的声音描写进行过专门的研究,其研究成果被认为是当时为止在该问题领域最详尽的研究。③ 在《声音的意象:浪漫主义诗歌中的音乐与声音》(*Images of Voice: Music and Sound in Romantic Poetry*)中,霍兰德把浪漫主义诗歌中的声音描写归纳为各种意象,如海贝、风奏琴(Aeolian harp)、回声等等,并同浪漫主义之前的诗歌传统进行了比较分析。首先,霍兰德指出,在英国诗歌史上,以诗咏乐的传统久已有之。在文艺复兴时期,关于音乐的诗歌多包含两大主题,一是歌颂音乐所象征的宇宙的秩序,另一则是说明音乐可以通过作用于人的情感从而调和人的品行。但是霍兰德认为,在浪漫主义时期,这一传统发生了微妙的变化。他认为,尽管16、17世纪英国诗歌已经对"音乐的声音(the sound of music)给予了丰富的想象和关注,但到了18世纪晚期和19世纪,取而代之的是"声音的音乐(the music of sound)"。④ 他进而解释到,不同于音乐艺术高度发达的德国,在浪漫主义时期的英国,天体音乐已让位给地上的声音,音乐厅里演奏的音乐也逐渐让位给户外的声音,"对于英国的浪漫诗人来说,尽管他们拥有歌颂音乐之意义与力量的诗歌传统,但他们现在认为,户外听到的声音才值得想象力的关注"⑤。户外的声音也就是大自然的声响。需要说明的是,音乐艺术在浪漫主义时期是非常兴盛的,甚至被认为是最能够体现人类精神活动的艺术(如黑格尔所言)。霍兰德在此强调"户外的声音",是出于不同的侧重角度。他主要是为了说明当时人们对大自然的关注与日俱增。我们也可以联想到贝多芬的《田园》交响曲,即以音乐艺术表达着对大自然的关注。在诗歌方面,霍兰德分析了浪漫主义诗歌中常

---

① A. C. Smith, *A Study of Wordsworth* (Edinburgh: Oliver and Boyd, 1944), pp. 7—8.
② Ibid., p. 8.
③ 这一评价来自著名的华兹华斯研究学者杰弗里·哈特曼(Geoffrey Hartman)。见 Geoffrey Hartman et al., eds., *Deconstruction and Criticism* (London: Continuum, 1979) 174页。
④ John Hollander, *Images of Voice: Music and Sound in Romantic Poetry* (Cambridge: Heffer, 1970), p. 5.
⑤ Ibid., p. 7.

见的几种有关声音的意象。在分析海贝意象时,霍兰德追溯了浪漫主义时期以前弥尔顿(John Milton)、德莱顿(John Dryden)、斯马特(Christopher Smart)、柯林斯(William Collins)等人诗中的海贝意象,指出在这些诗人笔下,海贝借指用龟壳配以琴弦而成的乐器(如竖琴),而华兹华斯、济慈、雪莱等浪漫主义诗人作品中,海贝得到了"彻底的转化",因为此时的海贝不再是配以琴弦、假以人工的乐器,而是其本身——大自然的产物。① 霍兰德认为,华兹华斯《序曲》第 5 卷"梦见阿拉伯人"片段中的海贝意象最能体现浪漫主义的特点:当诗人把海贝托向耳边,海贝传来巨大的声音,带来海洋深处的讯息;海贝既是生命的结晶,又是一种语声,象征完美与价值,螺旋体的结构使它成为一个小小的迷宫。不过,尽管霍兰德承认海贝在"浪漫主义神话"中的地位,但他也提出,海贝中的声音其实是听者耳鼓中血液流动声音的扩大。② 谈到风奏琴时,霍兰德认为它体现了器乐与自然声响的混合,并由此展开,讨论了浪漫主义诗歌中声音的混合现象,较常见的如掠过水面的声音、回声。③

在《华兹华斯与声音的音乐》("Wordsworth and the Music of Sound")一文中,霍兰德基本上重申了前面那本书的观点,更加集中地论述了华兹华斯对声音的表述。他强调,在 18 世纪晚期,自然界的声音在诗歌中占据主要地位,并认为华兹华斯一方面继承了诗歌史上有关声音表述的传统,也对其进行了变革。在这篇论文里,霍兰德结合当时声学与音乐发展的历史探讨了文学领域的种种声音意象。首先,他指出了声学上有关噪音和乐音的区分,认为乐音的形成遵循数的规律,体现了毕达哥拉斯的思想,并指出从古典时期到文艺复兴时期,这种区分带有一种道德含义,即乐音是有机的、有序的,与创造有关;而噪音则表示混沌:"无论尖锐的雷鸣还是依稀的海声,都体现复归自然状态的努力。"④因此,这种传统认为人类的音乐、语言属于乐音,自然界的声响属于噪音。文艺复兴时传统认为整个宇宙如同一枚规整有序的大贝壳,笼罩住一切乐音,并把噪音驱逐在外。但是到了 18 世纪,这些乐音(包括各种琴声、歌声)开始爬出这个贝壳,与自然界的声响交织成一片,风奏琴即是这个时期的产物。霍兰德沿着乐音与噪音的线索,分析了诗歌中的种种声音意象,如海贝、回声、风奏琴等等,认为它们都体现了乐音与噪音的混合。在谈论海贝时,他由海贝中空的特点联系到声音本身的空性和琴体中空的构

---

① John Hollander, *Images of Voice: Music and Sound in Romantic Poetry* (Cambridge: Heffer, 1970), pp. 16—17.
② Ibid., p. 17.
③ Ibid., pp. 24—28.
④ Ibid., pp. 47—48.

造,指出这种"空"可以"空中生有"(the generative hollows)。① 他还谈到诗歌中关于空谷、洞穴与声响的描写,认为中空的地带能产生神秘的音乐,因此,空的东西更具潜质("hollows of potentiality")。② 霍兰德从中空的海贝和洞穴还想到了人的头脑("skull-like cave")③和心灵,并列举华兹华斯在《丁登寺》里的诗句,"……当你的心房／成为一切美好形象的屋宇,／记忆化作／一切甜蜜的声音与和声的栖所"(140～143 行)。谈到回声时,霍兰德称其为"回应型"的声音,是人声与自然声音的混合,是多层次的声音,并举华兹华斯的《黄昏漫步》(An Evening Walk)和《素描小品》(Descriptive Sketches)为例。霍兰德也谈到风奏琴这个意象。风奏琴是 18 世纪盛行的家常玩具,一种长方形的木质琴腔上装有一组琴弦,轻风拂过时,琴弦就发出声响,琴声与风声融为一体。在浪漫主义时期,风奏琴常常象征有创造力、反应灵敏的心灵。柯尔律治就有一首诗题为《风奏琴》("The Eolian Harp")。诗中,他希冀着自然万物都是形态各异的风奏琴,当一阵精神的风吹来,琴弦能颤动出思想。④ 霍兰德认为,风奏琴已经成为"想象性语声"(imaginative utterance)的象征,并由此衍生出其他融合乐音与噪音、音乐与声音的意象,他给出具体的例子,包括《采坚果》("Nutting")、《埃斯威特谷》("The Vale of Esthwaite")、《莱尔斯通的白母鹿》(The White Doe of Rylstone)、《安家格拉斯米尔》(Home at Grasmere)、《达敦河十四行诗组诗》(River Duddon),以及《湖区指南》(Guide to the Lakes)等。

霍兰德对诗歌中有关音乐和声音的表述有着深入的研究。他曾有专著分析 1500－1700 年间英国诗歌中的音乐传统。⑤ 凭借对此传统的深谙,在分析浪漫主义诗歌中的相关问题时,霍兰德能够运用比较的视角,指出浪漫主义诗歌既继承了上述传统,又对它有所发展,并发现浪漫主义诗歌在声音表述方面的独特之处,即关注的焦点从人类的音乐转向了自然界的声音。在列举华兹华斯作品中常见的声音表述方面,霍兰德的分析比较贴切,所涉诗作也较为全面,为后人研究相关的问题提供了方便。不过,霍兰德的研究也存有一定的局限。首先,他把华兹华斯诗歌中的各种声音表述归纳为各种

---

① John Hollander, *Images of Voice: Music and Sound in Romantic Poetry* (Cambridge: Heffer, 1970), p.51.
② Ibid., p.52.
③ Ibid., p.52.
④ Samuel Taylor Coleridge, *The Major Works*, ed. H. J. Jackson (Oxford: Oxford UP, 1985), p.27.
⑤ John Hollander, *The Untuning of the Sky: Ideas of Music in English Poetry, 1500—1700* (Princeton: Princeton UP, 1961).

"意象",这样就湮没了声音与意象的区别,也就不能彰显声音本身在华诗中的特殊意义,特别是考虑到华诗中提到的"视觉的专制",声音以其"未受形状或形象所亵渎"的特点而具有更加丰富的寓意。其次,霍兰德的研究立足点是华兹华斯作品中的声音表述,声音背后的听者以及诗人超越常人的倾听行为并不在他的主要关注之内。然而,华兹华斯更加关注心灵与外界的互动,关注心灵的感觉方式,以及主体的参与和创造性。并且,浪漫主义对主体性的强调也要求我们不能仅仅停留在客体表面上。

在上述霍兰德的两种研究中,偶尔也提到听觉与视觉的关系。尽管霍兰德认为听觉通常比视觉次要,但是他也指出,在华兹华斯的诗歌中,也有视觉让位给听觉的时候。① 然而,对华兹华斯诗歌中的听觉与视觉活动论述得较为详尽、得当的还要属杰弗里·哈特曼(Geoffery Hartman)。哈特曼本人受到黑格尔思想的影响,他的许多评论观点背后都有黑格尔理论的支撑。黑格尔认为,音乐就是"无论在内心生活还是在表现方面都完全退回到主体性的情况",②浪漫主义的基本特征就是音乐性。他还指出,与绘画相比,音乐是更高级的艺术,因为音乐更体现精神,更接近崇高与宏大的理想,从而能避免片面。哈特曼在论述华兹华斯诗歌中听觉与视觉的关系时,也主要是强调了听觉活动的相对优越性及其所反映的心灵主体性。在其经典论著《华兹华斯的诗歌:1787~1814》(*Wordsworth's Poetry: 1787—1814*)中,哈特曼选取大量诗例,指出华兹华斯的许多诗作都涉及视觉活动向听觉活动转化的过程。他认为,视觉过于直接,而相对而言,听觉则保持一定距离,听觉取代视觉的过程也就是征服直接性与表面性从而企及事物精神深度的过程。与此同时,他也提醒读者,不要将两种感官活动机械地对立起来,因为华兹华斯并非片面地扬此抑彼,他只是为了以听觉活动来制衡视觉的专制性。③ 在近年来的一篇采访中,哈特曼重申着早年的观点,认为视觉向听觉转化的过程是逐渐"消解意象"的过程,体现了一种象征性思维。④

---

① John Hollander, *Images of Voice: Music and Sound in Romantic Poetry* (Cambridge: Heffer, 1970), p. 19. 以及该作者的论文"Wordsworth and the Music of Sound," in *New Perspectives on Coleridge and Wordsworth*, ed. Geoffrey Hartman (New York: Columbia UP, 1972), p. 45.
② 黑格尔:《美学》,朱光潜译,商务印书馆 1997 年版,第三卷上册,328 页。
③ Geoffrey Hartman, *Wordsworth's Poetry: 1787—1814* (New Haven: Yale UP, 1964), pp. 166—183.
④ Cathy Caruth, "An Interview with Geoffrey Hartman," *The Wordsworthian Enlightenment: Romantic Poetry and the Ecology of Reading*, eds. Helen Regueiro Elam and Frances Ferguson (Baltimore: The John Hopkins UP, 2005), p. 298.

七十年代,哈特曼成为耶鲁解构派的一员,并在有关论述中借用布鲁姆(Harold Bloom)有关"影响的焦虑"①理论,使他对视觉与听觉的关系又增加了一些新的认识。在此期间,他撰写了《词语、愿望、价值:华兹华斯》("Words, Wish, Worth: Wordsworth")一文,其中也涉及了华兹华斯诗歌中有关听觉与视觉的问题。哈特曼从华兹华斯作于1816年的一首诗《再领我向前一些》("A Little Onward Lend Thy Guiding Hand")出发,指出首行的句子(如题)直接引自弥尔顿的《力士参孙》(*Samson Agonistes*),是参孙在失明之后不得不被人引导时所说的话。哈特曼认为,在华兹华斯这首诗中,诗人也表达了对视力下降的焦虑和对失明的恐惧,但与此同时,诗中还反映了另一种焦虑,即"影响的焦虑",根据哈特曼的观点,也就是弥尔顿的诗歌成就为华兹华斯造成的心理压力。哈特曼接着讨论了前辈诗人给华兹华斯造成的影响,并且把华兹华斯的诗语本身当作一种声音,视其为华兹华斯对前辈诗人的回应。同时,哈特曼认为这首诗里也隐含着视觉与听觉的关系:眼疾预示了失明与黑暗,而随后出现的"听!群鸟欢快地/向黎明致意,为我照亮东方的天宇"(12—13行)则反映了听觉带来的补偿。他还进一步联系华兹华斯晚期的一首诗《声音的力量》("On the Power of Sound")中的诗句"一个声音使光产生"(A Voice to Light gave Being),分析了华兹华斯诗歌中的"词语—愿望"(word-wish)结构。哈特曼也表达了对时间性问题的关注。在分析《序曲》中"攀登斯诺顿峰"片段时,哈特曼从"声音中的力量"和"光亮中的力量"出发,认为云海下方的水声是"适时的表白",②它以时间性("timeliness")取代了由月亮所代表的恒久性("timelessness"),而这也隐含地象征着诗人企图用自己的诗歌语声超越前辈诗人不朽的语声的愿望。③

总体来说,哈特曼将批评的角度从声音本身推进到听觉活动已经为华兹华斯研究做出了一定的贡献。他有关听觉与视觉关系的思想、特别是其所依赖的黑格尔视角,对本文更有不小的启发。不过,和前面提到的学者一样,哈特曼也主要是对诗人在自然界中的倾听活动进行了分析,而没有顾及诗人在人间社会中的倾听行为以及诗中有关人类语声的内容,没有充分考虑到诗人所处的历史语境对倾听活动的影响。另外,尽管哈特曼看到了听觉与视觉之

---

① Harold Bloom, *The Anxiety of Influence: A Theory of Poetry* (Oxford: Oxford UP, 1973).
② 哈特曼借用了华兹华斯在《颂歌:不朽性之启示》中的诗句,原文是"a timely utterance"。见 William Wordsworth, "Ode: Intimations of Immortality," *Poems, in Two Volumes, and Other Poems, 1800—1807*, ed. Jared Curtis (Cornell: Cornell UP, 1983), pp. 271—277。
③ Geoffrey Hartman, "Words, Wish, Worth: Wordsworth," *Deconstruction and Criticism*, eds. Geoffrey Hartman et al (London: Continuum, 1979), pp. 143—276.

间存在的辩证关系,但是,对于听觉独立于视觉之外的其他意义,哈特曼并没有给予充分的关注。当他从听觉活动联想到"影响的焦虑"时,难免使倾听退回到声音(或语声),使倾听行为转变为表意行为,甚至表意危机,而后者实际上在第二代浪漫诗人中才更明显,尽管华兹华斯也曾感叹"人类语言的无力"。①

另一位学者玛丽·雅各布斯(Mary Jacobus)的论述也体现精神分析与解构主义思想的结合,在很多方面与哈特曼在《词语、愿望、价值:华兹华斯》中的观点相似。她还在此基础上从言说与书写(speech/voice vs. writing)的角度探讨了华兹华斯诗歌中的声音表述。首先,雅各布斯认为,华兹华斯在《序曲》中使用大量自然界的声音是为了抗衡前辈诗人(主要是弥尔顿)的语声,体现了华兹华斯承受的"影响的焦虑"。她认为,自然的声音不仅可以防止诗人自己的声音被前人的语声所淹没,也可以防止它被其他杂乱无章的噪音所吞噬,这样就既避免了诗性自我("poetic individuality")的丧失乃至被支解("dismemberment"),还可以使诗人自己的声音(诗歌)得以永恒。② 其次,雅各布斯从《序曲》第一卷中"呼出的声音使我振奋,/ 但是更能让我欣悦的是内心的 / 回声完善那朴直的吟咏"(1805年文本,64~65行)出发,展开关于言说与书写的议论。雅各布斯认为,这里的"内心的回声"指的是"书写",而"呼出的声音"则为直抒胸臆的吟咏,是"言说/语声"。她指出,传统的批评认为语声高于书写,因为语声能起到统一自我的作用,而后者只是前者的反映与再现。但是,雅各布斯认为,上述诗句表现了双重的效果:诗人"呼出的声音"有一个"内心的回声",但这个回声并非一般意义上的回声,因为它不是部分地重复原有的声音,而是能够将原来的声音完善,也就是说,书写比语声更重要。③ 雅各布斯甚至怀疑诗人"自己的声音"是否确实来自诗人本身。她列举了《序曲》中的各种声音,如山谷回声、海贝里传来的启示性声音、法国大革命期间诗人听到噩梦般的呼叫以及伴随着偷船等事件的声音,并且指出这些声音往往体现"双重的自我"(a doubling of self),甚至是一种"倍增"(multiplication)或"异化"(alienation)。④ 因此,她认为,声音不是带来统一,而是一种不稳定的多元体,我们听到的并不是诗人的声音,而是各种

---

① 《序曲》第 6 卷,593 行。
② Mary Jacobus, *Romanticism, Writing, and Sexual Difference: Essays on* The Prelude (Oxford: Clarendon Press, 1989), pp. 162—163.
③ Ibid., p. 168—169.
④ Ibid., p. 170.

自然的声音,诗人不过是一间"回音室",使这些声响通过他而发音。① 解构主义颠覆了传统的逻各斯中心主义(logocentrism)有关言说高于书写的等级关系,也怀疑存在所谓完整统一的意义或中心,取而代之的是差异与多样。但是,至于华兹华斯诗歌中的声音是否与"言说—书写"有关、是否表示无中心的变化多样则需慎重考虑。华兹华斯未必如今人一样把"言说"与"书写"视作泾渭分明的两种行为,他对二者孰尊孰卑也从未有机械的评断。所谓无中心的变化、多元,大概更体现现代思想界的怀疑情绪和解构倾向,而对于华兹华斯来说,"在一切事物中,/ 我看到同一的生命,……/ 他们唱着同一支歌曲"。② 在雅各布斯近期的新作《浪漫的事物:一棵树,一块石,一片云》(2012)中,她依然从解构主义的角度分析了华兹华斯诗歌中的一些声音,并论述了听觉活动与自我意识、道德不安、以及死亡的关系。③

2000 年以来,学术界对浪漫主义诗歌中的听觉与声音的兴趣似乎有增强的趋势。2006 年,美国语文学会(Modern Language Association)召开年会,其中一个议题就是浪漫主义诗歌中的声音("Romanticism: Poetry and Poetics of Sound")。这一组的主要论文经过修改,以专刊的形式发表在较有影响的浪漫主义研究电子刊物《浪漫主义圈》(*Romantic Circles*,2008 年 4 月)上,总题目为"'Soundings of Things Done': The Poetry and Poetics of Sound in the Romantic Ear and Era",④ 包括四篇论文,其中苏珊·沃夫森(Susan Wolfson)主要论述了浪漫主义诗歌中的声音表述以及"声音"一词本身在浪漫主义诗歌中的意义。詹姆斯·常德勒(James Chandler)从华兹华斯晚期诗作《声音的力量》("The Power of Sound")入手,分析了声音与意义的关系,并将该诗与诗人早期作品进行比较,认为早期诗作中的声音表述比较任意,而晚期的这首诗则通过声音表述反映了更为宏大的基督教思想框架。盖瑞特·斯蒂沃特(Garret Stewart)分析了浪漫抒情诗中语音音素的潜在意义及其对维多利亚时期的影响。亚当·波特基(Adam Potkay)则从华兹华斯《孤独的割麦女》与《音乐的力量》("The Power of Music")出发,论证了音乐的摄

---

① Mary Jacobus, *Romanticism, Writing, and Sexual Difference: Essays on* The Prelude (Oxford: Clarendon Press, 1989), p.170.
② 《序曲》1805 年文本,第 2 卷,429~431 行。
③ Mary Jacobus, *Romantic Things: A Tree, a Rock, a Cloud* (Chicago and London: The University of Chicago Press, 2012).
④ '*Soundings of Things Done*': *The Poetry and Poetics of Sound in the Romantic Ear and Era*, ed. Susan J. Wolfson, *Romantic Circles* (April 2008). 9 Jun. 2008. <http://www.rc.umd.edu/praxis/soundings/chandler/chandler.html.>

受力与音乐所赋予的自由,并认为华兹华斯诗歌中写到的音乐的力量反映了诗人对一个商品化社会的抵抗。① 以上四篇论文体现了当代学者对浪漫主义诗歌中声音表述的关注。其中亚当·波特基在后来出版的《华兹华斯的伦理学》(2012)一书中还从音乐与伦理的关系角度探讨了华兹华斯倾听"人性悲曲"的意义,认为音乐最易于唤起人们的道德情感,伦理意识始于倾听行为。②

此外,在一些浪漫主义或华兹华斯研究的主要期刊上,也散见一些具有不同程度相关性的论文。其中,布赖恩·莫里斯(Brian Morris)在《华兹华斯先生的耳朵》("Mr. Wordsworth's Ear")中分析了华兹华斯三首短诗对自然界声音、人的语声、以及两者之间的转移的表述,指出了诗人对自然界声音的敏感,还谈到现代音乐家为华兹华斯诗歌配乐的情况。③ 布赖恩·巴特里特(Brian Bartlett)分析了《序曲》和《漫游》(*The Excursion*)中关于音乐的比喻。④ 斯图尔特·艾伦(Stuart Allen)反驳了新历史主义学者玛格丽·列文森(Marjorie Levinson)关于视觉在华兹华斯作品中起主导作用的观点,认为过分强调视觉将导致对华兹华斯诗歌的误解,而意识到听觉的重要性将为我们揭示出一个"向他者敞开"的诗人。⑤ 他主要论述了华兹华斯诗歌中的听觉活动与审美自治之间的关系以及主客体关系的问题。J·马克·史密斯(J. Mark Smith)分析了《序曲》(1799年文本)中"无法忆起的声音"和"介入的声音"(intervenient sound),论述了情感与意志的关系以及声音所反映的表意危机,认为诗歌创作是一种意志活动。他还将"介入的声音"等同于自然界的声音。⑥ 笔者认为,将诗歌创作视为意志活动本是柯尔律治乐于持有的观点,对于华兹华斯来说,诗歌创作更多的是源于自发的情感。⑦ 同时,将"介入的声音"等同于自然的声音仅仅在 1799 年《序曲》中成立,在后来的 1805/

---

① 这四篇论文分别是:Susan Wolfson, "Sounding Romantic: The Sound of Sound." James Chandler, "The 'Power of Sound' and the Great Scheme of Things: Wordsworth Listens to Wordsworth." Garrett Stewart, "Phonemanography: Romantic to Victorian." Adam Potkay, "Captivation and Liberty in Wordsworth's Poems on Music."
② Adam Potkay, *Wordsworth's Ethics* (Baltimore: The John Hopkins UP, 2012).
③ Brian Morris, "Mr. Wordsworth's Ear," *The Wordsworth Circle* 1(1979): 113—121.
④ Brian Bartlett, "'Inscrutable Workmanship': Music and Metaphors of Music in *The Prelude* and *The Excursion*," *The Wordsworth Circle* 3(1986): 175—180.
⑤ Stuart Allen, "Wordsworth's Ear and the Politics of Aesthetic Autonomy," *Romanticism* 9 (2003): 37—54. JSTOR.
⑥ J. Mark Smith, "'Unrememberable' Sound in Wordsworth's 1799 *Prelude*." *Studies in Romanticism* 42 (2003): 501—518.
⑦ 可参考柯尔律治《文学生涯》第 7 章和第 14 章,以及华兹华斯《抒情歌谣集》序言。

1850年《序曲》文本中则不尽然。而且,从笔者的立场来看,《序曲》1799年文本中有关声音的表述不如后来《序曲》1805/1850年文本丰富,若谈论华兹华斯与声音,是不宜避开后来的文本的。

通过以上对一个多世纪以来英美华兹华斯研究领域相关成果的概述,我们发现,绝大多数研究还是以华兹华斯诗歌中的声音表述为主,涉及诗人倾听行为本身的研究则非常有限;即使有,也仅停留在对听觉与视觉之间关系的论辩上。在国内华兹华斯研究方面,尽管华兹华斯久已为中国读者所知,有关华兹华斯的译介、论著也形成一定规模,但具体以诗人倾听能力为论题的研究几近于无。值得一提的是华兹华斯《序曲》的中译者丁宏为先生所著的《理念与悲曲——华兹华斯后革命之变》(2002)一书。该书在对西方近二三十年来华兹华斯研究主要流派的梳理与评述的基础上,较为全面、深入地论述了华兹华斯的主要诗歌作品。尽管该书并非直接讨论诗人的听觉能力,但书中有关理念与悲曲分别体现两种话语、两种思维方式的思想对笔者很有启发。该书作者认为,后革命(指法国大革命)时期的华兹华斯告别以英国无政府主义思想家威廉·葛德文(William Godwin,1756—1836)为代表的唯理性主义思想、转向"悲曲"的过程体现了诗人认知方式的转变,是"告别较单一的社会政治的、历史式的、纯理念的话语方式而转向文学思维,转向体现诗意灵视的表意'话语'的过程",这一转变过程或者说学会倾听悲曲的过程体现了诗人心灵的成长。① 这种倾听悲曲的能力超越了一般意义上的感官活动,而是象征一种更高级的思维方式。

3. "倾听的责任"

> 此刻我除了倾听什么都不做……
> 我听见所有的声音奔向一处,交织,
> 相融或相随,
> 城里的声音和城外的声音,白昼的
> 和夜晚的声音……
>
> ——惠特曼《自我之歌》②

法国学者、美学教授彼得·赞迪在《听:我们耳朵的历史》一书开篇即提

---

① 丁宏为:《理念与悲曲——华兹华斯后革命之变》,北京:北京大学出版社,2002年,第10页。

② Walt Whitman, *Leaves of Grass* (New York: Penguin Books, 2005), p.595.

出"倾听的责任"(responsibility of listening)这一论题,旨在探讨倾听在社会文化活动中承担的责任,并提倡一种"批判式的倾听"(critical listening),即对倾听行为本身进行思考。① 笔者认为,早在浪漫主义时期,有识之士就已经认识到这一责任。柯尔律治曾针砭时弊地指出,"视觉的专制"充斥了他那个年代的各个领域。华兹华斯在长诗《序曲》中也曾将视觉比作"最霸道的感官"(12.128)。在人类的历史上,尽管视觉在认知活动中一直占据主导地位,但到了 18 世纪,视觉中心倾向似达到了前所未有的高峰,以至于 18 世纪往往也被称为"视觉的世纪"。从"拆散彩虹"(济慈语)的光棱到涂满黑色的"克劳德镜子"(Claude mirror),从全景画的盛行到追求图画风格的描绘性诗歌(picturesque poetry),乃至"视觉风琴"的发明,一只巨大的眼睛如独眼巨人一般,监视着文化活动的每一个角落。在这种特殊的文化背景下,浪漫主义时期一些有先见的作家、思想家开始反思这一现象,并开始关注其他感知对象,尤其是声音,去感受那"没有被图像或形状所亵渎的"更加崇高的(sublime)力量(《序曲》2.305~306)。这种力量能够帮助心灵超越表象,去企及不可见的精神世界。比如伯克、黑格尔都在哲学层面上探讨过声音或音乐与精神的关系。在一定程度上,倾听行为发挥着制衡视觉专制的作用,如华兹华斯在《丁登寺》中所言,"和声的力量使目光平静"。

到了维多利亚时期,随着工业的发展和科技的进步,人们对听觉的兴趣和研究更加深入,关于声音的实验和论文层出不穷,听诊器、麦克风、电话机、录音技术等一系列与声音有关的发明也应运而生,一种"细听"(close listening)正在兴起。② 这一时期甚至被称为"听诊的时代"(an auscultative age)。③ 听诊器的发明使医生们可以倾听人类心脏内部"沉默的呼啸",从而进行诊断;对于作家和艺术家们来说,他们则希望通过"谛听这个世界"来寻找疗救世界的途径——"如果说 19 世纪的医生首先使用先进的听诊方法来医治他们的病人,那么,维多利亚时期的作家和艺术家们也就成了最先通过专注倾听来诊断他们的文化的人。"④ 作为最典型的代表,乔治·爱略特根据诊断开出"同情的共振"(vibrations of sympathy)或者"同情性共鸣"(sympathetic resonance)⑤这一药方,即通过关注声音、音乐、人声而产生的共

---

① Peter Szendy, *Listen: A History of Our Ears*. Trans. Charlotte Mandell (New York: Fordham University Press, 2007), p. 10,93.
② John M. Picker, *Victorian Soundscapes* (Oxford: Oxford University Press, 2003), p. 6.
③ Ibid., p. 7.
④ Ibid., p. 6.
⑤ Ibid., pp. 88-89.

鸣与同情。在艾略特的小说中,一个常见的主题是,真正具有同情心的人往往也具有敏锐的听觉,"听到青草生长的声音和麻雀的心跳"①是她关于同情能力的生动隐喻。爱略特认为,"耳朵是最深具接受力的感官,而声波则最能够穿透那个囿于自我的个体,并与之联结起来。"②她指出,"关于我们同类的唯一真正的知识能够让我们与其感同身受,能够给予我们敏锐的听觉,以便在境遇和观念的外衣下依然能够听到他们心脏的脉搏。"③由此可见,爱略特对倾听的关注一方面继承了以华兹华斯为代表的浪漫主义传统,另一方面则体现了维多利亚时期有关声音和听觉的科学发现。她有关同情的思想则可以追溯至亚当·斯密在《道德情操论》开篇即谈到的同情主题,体现了英国18世纪以来的同情传统。

麦克风扩大了声响,使人能"检测到天花板上苍蝇踱步的节奏",电话线传递并连接着遥远的声音,留声机使年近八旬的桂冠诗人丁尼生声嘶力竭地录下自己的朗诵,为了听到自己的声音,也为了自己的声音能够长久地被后人听到。④留住声音成为一种可能。在这许许多多的倾听活动之外,我们也不能忽视维多利亚时期的人们也有"不想听"的时候。且看一看大文豪托马斯·卡莱尔与噪音的抗争。关于伦敦的喧嚣,华兹华斯在《序曲》第7卷有过生动的描述。对于卡莱尔来说,这市井喧嚣让他忍无可忍,以至于他自称为"不受保护的男人",终日为鸡犬不宁的环境所困扰,大喊着"给我盖一个没有声音的屋子!"⑤他曾斥巨资在房屋顶层修建了一间隔音的书房,但建好后的效果却适得其反。如今,如何治理噪音已成为大众关注的环境问题。但加拿大作曲家R·默里·谢弗对于噪音的态度值得我们反省和借鉴。谢弗不仅是一位音乐教育工作者,同时也非常关注声音的生态问题。他首创"soundscape"一词。笔者按照"landscape"(风景)的构词模式,姑且将该词译为"音景",指的是由声音组成的环境,但也暗示了声音可以成为被人欣赏的景色。谢弗曾在上世纪60年代末至70年代期间发起"世界音景项目"(The World Soundscape Project),旨在以积极的方式来对治现代社会中的噪音问

---

① John M. Picker, *Victorian Soundscapes* (Oxford: Oxford University Press, 2003), p. 8.
② Ibid., p. 88.
③ 转引自 John M. Picker, *Victorian Soundscapes* (Oxford: Oxford University Press, 2003), p. 88。爱略特的原文出自其作品《教区生活场景》(*Scenes of Clerical Life*)中的《詹妮特的忏悔》("Janet's Repentance")。
④ John M. Picker, *Victorian Soundscapes* (Oxford: Oxford University Press, 2003), pp. 1—4.
⑤ 转引自 John M. Picker, *Victorian Soundscapes* (Oxford: Oxford University Press, 2003), p. 43.

题。他认为,"噪音污染缘于人们不善于谛听。噪音是我们已经学会忽略的声音。今天,我们通过减少噪音来抵抗噪音污染。这是一种消极的方式。我们必须找到一个方法,使环境声音学成为一项积极的研究。"①谢弗倡导以一种积极的方式来对待噪音,这种积极的态度需要一种智慧的倾听能力,他称之为"clairaudience"。这个词的本义是指听到一般人听不到的声音的能力。他解释道,这里没有任何神秘的意思,而是指一种"清晰的倾听"(clear hearing),一种"超凡的倾听能力"(exceptional hearing ability),主要是针对环境声音而言。② 在《序曲》第七卷,华兹华斯从伦敦地狱般的喧声中听取"托升灵魂的和声"的能力恰可作为这种倾听的实例。这是一种高级的倾听能力。心灵在恶劣的环境中得到历练和提升,人变得更加独立、不受制于外界的影响。

从19世纪后期到20世纪以来,越来越多的哲学家开始关注倾听这种认知方式。在现当代的消费文化社会中,随着"听觉能力的退化"(阿多诺),保护我们的听觉变得迫在眉睫。在《倾听:后形而上学时代的感知范式》(2013)一书中,作者耿幼壮先生指出,西方形而上学传统的基础就是视觉中心主义(ocularcentrism),它是逻各斯中心论(logocentrism)的主要支撑,并认为"另一种可能补充乃至取代整个形而上学历史上,特别是现代建立在科学世界观之上的视觉感知范式,那就是属于后形而上学时代的倾听":

> 事实上,在西方思想史上,倾听并非完全没有地位,有一些重要思想家甚至将听觉置于很高的位置并给予了充分的探讨,例如亚里士多德和黑格尔,但就整个思想传统而言,听觉及其相关的活动及其意义明显受到了忽视。那么,为什么在现代西方人文学中,听、倾听或聆听得到越来越多的重视和强调呢?简单说,这显然与试图打破基于言说(逻各斯中心主义)与凝视(视觉中心主义)之上的形而上学传统或逻各斯中心论有着内在的关联。③

作者接着指出,这种从视觉到听觉的转化并非突然发生的事情,早在浪漫主义时期,一些哲学家和诗人已经表达了对倾听的重视:

---

① R. Murray Schaffer, *Soundscapes: Our Sonic Environment and the Tuning of the World* (Inner Traditions Bear and Company, 1999), p. 4.
② Ibid., p. 272.
③ 耿幼壮:《倾听:后形而上学时代的感知范式》,北京:北京大学出版社,2013年,第4页。

在历史上,至少德国古典美学和紧随其后的浪漫主义思想曾经给予倾听和相关活动相当的重视。无论是康德关于崇高和艺术分类的看法,还是黑格尔关于声音与语言文字的意见,或施莱格尔兄弟关于文学应具有含糊、朦胧、多义的音乐特性的理论,还有诺瓦利斯的诗歌《夜颂》,所传达出的都是一致的倾向,即对声音、听觉和倾听的重视。①

作者指出,倾听体现着现当代西方文化传统中感知范式的转变和必然,并列举了现当代西方思想家的相关思想。作者分别梳理了尼采和海德格尔"倾听存在的呼声"所体现的诗化哲学,勒维纳斯与德里达"倾听他者的言说"的解构主义之伦理学转向,马里翁和克里田"倾听上帝的召唤"所代表的现象学的神学转向,布朗肖和阿冈本倾听"文学中的沉默",以及阿多诺等人"倾听杂乱的乐音"的音乐政治学思想,阐发了"倾听这一概念在当代西方人文诸学科中的普遍运用和相互作用",证明了倾听这一感知方式在当代社会尤其有效,且更为必要。下面将简要摘取代表性思想为例。

作者从尼采谈起。他认为尼采是首先将坚不可摧的视觉中心传统撕开一条裂缝的人。对于尼采来说,"现代人最为缺失的可能就是倾听的能力"。② 他的很多论著中都涉及耳朵的寓言,比如他常提到"最好的耳朵"、"更为敏锐的耳朵"以及"第三只耳朵"等。在其最有代表性的著作《悲剧的诞生:出自音乐精神的戏剧》中,尼采谈到"审美的倾听者",他能够借助音乐所体现的悲剧精神去制衡抽象的唯理性主义思想,去感知表象世界背后最原始、最本质的精神。这种音乐代表了一种诗性的语言,甚至存在方式。尼采认为现代人丧失的正是"对诗的语言的倾听和把握能力",并将音乐视为"德国文化乃至整个西方文化复兴的途径"。③

另值一提的是阿多诺在 1938 年发表的《论音乐的拜物性和听觉能力的退化》(1938)一文。文中指出,在现代消费社会中,音乐沦为商品,聆听只为消遣。音乐越是物化,对于异化的耳朵来说就越是浪漫。与音乐拜物教相应的是听觉的退化。当代的听,是一种"精神涣散"的听,人们不再需要也不再能够全神贯注地倾听。这就是阿多诺所说的"听觉退化"(regression of hearing)。这种听觉的退化也从一个侧面反映了当代社会整体上心灵涣散的状态。

法国当代思想家、德国浪漫主义文学研究专家让-吕克·南希(Jean-Luc

---

① 耿幼壮:《倾听:后形而上学时代的感知范式》,北京:北京大学出版社,2013 年,第 4 页。
② 同上书,第 8 页。
③ 同上书,第 10 页。

Nancy)。曾专门著有《倾听》(2002)一书,从哲学层面探讨了倾听行为。南希指出,在法语中,"entendre"既表示"听",也包含"理解";"sens"既表示感官,也表示"意义"。因此,在倾听和理解之间,在感觉和意义之间,存在着紧密的联系。不无夸张地说,听到的即理解的,感觉本身即等于意义。南希认为,从康德到海德格尔,哲学的主要关注都围绕着"存在的表象或显现"(the appearance or manifestation of being),围绕着"现象学"(phenomenology),即"关于现象的终极真理"。但他看到现象本身的无常性,指出"这一明显有别于其他已有现象的现象终究也会逝去"。因此,他质疑道,"难道真理'本身'……只应该被看到,而不该被倾听吗?"①南希将真理当做倾听的对象,也就将倾听的责任提升到了新的高度。南希曾撰写一篇戏剧,《沙漠中的众声喧哗》,蒙田、卢梭、瓦雷里、黑格尔、索绪尔、德里达、罗兰·巴特尔、朱莉亚·克里斯蒂娃以及德勒兹等人都成了剧中的角色,甚至一头牛、一只狗也不例外。他(它)们各自发出声音,表达着有关语声(voice)、言说(speech)以及诗歌的思考。② 这不禁使人想到《序曲》中的沙漠居士,或许他也可以跑到剧中去扮演一个角色,将大海螺放到纷争喧闹者的耳边,让海螺中"浩繁的语声"平息这一切。

  本章总结了国内外华兹华斯研究的相关成果,说明了本书主要聚焦华兹华斯诗歌中频繁出现且不同类型的倾听活动,探讨诗人特殊的倾听能力带给我们的启示。第二章介绍了西方 18 世纪"视觉的专制"这一文化背景,梳理了视觉中心思想在哲学、文学、艺术等领域的蔓延,论证了诗人的倾听能力在视觉专制背景下的必要性,并结合具体的诗例说明了华兹华斯如何通过倾听行为对视觉专制做出回应。如果说视觉专制反映了唯理性主义机械的思维方式,那么倾听能力则体现了浪漫主义诗人对象征思维的重视。需要特别说明的是,听觉与视觉之间的关系是辩证的,因此,在处理该问题时,宜避免扬此抑彼的二元对立倾向。华兹华斯并非褒扬听觉而贬低视觉,而是希望通过听觉活动来制衡过度的视觉中心思想。对于诗人来说,听觉活动和视觉活动都至关重要,两者都从属于至高无上的心灵。第三章梳理了英国 18 世纪中期有关同情的思想,探讨了倾听能力与同情性想象之间的关系。在综述 18 世纪英国主要哲学家有关同情和同情性想象的思想之后,本章列举了英国浪

---

① Jean-Luc Nancy, *Listening*, trans. Charlotte Mandell (New York: Fordham UP, 2007), pp. 2—6.
② Jean-Luc Nancy,"Vox Clamans in Deserto,"trans. Simon Sparks, in *Multiple Arts: The Muses II* (Stanford: Stanford UP, 2006), pp. 38—49. 题目的中文翻译借用了耿幼壮先生的译法。

漫主义诗人们关于同情的阐释，说明同情是浪漫主义诗人们的共同关注，希冀以此矫正一直以来有关"浪漫主义即自我中心主义"的偏见，论证了浪漫主义在自我与忘我（同情）之间的平衡。同时，本章对华兹华斯著名的"倾听／那沉静而永在的人性悲曲"这一诗行进行了详细的阐释，并结合华兹华斯关于人间苦难的诗歌分析了倾听能力与共鸣（同情）能力之间的关系，揭示了华兹华斯深厚的人性关怀。第四章重点分析了华兹华斯一组童年游戏诗歌中的倾听行为。这组诗例具有相似的结构，即在每一场游戏的高潮时刻，华兹华斯总能突然听到游戏之外的某种难以名状的声响，体现了幼年华兹华斯不断成长的感受力与想象力，以及倾听能力与诗人的心灵成长之间可能存有的平行关系。同时，这组倾听活动又是成熟的诗人在回忆中、在写作前进行的，因而，他所听到的不断增强的声音也体现了愈益强烈的诗意冲动，暗示着写诗即倾听这一隐秘的创作过程。"不朽的精神如音乐的和声"①也表明一颗善于倾听的心灵能够化解矛盾，融汇各种和谐与不和谐音，体现了浪漫主义诗人所信仰的具有共鸣能力（sympathy）或综合功能（synthesis）的想象力。第五章讨论《序曲》第 5 卷"梦见阿拉伯人"片段，分析了其中包含的倾听海贝、歌赋与灾难、荒漠中的倾听等三个主要层面，认为该片段中浩繁的倾听活动不仅涵盖了自然、人类命运等内容，也指向心灵与诗歌本身，论述了诗歌的灵魂乃音乐性、诗歌对心灵的保护，以及诗歌对高贵性的追求。本章将这一片段视为华兹华斯的"为诗一辩"，并围绕其中的倾听行为探讨了华兹华斯诗学思想的主要层面。第六章主要探讨《序曲》第五卷中"温德米尔少年"在无声中执意倾听的独特姿态，探讨倾听无声在华兹华斯诗歌中的意义，论述了诗人在有声世界与无声境界之间的艰难选择。本书的结语部分以华兹华斯从市井喧嚣中听取和声为例，重申了倾听能力的转化作用，进一步强调了在当代都市文化背景下提高心灵敏感度的意义。附录中《安家格拉斯米尔》这部长诗的译文为笔者的尝试，为感兴趣的读者提供一点参考。该诗中那"有没有一种音乐"的追问与聆听"人性的悲曲"有异曲同工之妙。在一个"眼见为实，耳听为虚"的世界里，华兹华斯坚定地恪守着"我们始终相信我们所听到的"。②

---

① 《序曲》第 1 卷，第 341 行。
② Seamus Heaney, "The Singer's House", *Opened Ground: Selected Poems 1966-1996* (New York: Farrar, Straus and Giroux, 1998), p. 154.

第二章 "和声的力量使目光平静"①：
华兹华斯与18世纪"视觉的专制"*

华兹华斯在长诗《序曲》中讲述了一位诗人心灵成长的过程。其中第12卷写到唯理性思维所带来的一种负面影响，即逻辑推理不仅影响到诗人的道德判断，也伤及他的审美能力，使他一度过分专注于表面的现象，而忽略了表象背后的精神本质。诗人称这段时期为"视觉的专制"(12.135)，指的是：

> 我所想到的是一段过去的
> 时间，当时我的肉眼——我们
> 生命的每一阶段它都是最霸道的
> 感官——变得如此强大，常常
> 将我的心灵置于它的绝对
> 控制之下。
>
> (12.126～131)

诗人称肉眼为"最霸道的感官"(12.129)，认为视觉的专制使原本完整的领悟力逐渐分裂、失去平衡，最终为了"扩大双眼的帝国"而"任心灵的天资昏昏睡去"(12.146～148)。需要说明的是，这里所指的是一段特定的时期，大约是1793年夏。《丁登寺》一诗中也曾写到这个阶段。在此期间，诗人的眼睛太直接地面对事物，喜欢以比较的目光来审视自然，使头脑的评判多于内心的感受。除此之外，在大部分时候，诗人的许多视觉意象都是极富诗意的，并非所有的画面都具有专制性。然而，在18世纪，视觉的专制却是一个较为普遍的现象。本章将追溯这一特殊的文化现象，论述华兹华斯如何对此现象做出回应。

---

* 本章的主要内容曾发表在《国外文学》2011年第2期。

① "和声的力量"句出自《丁登寺》第47—49行："While with an eye made quiet by the power / of harmony, and the deep power of joy, / we see into the life of things."

1. "视觉的专制"

> 极具讽刺意味的是,当现今社会与世界变得越来越多元与复杂——因而更需要语言的多样性、多元主义和复杂性时——我们却往往求诸于视觉效果那潜在的简括主义与不合时宜的简单,求诸于柯尔律治和华兹华斯所说的、不避政治意味的'视觉的专制'。
>
> ——詹姆斯·恩格尔①

在西方思想史上,18 世纪有时也被称为"视觉的世纪"。② 在这一时期,视觉因素的影响渗透到思想文化各个层面。柯尔律治把这一现象称为"视觉的专制"(the despotism of the eye)。③ 在《文学生涯》中,柯尔律治专门对此进行了论述。他指出,当时以哈特雷(David Hartley, 1705~1757)联想论(具体指神经振动理论)为代表的经验主义学说,由于受到物理学理论的影响,都有一种视觉化的倾向,即"企图把非视觉对象视觉化"(…attempts to render *that* an object of sight which has no relation to sight)。④ 柯尔律治把这些学说称为"机械哲学",认为它们"使心灵成为眼睛和图像的奴隶",持有这种思维的人总是要求一个"画面",并"把表面误认为本质"(mistakes surface for substance)。⑤"在这种视觉的专制下,"柯尔律治指出,"精神界的不可见之物由于不是视觉的对象而令我们不安。"⑥

事实上,视觉在人类认知方面的主导地位早在人类文明之初就已经确立。汉斯·约拿斯(Hans Jonas)在《视觉的高贵性》("The Nobility of Sight")一文中就将视觉中心倾向追溯到古希腊时期。但与此同时,他也指出,"视觉实际上是一个非常特别的感官,它本身是不完整的,需要其他感官的补充与

---

① James Engell, *The Committed Word: Literature and Public Values* (University Park: The Pennsylvania State University Press, 1999), p. 2.
② W. J. T. Mitchell, "Visible Language: Blake's Wond'rous Art of Writing," *Romanticism and Contemporary Criticism*, eds. Morris Eaves and Michael Fischer (Ithaca: Cornell UP, 1986), p. 52.
③ 柯尔律治,《文学生涯》,第 1 卷,第 107 页.
④ 同上书,第 106 页.
⑤ Samuel Taylor Coleridge, *Marginalia*, ed. George Whalley, Vol. 3, (Princeton: Princeton UP, 1980). 转引自《文学生涯》,第 1 卷,第 107 页注释 7.
⑥ 柯尔律治,《文学生涯》,第 1 卷,第 107 页.

配合才能发挥自身的认知职能。其最卓越的优点也是其最本质的不足。"①然而,到了启蒙时期,对视觉的过度依赖最终导致了"视觉的专制"。M·H·艾布拉姆斯在《镜与灯:浪漫主义理论与批评传统》中曾谈到18世纪机械哲学的视觉中心特点。他指出,在英国经验主义传统下,自然哲学家企图将机械科学的研究方法引进到心理研究领域,以便"把机械科学的胜利从物质层面扩张到心灵层面"。② 他认为,这些理论的显著特点之一就是"图像化",即一切都可以被简括为固定的图像。他追溯到霍布斯有关"观念即图像"(ideas are images)的说法,休谟关于"观念为感觉的镜像"(an idea as a mirror-image of sensation)的隐喻,杰拉尔德(Alexander Gerard)把记忆中的观念比做镜中的影像,以及洛克及其追随者有关诗歌创作的说法,即认为诗歌创作过程中的心理构成(mental units)"主要是——如果不完全是——视觉图像,即对视觉对象的复制"等等。③ 英国经验主义哲学的图像化特点由此可见一斑。

马丁·杰伊(Martin Jay)在《低垂的目光:二十世纪法国思想中对视觉的排斥》(Downcast Eyes: The Denigration of Vision in Twentieth-Century French Thought)一书中论述了法国现当代思想家对视觉在西方文化中的主导地位的质疑。其中,他首先对柏拉图、笛卡儿、启蒙思想家等代表的视觉理论进行了梳理。在讲到启蒙时期时,他以伏尔泰关于"观念即图像"的观点为契机,指出以伏尔泰为代表的启蒙思想家一方面继承了笛卡儿"视觉中心倾向的知识理论"(ocularcentric theory of knowledge),另一方面也标志着与这一理论的分道扬镳,因为,与笛卡儿不同,伏尔泰追随了培根、洛克、牛顿等人所代表的感觉论或曰官能主义的(sensationalist)传统,认为"对外界物体的观察而非内在的直觉或推论才是我们观念的来源"。④ 杰伊指出:"随着休谟、孔迪亚克及其他一些哲学家(philosophes)将洛克思想中残余的心灵主动性因素消灭,我们所谓的视觉观察传统(visual tradition of observation)就在很大程度上取代了内省沉思的传统([tradition] of speculation)。"⑤在谈到启蒙时期的视觉中心倾向时,杰伊还提到,相对于当时人们对视觉的过度崇奉,启蒙思想家对听觉能力是持怀疑态度的:

---

① Hans Jonas, *The Phenomenon of Life: Toward a Philosophical Biology* (Evanston: Northwestern UP, 2001), pp. 135—136.
② M. H. Abrams, *The Mirror and the Lamp: Romantic Theory and the Critical Tradition* (New York: Oxford UP, 1953), p. 159.
③ Ibid., pp. 159—170.
④ Martin Jay, *Downcast Eyes: The Denigration of Vision in Twentieth-Century French Thought* (Berkeley: U of California P, 1994), pp. 83—84.
⑤ Ibid., pp. 84—85.

另需强调的是,启蒙时期默许着视觉中心倾向的延续。笛卡儿以及受到洛克影响的一些哲学家们(philosophes)都受惠于心灵如同暗箱相机(camera obscura)这一观念。他们都同意苏格兰哲学家托马斯·雷德(Thomas Reid)有关'在被称为五官的感知官能当中,视觉无疑是最高贵的'的说法。他们也相信在清晰与理性之间存有关联,此乃启蒙一名之由来。他们都不相信耳朵可以成为另一种具有竞争力的主要感官,因为他们认为耳朵只能接受不可靠的'道听途说'。①

马丁·杰伊在该书中还转引了日内瓦学派代表之一让·斯塔罗宾斯基(Jean Starobinski)有关法国启蒙时期视觉思维的相关观点。根据杰伊的介绍,斯塔罗宾斯基毕生的主要著作如《孟德斯鸠》(*Montesquieu par lui-même*),《活生生的眼睛,1789:理性之象征》(*The Living Eye*, 1789: *The Emblems of Reason*)、《卢梭:透明与障蔽》(*Jean-Jacque Rousseau: Transparency and Obstruction*)、《自由的发明:1700~1789》(*The Invention of Liberty: 1700-1789*)等都对启蒙时期在文学、绘画、建筑、政治领域的视觉主题进行了详尽的分析。杰认为,斯塔罗宾斯基"并非没有意识到视觉文化在启蒙时期的复杂性,但是他并没有像其同时代的思想家那样对视觉产生强烈的怀疑"。② 根据斯塔罗宾斯基的观点,"启蒙时代以理性的头脑(reasoning mind)那清晰炫目的光芒看待事物,就像眼睛观察外界一样。"③他谈到孟德斯鸠,认为孟崇尚视觉感知,尤其喜欢全景画式的图景。斯塔罗宾斯基认为,对于孟德斯鸠,"证据就是视觉的欢乐。理性,清晰——无与伦比的古典美德——不仅仅是一种知识,更是一种幸福。"④斯塔罗宾斯基还指出,卢梭在《新爱洛伊斯》中通过沃玛对"神圣的、全知的目光"(l'oeil vivant)的向往,表达了他对视觉思维的一度追随,但终因看倦巴黎上流社会的浮华虚伪而转向内心的思索。⑤ 此外,他还谈到高乃伊、拉辛等在文学作品中表现出的视觉崇拜,以及自然主义作家如福楼拜、左拉等人摄影术般的写作手法——如福楼拜所说,"我就是眼睛。"⑥与此同时,杰伊和斯塔罗宾斯基都指出,启蒙时期对视觉的崇尚也引起相反的情绪,其极端表现之一就是雅各宾派摧毁圣像

---

① Martin Jay, *Downcast Eyes: The Denigration of Vision in Twentieth-Century French Thought* (Berkeley: U of California P, 1994), p. 85.
② Ibid., p. 87.
③ 转引自 Jay, p. 85。
④ 转引自 Jay, p. 89。
⑤ 转引自 Jay, p. 91。
⑥ 转引自 Jay, p. 112。

以及打倒一切权威的行为,因为他们"对视觉景象对注意力的分散作用(the distraction of the spectacle)深为不满",特别是王座与圣坛。① 然而,法国革命推翻了国王,却将抽象理性奉为新的偶像,不过是视觉崇拜的另一种表现。杰伊指出,"公允地说,启蒙运动及其产物法国大革命所共同表达的视觉崇拜,也是现代社会的基本特征。"②

除了在哲学、政治等领域以外,文艺领域也呈现出视觉化倾向。在18世纪的英国,绘画、音乐、文学等领域都充斥着视觉专制的表现。威廉·H·高珀林(William H. Galperin)曾专门论述过18世纪的英国对可视世界("the visible")——相对于想象世界("the visionary")——的兴趣(*The Return of the Visible in British Romanticism*, 1993)。③ 高珀林表明,书中所说的"可见世界"就是指"肉眼所见的物质环境"。④ 这里首先要提及一项小发明,即"克洛德镜子"(Claude glass),这是18世纪英国风景画家们喜欢的工具之一。它以法国著名的风景画家克洛德·洛兰(Claude Lorrain,1600—1682)命名,因为据说它可以使镜中的画面呈现出洛兰的色调风格,而且,洛兰在当时被奉为图画美(the picturesque)的典范。具体来说,这是一种可以随身携带的小镜子,通常呈椭圆形,镜面稍稍凸起,并涂以暗色,因而又名"黑镜子"(black mirror)。使用的时候,画家要背对着一处景致,通过这面小镜子来观赏那框中的、黯淡了的风景。当时有很多画家和游客就是带着这种小镜子到湖区观光的。⑤

与镜中有限的风景不同,全景画(panorama)成为当时绘画领域的主要体裁,"在整个18世纪,全景画都是英国艺术与文化的主要特征",很多画家,从保罗·桑德比(Paul Sandby)到著名的卡纳莱托(Canaletto),都曾做过全景画,后者还曾在18世纪40年代应邀来到伦敦,分别以伦敦中心的萨默塞特大厦和兰贝斯地区为视角为伦敦作了全景画。⑥ 另外,在18世纪末,爱尔兰画家罗伯特·巴克(Robert Barker)及其子还将剧场艺术与绘画艺术结合起

---

① Martin Jay, *Downcast Eyes: The Denigration of Vision in Twentieth-Century French Thought* (Berkeley: U of California P, 1994), p.94.
② Ibid., p.97.
③ William H. Galperin, *The Return of the Visible in British Romanticism* (Baltimore: John Hopkins UP, 1993).
④ Ibid., p.19.
⑤ Thomas West, *A Guide to the Lakes in Cumberland, Westmoreland and Lancashire* (Richardson, 1779), p.12.
⑥ William H. Galperin, *The Return of the Visible in British Romanticism* (Baltimore: John Hopkins UP, 1993). p.34.

来,发明了巨大的广角全景画(circular panorama)。他称之为"尽收眼底的自然"(Nature à Coup d'Oeil),能使观者产生"身临其境"的感觉。① 当然,全景画多以城市景观为题材。并且,全景画的一个重要特点就是,它缺少一个可视的画框,也就是说,它试图湮没真实世界与画中意象之间的界限。此外,画家还利用其他手段使观者失去外界的参照,以便制造出更加扑朔迷离的幻象。② 全景画反映了当时人们欲以肉眼包罗万象的渴望,但是,借用拜伦在《少侠哈罗尔德游记》(*Childe Harold's Pilgrimage*)第四篇第 157 节所言:"你无法一览无余;你必须将整体分割开,/一点一点地观看"(Thou seest not all; but piecemeal thou must break / To separate contemplation, the great whole)。③

值得一提的是,视觉的专制也侵蚀到音乐领域。随着牛顿的光棱将"空中令人敬畏的彩虹"解析为单调而枯燥的光谱,④音乐也遭到同样的解剖。牛顿声称,七种基本原色所占据的空间恰好对应音乐中的八度音程。根据此说法,法国耶稣会信徒、物理学家兼哲学家卡斯特尔(Father Louis Bertrand Castel)在 1735 年发明了"视觉风琴"(visual organ),或称"色彩风琴"(color organ),即在一架普通的羽管键琴上安装一个方形的框架结构,该方框由 60 扇小窗组成,不同的小窗具有不同颜色的彩色玻璃,窗上还带有窗帘,经由滑轮与琴键相连。这样,当琴键被奏响时,与其连接的窗帘随之开启,闪露出相

---

① Sophie Thomas, *Romanticism and Visuality: Fragments, History, Spectacle* (New York: Routledge, 2008), p. 15.
② Ibid., p. 16.
③ Lord Byron, *The Major Works*, ed. Jerome McGann (Oxford: Oxford UP, 2000), p. 193.
④ 在《拉米娅》("Lamia")一诗中,济慈写道:

> Do all charms fly
> At the mere touch of cold philosophy?
> There was an awful rainbow once in heaven:
> We know her woof, her texture; she is given
> In the dull catalogue of common things.
> Philosophy will...
> ......
> Unweave a rainbow,... (Part 2, 229—237)

根据诺顿英国文学史编者的注释,这里的"cold philosophy"指自然哲学,即科学。本杰明·海顿(Benjamin Haydon)在其自传里记载,在一次琴歌酒赋的晚宴上,济慈同意兰姆的看法,即牛顿的《光学》"将彩虹简化为光谱,因此摧毁了彩虹的全部诗意"。见 John Keats, "Lamia," *The Norton Anthology of English Literature*, 6th edition, eds. M. H. Abrams et al, Vol. 2 (New York: Norton, 1993), p. 811n1.

应的窗玻璃颜色,听众就可以"看到"色彩音乐。① 卡斯特尔曾致信孟德斯鸠解释他的理论,认为凡是耳闻的音乐都可以用眼见的色彩来表示:"*do* 为蓝色,因为具有内在的庄严气度;*re* 为绿色,使听众感到自然、乡土、活泼的田园风格;*sol* 为红色,使人感到战争的色彩……"② 1757 年,视觉风琴在伦敦展出,视觉风琴与"眼睛的音乐"(the music of the eyes)一时引起国际关注。伊拉兹谟斯·达尔文(Erasmus Darwin)在《植物园》(*The Botanic Garden*,1788)中曾穿插有关视觉风琴的解释。罗宾逊(Crabb Robinson)在 1804 年的一则日记中也谈到"眼睛的音乐"。在德国,霍夫曼(J. L. Hoffman)专门著有《色彩音乐简史》(*Geschichte der Farbenharmonie*,1786),歌德在《色彩论》(*Zur Farbenlehre*,1810)中大量援引该书。舒曼、李斯特也都曾记录过音乐中的色彩。据说莫扎特的手稿中也曾充满不同的颜色。③ 不可否认,新的想法与发明曾为许多领域带来耳目一新的感受,然而,把音乐兑换为色彩的做法终归反映了某种视觉化倾向,是一种与华兹华斯"从画面中捕捉音调"(13.359)相反的思维方式。在绘制成型的色彩音乐(color music)里,音乐的基本元素——声音——已经销声匿迹,遗存的只是一些静止的、平面的几何图案。

在文学领域,"画如是,诗亦然"(*ut pictura poesis*,贺拉斯)以及"画是无言的诗,诗乃有声的画"(西蒙尼戴斯④)成为新古典主义文学追求的标准。⑤ 如果说,在古希腊时期,上述有关诗画关联的评述主要是强调两种艺术共有的模仿特征,强调文学应反映现实与人性,那么,到了 18 世纪,这一传统发生了很大的变化。随着威廉·梅森(William Mason)将杜·福雷斯诺(Du Fresnoy)颇具影响的《视觉艺术》(*De Arte Graphica*)译成英文,并由乔舒亚·雷诺兹(Joshua Reynolds)加以注释,于 1783 年出版,"对图画美的崇拜"(the cult of the picturesque)在英国达到鼎盛。⑥ 其影响在于,文学作品也相应地注重对事物表象的描摹,追求所谓的诗意语言和雕饰的文风(decorum),而忽略了实质的内容与情感。如让·H·海格斯楚姆所说,"在 18 世纪,人们的

---

① 关于卡斯特尔视觉风琴的构造原理,可参考 Maura McDonnell, "Visual Music," (2002), 19 Apr. 2007 <http://homepage.eircom.bnet/~musima/visualmusic/>.
② Erika von Erhardt-siebold, "Harmony of the Senses in English, German and French Romanticism," *PLMA* 2 (1932): 577—592 (577—578). JSTOR.
③ Ibid., p.580.
④ Simonides of Ceos (ca. 556—467 B.C.),译名西蒙尼戴斯,古希腊抒情诗人,与萨福、品达齐名。
⑤ Jean H. Hagstrum, *The Sister Arts: The Tradition of Literary Pictorialism and English Poetry from Dryden to Gray* (Chicago: U of Chicago P, 1958), p.10.
⑥ Roy Park, "'Ut Pictura Poesis': The Nineteenth-Century Aftermath," *The Journal of Aesthetics and Art Criticism* 2 (winter 1969): 155. JSTOR.

目光是向外看的。"①

在这一时期,英国散文家约瑟夫·艾迪森(Joseph Addison)在其创办的《旁观者》(*The Spectator*,刊名本身就极具视觉因素)上连载刊出《想象的快乐》一文。文章开篇便写道:

> 我们的视觉是所有感官中最完美也最令人愉悦的,它以最广博的观念充满心灵,与最遥远的事物发生交流,最长久地发挥着作用,却不知疲倦,也不餍足于它本身的娱乐。触觉确实能让我们感知到事物的延展、形状等除了色彩以外眼睛能见的一切,但同时,触觉又受到对象数量、大小、距离等多重限制。我们的眼睛仿佛生来就能够弥补这些缺陷,是一种更加精确、范围更广的触觉,能目及无限多的物体,包容最大的数量,亦能将宇宙间最遥远的一些角落尽收眼底。②

艾迪森在传统的自然模仿论基础上加入牛顿的物理理论以及洛克的知识论成分,体现了18世纪"将古典美学与现代科学、心理学结合起来"的风尚。③此外,德莱顿、蒲柏、汤姆逊、柯林斯、格雷等人的描绘性诗歌也都明显地反映出图画主义的影响。18世纪晚期,游记的盛行,如托马斯·韦斯特的《湖区导游》(Thomas West, *Guide to the Lakes*)、威廉·吉尔平的《湖区游记》(William Gilpin, *Tour of the Lakes*)以及华兹华斯的《湖区指津》(*Guide to the Lakes*)等,也体现了图画主义的影响。

文学语言方面的过度视觉化倾向引起人们的反思。学者米歇尔(W. J. T. Mitchell)在《可视的语言》中曾就此进行评述,并指出另一种相反的传统在浪漫主义时期更具优势:

> 与这种使语言文字迎合视觉图像的传统并行的还有另一种相反的传统,同样强大,表达了人们对视觉诱惑的深切矛盾。这一传统呼吁人们尊重各门技艺之间的基本界限:视觉与听觉,空间与时间,图像与文字。该传统有关语言的理论别具特色地建立在一种不可视美学(an aesthetic of

---

① Jean H. Hagstrum, *The Sister Arts: The Tradition of Literary Pictorialism and English Poetry from Dryden to Gray* (Chicago: U of Chicago P, 1958), p. 129.

② Joseph Addison, "The Pleasures of Imagination," *The Spectator*, No. 411, June 21, 1712. ECCO.

③ Jean H. Hagstrum, *The Sister Arts: The Tradition of Literary Pictorialism and English Poetry from Dryden to Gray* (Chicago: U of Chicago P, 1958), p. 136.

invisibility"之上,建立在"大象无形"(the deep truth is imageless)以及语言是唤起不可见、非图画性实质的最佳媒介的信念之上。

在布莱克的时代,这两种传统都很活跃;但不失公允地说,后一种反图像主义立场在浪漫主义主要经典诗人中占据优势地位。①

米歇尔指出,在浪漫主义诗人关于想象的理论中,意象、图画、视觉感知等是一系列非常有争议的概念,因为,对于浪漫主义诗人来说,想象并不等于"心理成像"(mental imaging),而是一种"超越视觉化的心智力量"(a power of consciousness that transcends mere visualization)。② 他还认为,在浪漫主义诗歌理论中,图画与视觉"经常扮演负面角色",比如柯尔律治因为"喻比"(allegory)是"图画语言"而将其摒弃,济慈认为"描述永远是糟糕的",而华兹华斯则将眼睛称为"最霸道的感官"。③ 米歇尔得出以下结论:在19世纪早期,诗歌与绘画之间的关联正在发生根本的变化,诗歌"放弃了与绘画之间的联姻,而在音乐中找到新的关联",标志着浪漫主义从"画面、可见的外部世界"转向了"无影无形的、心灵的力量"。④ 笔者认同米歇尔的基本观点,但有一点值得商榷的是,在对"视觉专制"进行反思与批评的同时,似不能一味将图画、意象等当作负面因素,不宜全盘否认视觉因素在浪漫主义诗歌中的重要性,因为诗歌、图画、音乐等之间是一种辩证的关系。米歇尔应该也深知这一点,因为他论述的主要内容是布莱克的"可视语言",即布莱克如何将绘画与诗歌结合起来以抵制视觉的专制。身兼艺术家与诗人二职的布莱克曾把肉眼比做带有风景的窗子,"我透过它去看,而非用它来观看。"⑤

米歇尔认为,浪漫主义诗人的反图像主义倾向可以在柏克的美学著作《对崇高观念与优美观念之起源的哲学研究》(*A Philosophical Enquiry into the Origin of Our Ideas of the Sublime and the Beautiful*,1757)中找到理论依据。他指出,柏克反对建立在古典修辞学和联想论基础上的新古典主义

---

① W. J. T. Mitchell, "Visible Language: Blake's Wond'rous Art of Writing," *Romanticism and Contemporary Criticism*, eds. Morris Eaves and Michael Fischer (Ithaca: Cornell UP, 1986), pp. 48—49.
② Mitchell 49.
③ Mitchell 49. 济慈的说法出自写给 Tom Keats 的信(1818年6月25~27日)。
④ Mitchell 50.
⑤ William Blake, *The Complete Poetry and Prose of William Blake*, ed. David Erdman, Commentary by Harold Bloom, Newly Revised Edition (New York: Doubleday, 1988), p. 566.

"图画理论",反对"诗歌应在读者心中唤起清晰、确定的意象"这一观念。柏克认为,"一个清晰的观念只是一个渺小的观念",认为"真正的语言天赋能够在不可见的、甚至不可感知的事物中产生同情与共鸣";对于柏克来说,诗歌"最适于表现蒙胧、神秘、难解的状态,简言之,诗歌最适于表现崇高"。① 在前面提到的《低垂的目光》一书中,马丁·杰伊也将柏克的"崇高"观念视为对图像主义的反驳,并提到康德有关崇高的学说,认为在康德那里,"崇高"足以证明"心灵具有超越感官的功能",更进一步地强调了心灵的主动性。②

此外,与华兹华斯同时代的哲学家黑格尔(1770~1831)在其美学论著中也表达了对视觉中心倾向的质疑,主要体现在他对绘画与音乐两种艺术门类的比较与评价上。黑格尔认为,浪漫主义的基本特征就是音乐性;与绘画相比,音乐是更高级的艺术,因为音乐更体现精神,更接近崇高与宏大的理想,从而能避免片面。他认为,音乐偏重形式,反映内心,因而能赋予艺术家超越内容的独立与自由:"如果我们一般可以把美的领域中的活动看作一种灵魂的解放,而摆脱一切压抑和限制的过程,……那么,把这种自由推向最高峰的就是音乐了。"③华兹华斯研究专家杰弗里·哈特曼曾经指出,在黑格尔与华兹华斯之间存在着一定的关联。他认为:

> 黑格尔与华兹华斯进入了一个哲学与艺术结盟的时代,结盟是为抵抗政治对心灵的占有或盗用(appropriation)。席勒论美学教育的信件(1795)中已经约略地暗示了这种结盟,而只有它才能恢复静思,使其成为这个越来越工业化、注重行动、非私人化的世界所应有的"绿化带"。④

正是在此视觉专制的思想背景下,华兹华斯在许多诗歌中都着力阐释着"大自然如何 / 刻意使用各种手段,挫败视觉的 / 专制",并"唤起其他感官与它 / 抗衡,也让它们互相制约"(《序曲》12.133~136)。从华兹华斯的许多作品

---

① W. J. T. Mitchell, "Visible Language: Blake's Wond'rous Art of Writing," *Romanticism and Contemporary Criticism*, eds. Morris Eaves and Michael Fischer (Ithaca: Cornell UP, 1986), p.50. 柏克有关诗歌语言的观点,参见 Edmund Burke, *A Philosophical Enquiry into the Origin of Our Ideas of the Sublime and the Beautiful*, ed. James T. Boulton (Notre Dame: U of Notre Dame P, 1968), 第 163~173 页。
② Martin Jay, *Downcast Eyes: The Denigration of Vision in Twentieth-Century French Thought* (Berkeley: U of California P, 1994), p.107.
③ 参考黑格尔《美学》,朱光潜译,商务印书馆 1997 年版。第三卷上册,第 330~337 页。
④ Geoffrey Hartman, *The Unremarkable Wordsworth* (Minneapolis: U of Minnesota P, 1987), pp.185—186. 引文为丁宏为所译,参见丁宏为:《模糊的境界:关于浪漫文思中的自然与心灵图谱》,载《国外文学》2003 年第 3 期,第 23 页。

来看,"其他感官"主要表现为听觉。诗人借助大量的倾听行为来制衡视觉的主观与盲目,但是,这并不意味着诗人将视觉与听觉对立起来,而是为了最终"使所有的感官及其所熟悉的 / 客体一同从属于自由的心灵 / 和她那创造的伟力"(《序曲》12.137~139)。

2. "和声的力量使目光平静"

尽管华兹华斯很少诉诸理论话语来批驳"视觉的专制"这一现象,但他以诗歌的方式和音乐性语言表达着对此问题的不懈反思。在《序曲》第六卷,诗人写到,对于"一颗被各种形象困扰、自我/纠缠不清的心灵"(6.153),几何学以其超然象外的条理拥有极大的魅力。在第七卷,那充斥着各种景观的、光怪陆离的伦敦,那众目睽睽之下、胸前闪着"隐身"(invisible)一词的演员(7.287),以及伦敦街头漠视一切的盲人乞丐①及其胸前的另一纸标签,虽讲述着他的身世,却"预示了我们 / 所能知道的一切,无论涉及 / 自身,还是整个宇宙",而他那"坚毅的面颊和失明的眼睛"也为诗人带来"别世的训诫"(7.635~649)。这些都反映了诗人对视觉中心社会的思考。作为诗人成长的精神自传,《序曲》在很大程度上是回忆性的。前面说过,经验主义有关理论认为记忆乃由一系列固定的图像和画面组成,然而华兹华斯却在叙述回忆的过程中穿插了大量的倾听行为,为记忆中的画面增添了声音维度,也在一定程度上使画面让位给声音,强调画面以外存有更加本质与深层的精神因素,同时似乎也暗示着飘渺无形的声音比固定清晰的画面更加恒久,能够以"无形的纽带"(《序曲》1.611)更加牢固地维系记忆,更加恰切地表达情感。这里也体现了浪漫主义重抒表而非模仿(描述)的倾向。比如《序曲》第一卷中一组具有相似结构的童年游戏片段即是这方面的有力证明:诗人在每一场游戏的高潮都插入了某种震人心魄的声音,揭示着画面之外的某种精神存在。另外,在《序曲》第12卷,诗人追忆起童年丧父之事。在凄凉的画面之中,诗人融入了当时听到的各种声音——"萧瑟的旋律"、"林木的嘈杂"、"流水的喧声",这些声音以及记忆中那"迷雾"笼罩下的模糊而"不容置疑"的景象,都让诗人感到"某种精神的活动""某些内在的风云",供诗人日后从中汲

---

① 浪漫诗人对失明状态的思考也从一个侧面反映了他们对视觉中心倾向的怀疑。启蒙时期的狄德罗为百科全书中有关"失明"的词条所撰写的《失明的秘密》("the miracles of blindness")以及雨果作品中关于"失明"的隐喻也体现对视觉专制的反思。见 Martin Jay, *Downcast Eyes: The Denigration of Vision in Twentieth-Century French Thought* (Berkeley: U of California P, 1994), pp. 100—110。

取能量：

> 而从此以后，那狂风与冰雨、自然力
> 不息的运动、那孤独的绵羊、枯萎的
> 小树、那残墙的石块间萧瑟的旋律
> 以及林木的嘈杂、流水的喧声，
> 还有沿着那两条公路向前
> 移游的迷雾和它那各式各样
> 不容置疑的身影——所有这些
> 都成为密切相关的景象与声音，
> 供我一次次重历，如回到泉边
> 酣饮；甚至到今天，在冬日的夜晚，
> 当狂风暴雨敲打着房顶，或在
> 正午时分，当我在林中散步，
> 看那些高耸的大树顶着盛夏的
> 茂叶在劲风中摇动，我仍从那里
> 移来某种精神的活动，某些
> 内在的风云，并不在意它们
> 有何作用——或许为哄慰过于
> 执拗而焦劳的思绪，或让一段
> 茫然无思的悠闲产生情趣。
>
> （12.317～335）

对于华兹华斯来说，记忆是一笔可观的资源，供心灵汲取养分、进行创造。华兹华斯的回忆不是一个个固定无生气的图像；如果一定要诉诸图像，也是水中的图像——"回忆往事如注视水下"（《序曲》4.256），是一些模糊不清、变化无穷、绵延相连的"心灵景色"（《序曲》2.352），加入了心灵的想象和创造。而记忆中那些依稀的声音也使诗人得以"在诗语中保留一种他所珍视的、理想经验中的不确定性"，因为他"拒绝满足我们心智活动中欲将影状观念定型于固定形状（to stabilize shadows of ideas into fixed shapes）的那部分冲动"。① 下面将具体分析华兹华斯主要作品中涉及听觉与视觉、声音与画面

---

① Margery Sabin, *English Romanticism and the French Tradition* (Cambridge, Mass.: Harvard UP, 1976), p.120.

的典型例子,来说明倾听活动有别于视觉活动的特殊意义。

(1) 倾听:消解意象的过程

在《序曲》第二卷,华兹华斯回忆起童年时的一段经历,其中不无成熟后的诗人对视觉对象与听觉活动的反思:

> 我常常在静谧的夜空下独自
> 漫步,一边感觉着声响的所有
> 内涵,听它弥散出超逸于形状
> 或形象的崇高情绪;或者,当那
> 黑沉沉的夜空预示着风暴,我会
> 站在岩石下,听着空中的鸣叫
> 唱出古老大地的精神语言,
> 或在远来的风中隐去。
>
> (2.303～310)

如华兹华斯诗歌中的大多数倾听行为一样,这次倾听活动依然发生在夜晚的场景。在一定程度上,浪漫诗人借助对夜晚的颂歌表达了一种与启蒙时期对光的过度崇拜相叛逆的情绪,也隐含着诗人们对视觉中心倾向的反思。同时,在当时照明尚不发达的年代,随着夜幕的降临,视觉活动将大大地让位给听觉活动,对外界的观察将转向内在的思索。① 在"静谧的"夜幕下,少年华兹华斯的倾听行为变得更加主动。他在声音中感受到"一种未受形状或形象所亵渎的崇高情绪"(an elevated mood, by form / Or image unprofaned, 2.305—306)。这里,诗人借助声音与形象的对比,为声音赋予了神圣超凡的意义,也说明声音以其无形的精神力量能够超越固定形像的框束,拥有更加宏阔的精神空间和不可简括的丰富内涵。他还从山雨欲来前的风声中("空中的鸣叫")听到"古老大地的精神语言"(2.308～309),体现了倾听行为深入表象、提取本质的过程。另外,这里的"精神语言"(ghostly language)——其中的"ghostly"也可以指无实体的、无形状的,以及(声音)不知来由的——和"在风中隐去"(make their dim abode in distant winds, 2.310)以及随后提到的"想象的力量"(visionary power, 2.311)、"朦胧的(shadowy)喜悦"(2.312)

---

① 关于"夜晚",特别是"傍晚"在浪漫主义诗歌中的意义,可参考 Christopher R. Miller, *The Invention of Evening: Perception and Time in Romantic Poetry* (Cambridge: Cambridge UP, 2006)。

等,一方面以模糊不定的、或者说超越感官的特征体现了有别于启蒙时期追求明确、清晰、固定的意象的旨趣;另一方面,它们与第五卷最后关于诗歌语言的一段诗文在行文表述与内容意义上都非常相近(5.595~600),揭示了诗歌与声音(倾听行为)之间的内在关联,也强调了诗歌语言的象征性。①

声音可以消解画面的局限,使原本熟悉的景象产生新的意境,并为景色赋予情感。如第二卷的"乐师"片段所写,夜幕将至,少年华兹华斯与小伙伴们在朦胧的湖面上划着小船返回。这里,渐黯的天色与水色为随后的倾听行为做好准备。当他们把小伙伴"乐师"送上小岛、然后继续划去时,"乐师"在水边的礁石上吹起孤笛。一时间,华兹华斯感到笛声为湖光天色赋予了生机:

> 就在这一时刻,平静而凝止的
> 湖水变得沉重,而我快意地
> 承受它无声的重压;天空也从未
> 像现在这样美妙,它沉入我心中,
> 像梦幻一般迷住我的魂魄!
>
> (2.170~174)

华兹华斯并未直接描写笛声,而是着重表达了音乐为景色所赋予的情感:原本"凝止的(原文是 dead still,也可译作'死寂的')"湖水开始富有生机、令人愉悦(2.171~172),天空也"从未如此美妙"(2.173)。同时,音乐打破了原有的空间秩序:湖水本承载着小船,此刻竟施以"重压"(2.172);天空本高高在上,现在却"沉入我心中"(2.173)。天空与湖水的位置似乎发生了调换,但实则融为一体,因为音乐以"和声的力量"从根本上消除了视觉活动所繁育出的差别与界限。而"沉入"一词还暗示了心灵的幽深,说明声音比画面更能深入精神。该片段也在一定程度上说明,音乐是对表象世界的颠覆,能够"使平凡的事物以不凡的面貌呈现给心灵",②因此能激发想象,扩展同情:

> 我的同情心逐日
> 扩展,眼前普通的事物越来越
> 引起我的爱恋
>
> (2.175~177)

---

① 斜体字为笔者所加,以便突显原文与第五卷诗文的语词重复以及这些词语所体现的感官(尤视觉)难以把握的模糊性。关于第五卷最后的这段诗文,笔者将在第四章进行论述。
② 华兹华斯《抒情歌谣集》序言,第 742 页。

华兹华斯转向听觉因素来制衡视觉专制的负面影响,是因为他在声音与画面之间发现了不同的内涵,尽管对于一位成熟的诗人来说,两者都是"心智的能源"(8.633),都从属于富有创造力的心灵。在《友人》杂志中,柯尔律治也曾将声音与画面进行比较:

> 一个月前,当雪融期尚未来临,曾下了一场暴风雨。整夜的雷声与冰裂产生这样的信念:确有声音比任何画面都更崇高,更彻底地暂缓比量的势力(the power of comparison),更完全地使心灵的自我意识全神贯注于作用在心灵上的物体。①

柯尔律治认为,"要把心灵从视觉的专制中解放出来,最有效的方法是调动抽象的力量"(the power of abstraction),并认为这种力量可以解释为何柏拉图偏爱"音乐与和声——听觉的对象"以及为何毕达哥拉斯将其哲学建立在数字符号上:二者都以其象征性而超越表面的现象。② 在一篇关于哲学史的讲稿中,柯尔律治明确指出音乐是最佳的象征,因为音乐既含有无形的精神又兼具规则的形式,因此音乐高于画面。③ 也就是说,为摆脱视觉的专制和图像的困扰,柯尔律治转向了具有象征性的听觉活动。华兹华斯以及其他浪漫诗人对声音的偏爱也从一个侧面反映了浪漫主义思想史上著名的喻比(allegory)与象征(symbol)之争,说明了象征性是浪漫主义的一个重要特征。④

到目前为止,对华兹华斯诗歌中视觉与听觉的关系论述得最为详尽的当属哈特曼。哈特曼认为,华兹华斯的诗歌经常涉及从视觉活动向听觉活动的转化,这一转化是一种"象征性过程",或者说"消解意象"的过程。⑤ 在其经

---

① Samuel Taylor Coleridge, *The Friend*, No. 19, Thursday, December 28, 1809 (Penrith, England printed and published by J. Brown; and sold by Messrs. Longman and Co., and Clement, London, 1809—1810).
② Samuel Taylor Coleridge, *Logic*, ed. J. R. de J. Jackson (Princeton: Princeton UP, 1981), pp. 242—243.
③ Samuel Taylor Coleridge, *Lectures 1818—1819 On the History of Philosophy*, ed. J. R. de J. Jackson (Princeton: Princeton UP, 2000), Vol. 1, p. 169. 柯尔律治关于音乐、象征的观点都反映出他与德国哲思的相似处,如谢林、施莱格尔,黑格尔等。
④ 关于喻比与象征之争,学术界不乏研究,本文不再重复。可参考 Thomas McFarland, *Romanticism and the Heritage of Rousseau* (Oxford: Clarendon Press, 1995)第 7 章以及 Nicholas Halmi, *The Genealogy of the Romantic Symbol* (Oxford: Oxford UP, 2007)等。
⑤ Cathy Caruth, "An Interview with Geoffrey Hartman," *The Wordsworthian Enlightenment*, eds. Helen Regueiro Elam and Frances Ferguson (Baltimore: The John Hopkins UP, 2005), p. 298.

典论著《华兹华斯的诗歌：1787～1814》中，哈特曼选取了大量诗例进行论证。他认为，阿尔弗克斯(Alfoxden)时期(1797 年 7 月～1798 年 7 月)是华兹华斯创作的转折期，预示着《废毁的茅舍》("The Ruined Cottage")、《抒情歌谣集》以及《序曲》等一系列重要诗歌的创作。他指出，华兹华斯作于这一时期的许多片断都含有从视觉向听觉的转化，标志着诗人的"自我发现"或曰"自我回归"。① 哈特曼认为，视觉"太直接"，而相对来讲，听觉则保持一定距离，听觉代替视觉的过程也就是征服直接性与表面性的过程，以使听觉发挥"绝对的、本质的能量"(华兹华斯语)。② 他指出，在这些片断中，华兹华斯的"自然视觉"(natural seeing)不断消解，从而将固定物或矛盾因素融为一体，"直到最终视觉达成自我超越，变成听觉"。③ 他选取了"守夜"(The Night Watch)片断为例：

> 我伫立于
> 凝止的山谷间，
> 目光被慑服，平静
> 如听者的耳朵；此情此景，
> 那浮动的色彩和摇曳的表象
> 以及渐消渐隐的形迹，
> 向黑夜剥夺一切的势力
> 传达着微茫的幻感，
> 诉说着双倍的动感与创造。④

当"目光……平静如听者的耳朵"，它就可以在"凝止的"景物间发现"浮动的"内在精神。正是由于这种视觉与听觉的交融，诗人才能在景物中感到"双倍的动感与创造"。哈特曼指出，华兹华斯在此片断中展现了"作为潜在听觉的视觉(the eye as potentially *listening*)"，但他也提醒我们，华兹华斯并未片面强调哪一种感知官能。⑤ 在下面一则片断里，诗人感到作为视觉对象的光芒逐渐变为听觉对象，因而更富有音乐性：

---

① Geoffrey Hartman, *Wordsworth's Poetry: 1787—1814* (New Haven: Yale UP, 1964), p. 166.
② Ibid., pp. 167—168.
③ Ibid., p. 176.
④ William Wordsworth, *The Poetical Works of William Wordsworth*, ed. Ernest de Selincourt and Helen Darbishire (Oxford: Clarendon Press, 1940—1949) Vol. 5, p. 346. 转引自同上书, pp. 181—182。
⑤ Hartman 182—183.

第二章 "和声的力量使目光平静":华兹华斯与18世纪"视觉的专制" 47

> 他会站在
> 某处[？孤寂]岩石的幽僻角落,
> 凝望月亮,直到那光芒
> 如一缕音乐落在他的灵魂上,
> 似要沉入他的内心深处。①

哈特曼认为,视觉不断自我超越,以便重新找到事物的"声音价值",即"未被形象亵渎的"价值。② 他指出,华兹华斯不断要使目光平静下来,因为视觉比其他感官更加迷恋外物,更容易导致内在自我的迷失。同时,他再次提醒读者,诗人写到视觉向听觉的转化,并"不是要使某种感官失明……而是要净化一扇感官之门"(cleanse a gate of perception[暗引布莱克语])。③ 哈特曼的思想受到黑格尔的影响,强调心灵的主体性。他认为要警惕将视觉与听觉二元对立起来的做法,也是值得我们注意的。

(2) 倾听:"丰厚的补偿"

尽管从表面上来看,视觉因素在《丁登寺》④一诗中占用较多笔墨,但是,若细心留意全诗的布局,则会发现,重要的位置总会出现倾听活动或声音表述。首先,该诗以倾听活动开篇。其次,在全长160行的诗文中,其余两处重要的听觉活动分别出现在第50行与第100行附近,也就是说,诗人以倾听活动为分水岭,将全诗层层深入地大致均分为三个主要部分。并且,这两处听觉因素都与视觉因素形成一定的张力,也都被诗人称为"馈赠"(37、87行)。另一方面,该诗中的视觉因素固然繁多,但它们都是有选择性的景物,抽象于真实的画面,并且,它们之间往往呈现彼此矛盾、相互否定的特点,就连题目中所说的丁登寺也并未在诗中出现。同时,该诗的背景与诗人在法国大革命期间的经历密切相关,因而也必然涉及唯理性思维与视觉专制的影响,而诗中也确曾提到诗人一度为表象所迷,"无需视线以外的任何兴趣"(83行)。所有这些因素都促使我们重新审视诗中以听觉与视觉为代表的两种主要感知活动,给予听觉其所应有的关注。

具体来看,该诗开篇即写到听觉活动,这也是与诗人直接相关的第一个

---

① William Wordsworth, *The Poetical Works of William Wordsworth*, ed. Ernest de Selincourt and Helen Darbishire (Oxford: Clarendon Press, 1940—49) Vol. 5, p. 340. 转引自 Hartman, pp. 181—183。
②③ Hartman 183.
④ 华兹华斯,《抒情歌谣集》,第116~120页。

动作:"我又听到/这些水声"(2~3行)。这一句的分行恰好划分在"听"一词处,意在突出显示这一倾听行为。同时,句中的"水声"在华兹华斯的诗歌中主要象征丰沛的灵感和想象力。也许正是这些水声才使我们有幸拥有了《丁登寺》。在阔别五年之后,诗人再次来到丁登寺一带。在听觉活动之后,成熟的诗人以不同的目光写到眼前的景象:"荒无人烟"之处却有"村舍"、"果园";"成行的灌木丛"似有还无,更像野生的林木;"炊烟"暗示着林中有居民存在,然而他们却是"流浪的居民",住在"无屋的"林中(6~23)。前一种意象总是被紧随其后的意象打破。这些彼此矛盾的视觉因素都制约着人们欲将诗中画面还原成历史现实甚至社会文献的企图。诗人写到大自然美丽的神形对心灵的教育作用,即使身处市井之中,他依然能刻骨铭心地感受到这种影响。这种不因空间变换而消失的作用揭示出大自然对于诗人的象征意义。同时,诗人认为,大自然另有一种"馈赠"(37),能带来"更加崇高"的心境(38):

> 那恬静神圣的
> 心境以温情引领我们,直到
> 这血肉之躯暂停了呼吸,
> 直到血液几乎中止流动,
> 我们的肉体睡去,
> 而成为灵动的精神:
> 和声的力量,以及欢乐那深沉的力量,
> 使目光平静,凭借它,
> 我们洞见事物内在的生命。
>
> (42~49)

这里,诗人所说的"馈赠"指的是"和声的力量"(47),它能够使目光平静下来,以便心灵能够去感悟事物内在的本质。

诗中的另一处"馈赠"依然涉及听觉活动。诗人追忆到曾有一段时期,他对大自然的爱仅仅停留在"色彩"与"形状"之上,并不需要"思想的参与",也"无需视线以外的任何兴趣"(80~83)。在这一时期,诗人因英国对法宣战而受到巨大震动,转而追随葛德文唯理性思想,对于道德与审美都失去原有的判断能力,最终陷入精神危机。大自然从某种意义上成了避难所,诗人对自然的爱也流于表面。《序曲》中所讲的"视觉的专制"即是指这一阶段。当诗人借助妹妹的关爱、与柯尔律治的友谊、家乡的自然景色和各种实实在在的人类情感等兼具象征意义的重要因素逐渐从精神危机中复原时,他也学会了倾听"那沉静而永在的人性悲曲"(the still, sad music of humanity)。这种倾听悲曲的能力既是诗人自我治愈的手段，同时也标志着诗人心灵成长的又一阶段，是诗人获得的"丰厚的补偿"：

> 我已然学会
> 静观自然，不似当年
> 年少无思，而是常常聆听到
> 那沉静而永在的人性悲曲，
> 既不尖锐也不刺耳，却拥有
> 充足的力量来训诫与平息。
>
> (89～94)

无论诗中前面怎样写到外在的景象，最终都要回归到听觉因素上。或者说，一切表象都回归到"崇高的思绪"，回归到难以定义的"某种更深入、更崇高的事物"，回归到"一种运动""一种精神"，回归到"人的心灵"(96～101)，因为，这个"强大的、眼睛与耳朵的世界"，根据诗人的认识，"一半是我们感知的结果，一半源于心灵的创造力"(106～108)。无论是视觉活动，还是听觉活动，它们最终都要从属于心灵，因为心灵才是"主人，/而肉体的感官则是执行其意志的/忠实奴仆"(12.221～223)。① 如诗人在《序曲》第14卷"攀登斯诺顿峰"片段后所说：

> 生活在富有
> 活力的世界，并未被感官印象
> 所奴役，而是借其激励，更迅捷地
> 与精神世界进行恰切的交流。
>
> (14.105～108)②

---

① 对于这一点，保罗·福莱教授深表怀疑，认为这主要是迎合柯尔律治的观点。可参考 Paul H. Fry, *Wordsworth and the Poetry of What We Are* (New Haven: Yale UP, 2008) Chapter 7, "The Poem to Coleridge"。笔者认为，尽管受到德国唯心哲学影响的柯尔律治在很多方面更加贴近形而上思想，不像华兹华斯所表现得那样依赖感官经验，但若因此就认为上述引文是华兹华斯投其所好而违心所写，则未免低估了华兹华斯的超验能力。一位伟大的诗人既离不开敏锐、细腻的感官功能，也离不开心灵对感官经验的超越。

② 斯诺顿峰片段也通过视觉与听觉活动的交替最终体现了心灵的至高无上。哈特曼曾专门论述该片段中视觉与听觉活动之间的关系，主旨与本章前面所引的、哈特曼对华兹华斯其他诗歌片断的评述基本一致。故此不再重复。

(3) 倾听:"与精神世界的交流"

《序曲》第14卷中的"攀登斯诺顿峰"较为人知,其中"咆哮的水声""百脉千川的齐语"不仅标志着诗人想象力的复原,同时,这些巨大的声响也与峰顶之上一轮宁静的圆月(画面)展开了一种特殊的交流。很多学者(如哈特曼)曾从听觉与视觉之较量的角度论述过这一著名的片段。不容忽视的是,这一片段更多地体现了心灵(圆月)与一种更加宏阔的精神世界(水声)之间的交流。诗人由此感悟到的"心灵的表征"也恰恰是一颗"倾听着的心灵"(14.70~72):

> 当我在平静中回想它,
> 似感到它象征着威仪浩荡的心智,
> 展示出它的作为、它的财富、
> 它现有的一切和它的渴求、它本身的
> 质素以及它将要达到的状态。
> 我在那儿看见心灵的表征,表现那
> 吞食无极的心灵,她孵拥着幽暗的
> 渊洞,专心致志,为倾听底下的
> 喧声升起,形成一股连续的
> 声流,触及上方的静辉;她认识到
> 有超验的能力,为超凡的灵魂所独有,
> 能将感官引向理想之形,而有此
> 认识又使她本身的存在获得支撑。
>
> (14.65~77)

"孵拥渊洞"指圆月透过云缝倾听下界喧声的姿态,它来自《失乐园》中圣灵孵拥洪荒、为其注入生命与秩序的意象,体现了最高级、最原始的创造与想象活动。诗人所感悟到的"心灵的表征"是一颗凝神倾听的心灵,透过连通上下的云洞,试图使下界的各种喧声汇聚为"一股连续的/声流,触及上方的静辉"(14.73~74),体现了心灵欲实现内在与外界和谐统一的努力,也反映了诗人对心灵成长之连贯性的渴求。

在《漫游》(*The Excursion*)第9卷,诗人通过漫游者(the Wanderer)之语也表达了相似的思想,认为超卓的心灵能够与"不可见的精神世界交流,/听到那强大的水声",而"大多数在下方平原上 / 迷真逐妄或营营碌碌的 / 人们却听不到这声音"(9.87~91)。① 诗中,漫游者关于老年状态的一番话借助视觉与听觉两种感知活动,更鲜明地体现了心灵与精神世界的交流方式:

> 的确,
> 人降至岁月的山谷。
> 然而我想,我们也可以
> 并无傲慢地说,晚年
> 是最终的顶峰。尽管
> 景色寥寥、望之却步,
> 然而却并非不可
> 登基为王,企及那令人
> 敬畏的至高无上之巅。
> 就像在一个平静的夏日,
> 从山顶俯瞰下方——就以环抱
> 我们山谷的一座高峰为例:
> 森林与田野,山坡与山谷,
> 以及覆盖着它们的一切,
> 面对凝望的眼睛,都显得微茫、虚弱。
> 但是,当事物粗糙可见的轮廓
> 放弃了对感官、甚至
> 对心灵的控制,使一切
> 仿佛变得虚幻不实,——多么洪大的
> 水声,伴着富有活力的轰鸣,
> 从下界山谷的全部河水中涌升!

(9.48~69)

漫游者将老年状态比做山脉的巅峰,象征心灵臻于成熟的阶段。他又以登山远目为喻,认为山下的景色因心灵的高度而显得渺小、微茫、虚幻。此时此刻,唯有山谷的水声依然富有活力,并发出巨大的轰鸣,能够企及心灵的境界。诗人还认为,达至成熟的心灵,特别是老年,拥有沥尽人生的智慧,能够摆脱外界的缠缚,因而能恢复心灵的自由:

---

① William Wordsworth, *The Excursion*, eds. Sally Bushell et al (Ithaca: Cornell UP, 2007), p. 278.

> 身处至高无上的地位,可以免除
> 近切障碍的缠缚,享有在孤寂中
> 呼吸的特权,超然于永远嗡鸣的
> 昆虫之上,它们无法在空气
> 稀薄处营生。繁盛闲杂的树叶
> 也不会以低吟骚扰他的耳朵:
> 他远离这声音,以及千万种声响,
> (同样不知停息、同样琐然无益的声响)
> 只有感官中更精微的部分
> 才能顾及。而心灵,本欲倾听,
> 却受到阻拦或被制止。
>
> (9.70~80)

蚊蚋嘈杂所象征的世俗喧嚣,以及一切无益的、低俗的事物都被驱除在心灵之外。因此,尽管晚年的心灵居于与世隔绝的高度,却也被赋予了更高级的力量,能够更专注地与精神世界交流,体现了更为超卓的倾听:

> 尽管与世隔绝,却被赋予新的力量,
> 能与不可见的精神世界交流,
> 听到那强大的水声,
> 为了提升我们的思想,
> 发出清晰、深厚的语声,
> 而大多数在下方平原上
> 迷真逐妄或烦恼劳碌的
> 人们却听不到这声音。
>
> (9.87~91)

华兹华斯经常以能否听到某些声音作为衡量心灵层次的依据。在诗人心灵的成长过程中,倾听行为具有不可忽视的意义。与视觉的霸道及其所体现的启蒙时期之探寻精神(inquiring spirit)相比,听觉更体现出一种"明智的被动性"(wise passiveness)。[①] 这种倾听能力在以视觉专制为主体的现代物质社会更显得尤为必要:它让我们得以在目不暇接、光怪陆离的表象背后感知到更高级的精神存在,在探索的同时学会虔敬。

---

① 出自华兹华斯的诗 "Expostulation and Reply",第 24 行,《抒情歌谣集》,第 107~108 页。

第三章 "那沉静而永在的人性悲曲"：英国浪漫主义传统中的同情思想*

济慈在 1818 年 10 月 27 日的信中提到"华兹华斯式的或者自我中心的超然"(Wordsworthian or egoistic sublime)。① 这一说法大概受到了威廉·海兹利特(William Hazlitt，1778—1830)的影响：海兹利特称华兹华斯为自我中心者(egotist)——"他只看到他自己和宇宙"。海兹利特甚至认为这样一种诗歌精神是背离人性精神的。② 然而，在同年的另一封信中，济慈曾说华兹华斯比弥尔顿更为深刻，认为华兹华斯比弥尔顿更具有人性关怀，因为他"思入人心深处"。③ 济慈先后的两种说法是否自相矛盾？本章第一部分将在简要概述浪漫主义自我的基础上，探讨浪漫主义常常为人所遗忘的一个重要属性，即"忘我"④——或者说，基于同情的忘我——这一重要浪漫主义思想，以期对浪漫主义传统有一个更加平衡的认识。关于这种同情思想，英国浪漫主义时期的很多诗人都有过不同程度的阐释。在华兹华斯这里，则主要体现在其倾听"人性悲曲"的能力。本章第二部分将以华兹华斯的诗歌为例，探索倾听与共鸣、倾听能力与 18 世纪同情性想象(sympathetic imagination)之间的联系。

1. 自我与忘我

一提到浪漫主义，人们就常常想到"自我""自我中心"等类似的标签。然而，究竟什么是浪漫主义的自我？这一点还有待梳理和澄清。至于什么是自我，则是更加艰深的难题。蒙田的话多少让人觉得悲哀。他说，"我们和自我没有交流"，因为自我始终处于生灭变异之间，扑朔迷离，难以把握，是一种

---

* 本章的主要内容曾发表在《外国文学评论》2013 年第 2 期。
① John Keats, *Selected Letters*, ed. Robert Gittings, revised, with a new Introduction and Notes by Jon Mee (Oxford: Oxford UP, 2002), p.147. 以下简称为《书信》。
② David Bromwich, *Hazlitt: The Mind of a Critic* (New Haven: Yale UP), p.150.
③ 济慈，《书信》，第 88～90 页。
④ 华兹华斯认为想象带来的宝贵收获是使人"忘记自我"(见华兹华斯《序曲》第 5 卷 346 行)。

"自我幻象"。① 因此,早在古希腊时期,"认识你自己"就被铭刻在阿波罗的神庙上,认识自我、认识人性成为人生的重要目的。在基督教兴盛的时期,观照自心则是为了探寻上帝(如圣奥古斯丁)。人文主义的先驱彼得拉克在倡导人性关怀的同时将中世纪"关注灵魂"(animi cura / care of the soul)的思想演绎为"关注自我"(care of the self)——精神自我。② 莎士比亚本人以"非个人化"的写作风格著称,然而他笔下的哈姆雷特却在一段段独白中体现着卡莱尔所批评的"倾听自我"的行为,反映了一种不断膨胀的自我意识,成为浪漫主义的英雄。18世纪的英国小说家们也乐于在作品中塑造出形形色色的自我形象,以"自我"代表着其他的每一个人。到了浪漫主义时期,人们更加重视个体的独特性,对自我的表述更加直接、坦率,对自我的探求不再服务于某种制度上的宗教(institutional religion),而是为了超越经验的自我而企及理想的自我。

在英国,浪漫主义自我主要具有以下一些特征。首先,这一时期的作家们大多试图在作品中展现一个真诚的自我,无论是以散文的形式还是抒情诗的形式,他们都较少佩戴面具,都尽力传达着诚实的语声,比如济慈在面对伟大艺术品时感到自己的渺小、无力——"我必须死去,一如病鹰仰望着天空"。③ 其次,这个真诚的自我是自省的,而非自诩的。自省的目的是认识自我、完善自我,而非自我粉饰。对自我的探求成为浪漫主义诗歌的重要主题。在讲述诗人心灵成长的长诗《序曲》中,华兹华斯写到少年时与小伙伴们滑冰的情景。当各种喧声交织在一起:

>我常离开这沸反盈天的喧嚣,
>来到偏僻的角落;或自娱独乐,
>悄然旁足,不顾众人的兴致,
>去纵步直穿一孤星映姿的湖面,
>见它在面前遁去,遁逃时将寒光
>洒在如镜的冰池。

(1.447~452)

---

① Michel de Montaigne, *Essays of Montaigne*, trans. Charles Cotton, revised by W. Carew Hazlitt,(New York: Edwin C. Hill, 1910), Vol.5, p.284.
② 参考 Gur Zak, *Petrarch's Humanism and the Care of the Self* (Cambridge: Cambridge UP), 2010.
③ John Keats, "On Seeing the Elgin Marbles", 4~5行。出自 John Keats, *Complete Poems*, ed. Jack Stillinger (Cambridge, Mass.: The Belknap Press of Harvard University, 1982), p.58.

第三章 "那沉静而永在的人性悲曲":英国浪漫主义传统中的同情思想　55

既不拒绝群体活动,同时又总是于热闹当中寻求一份孤寂,这或许是为了更好地与自我进行交流——"去纵步直穿一孤星映姿的湖面"(to cut across the reflex of a star)。关于这一诗句,诺顿版《序曲》的编者指出,华兹华斯在不同版本中曾用过不同的词,如"shadow"(1799)、"image"(1805),"reflex"(1850),都是"reflexion"(倒影)的意思。编者认为,华兹华斯最后使用 reflex 一词有一种"无法定义的恰当"。①笔者认为,这里的 reflex 一词似暗示着"自我反思"或者"自我映射"(self-reflection),于是,孤星投射在湖面上的影子也就是诗人自我的影子。用冰刀穿过这个孤影、在其上刻下印迹,都象征着一种强烈地要与自我融合的渴望。而影子总是遁去、难以捕捉,又暗示着自我之难以企及。这一片段或可作为浪漫主义自我探索的缩影。

同时,浪漫主义作家们也时刻保持着对过度自我倾向的警惕,努力地培养着谦卑、虔敬之心。尽管浪漫主义诗人大多偏爱孤寂、独处,但是他们也常常"惩戒自己远离人群的愿望"(《序曲》4.304)。在第一版《抒情歌谣集》(1798)中,华兹华斯在他的第一首诗当中就批评了一位自视清高而离群索居的青年,并称其为"迷失的人"。他喜欢坐在紫杉树下,虚度自己"不结果实的生命",叹息自己与世界的脱节。诗人借此警告那些富于想象力、内心纯洁的青年,不管这种清高看起来多么卓尔不群,它事实上是"渺小的":

　　一个人若轻视其他任何生命,
　　那么他就荒废了尚未使用的官能,
　　他的思想尚处于幼稚时期。一个人
　　若眼光始终盯着自己,他确实也关注了
　　一个生命,这自然界最渺小的作品,
　　他会让智者永远感到不屑,然而这又是
　　智慧所不允许的。哦,明智些!
　　要知道,真正的知识引向爱,
　　真正的尊严只存在于这样的人身上:
　　他能够在内心思索的沉默时刻,
　　依然怀疑自己;在心灵的低落时分,
　　他依然尊重自己。②

---

① William Wordsworth, *The Prelude*: 1799, 1805, 1850, eds. Jonathan Wordsworth, M. H. Abrams, and Stephan Gill (New York: Norton, 1979), p.53n6.
② William Wordsworth, "Lines Left upon a Seat in a Yew Tree,"《抒情歌谣集》,第 47~50 页.

在《安家格拉斯米尔》①中,诗人也指出,人不能活在自己的小世界中,对他人和外界不负责任、漠不关心,而应充分履行生命赋予每个人的使命:

> 但是,我们活着,绝不仅仅
> 是为了享乐;不,必须做些什么。
> 我不能带着毫无自责的快乐
> 走在狭隘的地方,别无他想,
> 没有长远的责任,漠不关心。
> 任何生命都有职责,有些低级
> 而且普通,但只要热情地履行,
> 一切都有价值,并且确信,
> 有一分播种就有一分收获。

(《安家》,875~883)

与此相似的是,雪莱在《阿拉斯特,或孤独的灵魂》(*Alastor; or, The Spirit of Solitude*)一诗的序言中写到,该诗表现的是一个自我封闭的年轻诗人如何走向自我毁灭的过程。雪莱认为,那些不爱大地上任何事物的人,那些对自己的同类毫无同情心的人,只是在"虚度着自己无果的生命,为自己的晚年准备着凄惨的坟墓"。② 雪莱和华兹华斯这两部作品中都包含着诗人自己的影子,都是诗人对自己的反省和警戒。对于内心相对简单、纯洁的诗人们来说,复杂的人世乃至革命的血腥都曾让他们感到对人类之爱的困难(参见《序曲》第 10 卷),感到与世界的脱节。但他们也认识到,自我是需要锤炼的,否则并不存在,或者无从认识,而人间就是一个"铸造灵魂的山谷"(the vale of Soul-making),③自我必须与外界发生关联,因为现实的生活与苦难都有助于铸造我们的心灵。在这种自我铸造的过程中,想象成为联结自我和世界的纽带,是自我教育的途径。在浪漫主义这里,想象作为一种教育方式,实际上也最接近"教育"(education)一词的本义——"引领……出去"(ex ducere / leading out),引领自己走出狭隘的小我,投入到更广阔的世界中。只有这样,才有望把握更加真实的、恒常的真我。

---

① William Wordsworth, *Home at Grasmere*, ed. Beth Darlington (Ithaca: Cornell UP, 1989). 笔者主要参照手稿 B(MS. B),全诗译文详见本书附录。以下简称"安家"。
② Percy Bysshe Shelley, *Shelley's Poetry and Prose*, ed. Donald H. Reiman and Neil Fraistat (New York: Norton, 2002), p. 73.
③ 济慈,《书信》,第 232 页。

第三章 "那沉静而永在的人性悲曲":英国浪漫主义传统中的同情思想　57

因此,当我们过于强调浪漫主义的自我倾向时,我们还应留意到浪漫主义的另一种特征"忘我"——基于同情的忘我,这是浪漫主义想象的基石。詹姆斯·恩格尔在《创造性想象》一书中指出,"18 世纪中晚期思想的一个重要主题就是同情的力量(the power of sympathy),这里既涉及道德也包括美学。这一主题对于英国浪漫主义来说尤为重要。"① 恩格尔认为,同情指的是"个体如何感他人之所感,并由此推及整个世界,他如何与他人、甚至无生命的自然认同"。② 他还指出,在浪漫主义时期,关于同情的思想与想象密不可分——"同情成为想象力的一种特殊力量,使自我得以逃脱自身的藩篱,以便与他人认同;或者以一种新的方式观察事物,培养一种审美鉴赏力,将主观的自我与客观的他者融为一体。"③

恩格尔追溯了 18 世纪英国哲学家对于同情的讨论。在霍布斯有关"人性自私"的阴暗思想笼罩下,很多思想家相继对作为人类本能的同情做出阐释,并且把同情与 18 世纪另一个核心思想——想象——联系起来。夏夫兹伯里(Shaftesbury)就说过,"万物皆同情"(All things sympathize)。④ 休谟(David Hume)在承认同情源于本能的基础上,更着力探索同情背后的各种动机和复杂性。他指出,"如果有一种感知能力决定着我们的同情能力,那就是想象。在我们的同情能力中,同一条原则同时操控着道德和美学层面。"⑤ 同时,休谟也对同情性认同(sympathetic identification)有所批判。和很多思想家一样,休谟也认为,我们善于对不幸的遭遇产生同情,却难以切身地为他人的幸事感到高兴。柯尔律治也曾感慨,"凡夫唯知怜悯,天使方能随喜。"⑥ 在《关于崇高与秀美的哲学探赜》中,伯克在"同情、模仿、雄心"部分中专门论述过同情。在谈到各种艺术时,伯克认为,想象是一切模仿的基础。然而,诗歌并不对感官展开描述,而是要唤起听者的想象,因为诗歌的要务在于"以同情而非模仿来感染人";诗歌要"表现事物在心灵上引起的效果,而非呈现事物本身那固定、清晰的画面"。所以,伯克常常说,"我们将拒绝描述的部分诉诸同情"(We yield to sympathy, what we refuse to description)。⑦ 这一时期最具影响力的代表当属亚当·斯密(Adam Smith)。他在 1759 年发表了《道

---

① James Engell, *The Creative Imagination*: *Enlightenment to Romanticism*, (Cambridge, Mass.: Harvard UP), p. 143.
② Engell, *The Creative Imagination*, p. 144.
③ Ibid., p. 144.
④ Ibid., p. 143.
⑤ Ibid., p. 148.
⑥ Ibid., p. 147.
⑦ Ibid., p. 148.

德情操论》(*Theory of Moral Sentiments*)这一重要著作,为人们探讨同情性想象(sympathetic imagination)打开了闸门。斯密指出,同情构成人的全部道德感,是一切道德思想和行动的基础。然而,同情唯有通过想象力才能起作用。借助想象,我们使自己置身于他人的境遇中。不过,对于斯密来说,想象和同情并非同义词。想象先于同情产生,并改变着我们的感觉方式,这种转变让我们对他人产生兴趣和关注,从而为他人付出行动。因此,想象成为必不可少的能力,它能帮助人们执行其基本的道德本能——同情。① 这一思想对后人产生很大影响,并在浪漫主义时期达到了顶峰。

另一位学者、济慈传记的作者 W·J·贝特也专门论述过 18 世纪的同情思想。他指出,同情的思想在浪漫主义时期影响深远,人们相信,"通过同情的作用,想象得以洞见事物的基本真相和内在精神,而这非理性所能及"。② 柯尔律治、华兹华斯和雪莱等人都曾论及同情。在济慈的诗歌思想中,同情更是占据着重要的地位。同情也潜伏在海兹利特全部批评思想的背后,更是构成他大部分伦理思想的基础。同情性想象体现着"最高级的道德情操与审美能力",唯有能唤起同情的事物才能给人以持久的愉悦。③ 他指出 18 世纪的一条准则:为了理解和再现"自然",诗人首先要具有广泛而渊博的、关于"人性"的知识。这成为检验一位诗人是否具有同情性理解力的标准,"因为我们只能同情我们所了解的事物,所以,我们的知识与经验越丰富,我们的同情范围也就越广阔,我们的同情力也就能够越恰切、越精确地感受事物"。④ 18 世纪的思想家认为,"人性是'本性'(nature)中最精华的部分,不论它是否是构成道德的基本冲动,也不论它在不同的个体之间存在着多大的程度差别,人性中始终存有一种自然而本能的对于同类的同情力。"⑤这些思想对华兹华斯、济慈等人都很有影响。

此外,恩格尔与贝特都对同情(sympathy)与移情(empathy)进行了区分。恩格尔从词源上指出,在英国启蒙运动和浪漫主义时期,"empathy"一词从未被使用过。该词是对德语单词"einfuhlung"的翻译,指的是"in-feeling"或者"feeling into"。在 19 世纪末 20 世纪初,该词才被引入美学概念,后又被译为英语。然而,赫尔德曾用"移情"一词来形容艺术家的心灵,即将自我融入他

---

① Engell, *The Creative Imagination*, pp. 150—151.
② W. J. Bate, "The Sympathetic Imagination in Eighteenth-Century Criticism", *ELH*, Vol. 12, No. 2 (Jun., 1945), p. 145.
③ Ibid., p. 159.
④ Ibid., p. 151.
⑤ Ibid., p. 159.

者的想象力。在德国留学过的柯尔律治也曾有类似的说法。① 贝特则从同情与移情的对象以及两种情感的来源进行了精辟的分析。他认为,同情的对象通常是人,一般不涉及无生命的物体。同情性认同的行为"不是将主体的感受附加给客体,而是借助本能与明智的洞察力感悟到客体的内在精神和本质"。② 相反,移情主要是把主体的情感移植给客体。也就是说,同情需要客观无我地把握客体的真实性,而移情则强调主观感受,是借物抒我。这样看来,同情与移情看似相似,实则迥异,是不应该相互混淆的。举个简单的例子,我们都熟悉的"感时花溅泪",就是典型的移情,而非同情。同时,18世纪的同情思想还引发出这样一种信念,即诗人要热情地投入他所抒写的事物中,并在其中忘记自己的人格身份。③ 莎士比亚成为这一能力的典范。济慈所说的"诗人没有自己"也体现了这种信念。

人们通常认为,浪漫主义崇尚自我而厌弃人类、热爱自然而远离社会、喜欢异域风情而轻视日常生活、追求变革而反抗一切传统。这仅仅看到了浪漫主义的一部分表象。拜伦和雪莱的有些诗文中的确含有这样的倾向,不过,华兹华斯、柯尔律治、济慈等诗人,以及海兹利特这样的批评家都继承了18世纪关于同情和想象的传统,他们都以各自的方式和程度表达着对人间生活的关注与同情。在华兹华斯的诗歌中,"同情"是一个经常出现的词,与之相关的还有"虔敬"(piety)。对于华兹华斯来说,这两个词是相通的,正如在《颂歌:不朽性之启示》一诗中,题句中的"天生的虔敬"(natural piety)与诗歌末尾处"基本的同情"(primal sympathy)前后呼应一样。根据同时期思想家维柯的观点,虔敬体现一种关联感,是自我与他人之间的同情,高级的诗人灵魂中都具有"同情的本性"。虔敬涉及到家庭、责任、国家、精神生活、承受与牺牲,它凭借同情将人们联结为一个整体。一个人若不能虔敬,就不会有真正的智慧。④

华兹华斯在《抒情歌谣集》序言(1800)中指出,同情是诗人必不可少的属性。诗人是"一个对人类说话的人",他"对人性有着超乎常人的深刻认识","诗人不是仅仅为诗人而写作,而是为了人类……诗人必须从想象中的高处走下来,必须以他人的方式来表达感受,以便激发起合理的同情。"他反对当

---

① Engell, *The Creative Imagination*, p. 157.
② W. J. Bate, "The Sympathetic Imagination in Eighteenth-Century Criticism", *ELH*, Vol. 12, No. 2 (Jun., 1945), p. 161.
③ Ibid., p. 149.
④ 文中关于维柯的思想主要参考了 James Engell, *The Committed Word: Literature and Public Values*, (University Park: The Pennsylvania State UP, 1999), pp. 93—94.

时盛行的矫揉造作的"诗歌语言",而是主张使用"人们真正使用的语言",试图从诗歌最基本的表述层面开始就与普通人们认同——这对于一般诗人来说并非易事,它需要诗人学会谦卑、甘于平凡。华兹华斯认为,在描述情感时,诗人的语言恐怕稍嫌机械,不像处在真实境遇中的人那样感受真切、生动。因此,诗人应该让自己的情感接近他所描述之人的情感,暂时地"让自己完全迷失,将自己的感受同他人的感受混淆起来、与他人认同"。这一点或许受到了18世纪思想家关于同情和语言理论的影响(如 Hugh Blair)。简言之,《抒情歌谣集》序言已经明确说明,其写诗的目的是为了"探索人性的基本规律"。①

柯尔律治对同情也有自己的见解,并曾谈到华兹华斯诗歌中的同情因素。首先,他认为,要成为一个作家,就要对其所处的世界怀有同情。② 在《文学生涯》中,他指出,对于诗歌来说,有四种因素尤为重要:首先是音乐美;其次,"诗人必须启动同情的想象才能最大限度地发挥其诗歌天赋,即进入他者的感受和经验当中,并在这一过程中泯没自我";第三指诗歌中的情感因素;第四则涉及思想的深度和能量。③ 在谈到华兹华斯诗歌的优美之处时,柯尔律治认为,华兹华斯的诗歌具有:

> 一种沉思的悲怆(a meditative pathos),一种幽思与感性的结合,对人作为人的同情(a sympathy with man as man),一位观察者的同情,而不是与其一同受苦,(旁观者,而非参与者)一位观察者,在他看来,高低贵贱并不能掩盖同一的本性。风霜、辛劳甚至无知都不能遮掩人类神圣的面目……人与诗人在彼此身上失去又找回自我,前者变得神圣,后者更具实质。华兹华斯这种温和而富于哲思的悲情,我认为确实无人可与其匹敌。④

柯尔律治以《玛格丽特的痛苦》、《疯母亲》等诗歌为例,说明华兹华斯仅仅表达了旁观者的同情,却不能像莎士比亚那样表达一种"化身的(Protean)"同情。柯尔律治认为,同情性想象的理想境界是成为其同情、想象的对象,这是一种将自我感抛却在超越自我之外的事物中的能力。他认为,华兹华斯和歌德都没有做到这一点,他们只是在外界表达同情,未能投身其中。

---

① 华兹华斯,《抒情歌谣集》,743、751页。
② 柯尔律治,《文学生涯》,第1卷,228页。
③ 柯尔律治,《文学生涯》,cix页。
④ 柯尔律治,《文学生涯》,第2卷,第150页.

在济慈那里,浪漫主义的同情得到进一步的深入。在《文学生涯》发表的同年,即 1817 年,济慈在给弟弟们的信中提出了著名的"negative capability"概念,中文一般译作"消极能力"。这种能力与同情性想象关系密切。首先,我们发现,"negative capability"这一对词语本身构成了一种悖论:"消极"隐含某种被动性,"能力"则包含主动、能动性,两者的结合造就了一种特殊的能力。济慈认为,要想在文学领域有所造诣,就需要具有这种"消极能力",指的是一个人"能够安于种种不确、神秘、怀疑,而不急于求索事实真相和道理"的能力。济慈认为莎士比亚就是这种能力的典型代表。① 恩格尔对"消极能力"也有所阐释。他指出,"济慈认为,只要我们失却了自己的人格身份,我们也就失却了对于世界的看法,我们关于现实的成见随之消失,而诗歌中强烈的时刻恰恰诞生于此。"② 也就是说,当我们摆脱了对自我和事物的执着,我们就有可能进入到另一重未知的境界,并与之认同。

事实上,在提出"消极能力"之前,济慈在大约一个月前的信里提到"恭顺的能力"(capability of submission):

> 我必须说起一件近来一直压在我心头的事情,它增强了我的谦卑之心和恭顺能力,那就是——天才之人就像某些超凡的化学品那样伟大,能够在中等智力的大众身上发挥作用——因为他们没有任何自我,没有固定不变的个性。③

"消极能力"可以看作对"恭顺能力"的发展。两者都强调自我的谦卑、顺服乃至消解,以便更好地对他者表达同情和认同。济慈的传记作者 W·J·贝特曾这样解释"消极能力":

> 在我们充满不测的生活中,没有任何一种体系或一个公式能够解释一切;甚至语言也至多是,用培根的话来说,'思想的赌注'。我们所需要的是一颗善于想象并且开放的心灵,以及对于复杂多元现实的高度包容性。然而,这涉及一种自我消解(negating one's own ego)。④

---

① 济慈,《书信》,第 41 页。
② Engell, *The Creative Imagination*, p. 288.
③ 济慈,《书信》,第 35 页。
④ W. Jackson Bate, *John Keats*, (Cambridge, Mass.: The Belknap Press of Harvard University, 1963), p. 249. 另可参考 Bate 的 *Negative Capability: The Intuitive Approach in Keats* (Contra Mundum Press, 2012).

"消极能力"的"消极"暗示着一种积极的"自我消解",这是实现同情性想象的前提。大约一年之后,济慈在信中提到"诗性人格",也是对"消极能力"思想的进一步阐释:

> 至于诗性人格本身……它并非它自己——它不具有自我——它既是一切,又什么都不是——它没有个性……在所有生物中,诗人最无诗意,因为他没有自己的身份——他始终在塑造着——或填充入其他某个身体——日、月、大海、男人、女人,这些有冲动的生物富有诗意,因为他们拥有不变的属性——诗人没有,没有自我——他必然是上帝创造的所有生物中最无诗意的一个。①

尽管济慈非常热衷于"消极能力"这一想法,但他也真诚地反思过这种能力背后的隐患:漫无目的的想象、肆无忌惮地抹杀价值和身份,最终只会导致虚无主义。恩格尔认为,"如果一生都在这样的想象中度过,那么灵魂会感到害怕的,因为它到死的时候还是不得不面对那些疑惑与不安。"②他将济慈关于想象的思考总结为四点。首先,在同情性想象的强烈作用下,其他事物的本质以看似全新的面貌压迫到我们身上,我们仿佛与之交融在一起,甚至暂时地泯没了自我。然而,济慈怀疑这是否就是诗歌的终极目的。想象是否更应该致力于寻求启迪人生的真理? 其次,他认识到,纵使诗人能够非常强烈地与外物或者他人认同,这种同情性想象在道义上也仅仅是中性的。同情性想象能够给诗人以自由,但是却不能让诗人确知自己的责任何在。因此,济慈认为,诗人的想象应该富有智慧,应该探索更加丰富的经历,包括那些我们尚不能认同的,目的是寻找真理和对人生的指导。第三,想象让济慈开始思考现实与虚幻的关系,区分诗人与梦者的不同——诗人应关注"更为高贵的生活",关注"诸多苦难与人心的挣扎",并且"向尘世倾洒慰藉的油膏"。③ 第

---

① 济慈,《书信》,第 147—148 页。书信的编者指出,济慈上述思想中有明显的海兹利特的痕迹。海兹利特在 *An Essay on the Principles of Human Actions: the Natural Disinterestedness of the Human Mind* 中阐述了关于同情和想象的思想,认为人类心灵天生具有的公允无私(disinterestedness)的能力指的是"自我从现有之躯中抽离出来,通过同情性认同进入到自己的未来之躯当中、进入到他人的心灵和情感当中"。不过,海兹利特总是在"力量"(power)的语境下阐发想象性同情,这既有可能导向博爱(benevolence),也有可能导致"自爱"(self-love)。相比之下,济慈的"消极能力"则更加谦恭。《书信》,381 页。

② Engell, *The Creative Imagination*, p. 289.

③ 分别出自 John Keats, *Sleep and Poetry*(123～125 行)和 *The Fall of Hyperion: A Dream*(201 行)。John Keats, *Complete Poems*, pp. 37—46, 361—373.

四,想象如何克服内在的阴暗面,如何调和经验中的矛盾。济慈希望以诗歌的方式为想象寻求出路,并且以此净化人类的动机。①《夜莺颂》、《忧郁颂》等诗歌都流露出济慈对想象本质的思考。

雪莱也继承了浪漫主义的同情思想。他在《为诗一辩》("A Defence of Poetry")中写道:"关于道德的最大秘密是爱,或者说,从我们自己的本性中走出去,与存在于思想、行动、他人身上的美——不属于我们的美——认同。一个人要止于至善,就必须具有强烈且包罗万物的想象力;他必须将自己置于他人——众多他人——的位置上,他同类的痛苦与欢乐也要成为他自己的痛苦与欢乐。道德良善的最重要工具是想象。"②雪莱用"爱"来借代同情性想象,指的是个人的想象力向外延伸,从而对世界和他人产生同情,将同情提升到新的高度。这一传统在济慈、布莱克、华兹华斯、柯尔律治身上也能找到。

通过对浪漫主义自我的概括,以及对同情性想象的梳理,可以发现,自我探索与人性关怀不仅不矛盾,而且还是相辅相成的。自我的成长与同情能力的提高是一致的。同情既是认识自我的结果,又是引向自我超越的途径,可以避免陷入自私与虚无。浪漫主义思想传统对后代影响深远。如果我们在探讨其叛逆性的同时也能够继承其对人性、传统、习俗的尊重与同情,那么,我们才能够更加平衡地把握浪漫主义。

2. 倾听与共鸣

"sympathy",中文译作"同情",兼具"共鸣"、"和谐"之意。在《牛津英语字典》(OED)中,有关"sympathy"的解释也借用了很多与音乐有关的词语,如harmony(和谐、和声),consonance(一致;[音]协和;),concord(和谐)等。③音乐是用来听的。这仿佛暗示着,在同情、音乐与倾听之间存有某种潜在的关联。对于华兹华斯来说,倾听能力在培养同情心的过程中发挥着重要的作用,比如在他关于人间悲苦的诗歌里往往有一个倾听者,一边听人讲述悲惨的经历,一边表达着共鸣与感悟,最终变得"更悲哀,也更智慧"。首先,倾听不仅表达了一种关注,更多地体现了一种关切与耐心。其次,倾听最容易使人沉浸于忘我的状态,是设身处地与他者认同的前提。同时倾听也是一种媒

---

① Engell, *The Creative Imagination*, pp. 285—286.
② Percy Bysshe Shelley, *Shelley's Poetry and Prose*, p. 517.
③ http://www.oed.com/view/Entry/196271?isAdvanced = false&result = 1&rskey = KHXp9j&.

介，连结着想象与理解，是引起共鸣的基础。另外，我们也可以参考，在法语中，"听"（entendre）这个单词就兼具"听见"与"理解"（comprendre）之意。①

华兹华斯《丁登寺》中的著名诗行——"时常听到／那沉静而永在的人性悲曲"（hearing oftentimes / the still, sad music of humanity）——就体现了倾听能力与同情性想象的紧密联系，同时也是华兹华斯诗歌的主旋律。在《人性的悲曲》（*The Music of Humanity*）一书中，乔纳森·华兹华斯（Jonathan Wordsworth）指出，"在讨论华兹华斯作于 1797～1798 年间的诗歌时，我们很难避免音乐一词。"②他认为，在 1797 年底，华兹华斯接受了一种"本质上非常具有同情力的思维方式"，并对"完美的和谐"（a total harmony）这一观念产生兴趣。《丁登寺》写于 1798 年 7 月 11～13 日，即法国大革命爆发九周年的日子。开篇的"五年已经过去了"将时间倒退至 1793 年，当时诗人的个人生活（包括与法国女子安奈特的恋情、谋生的职业、经济状况等等）正受到超出自己控制之外的一系列历史事件（主要是法国大革命进入血腥阶段）的影响，因而处于动荡不安的时期，而威廉·葛德文（William Godwin）所代表的唯理性思潮以"个人判断力的无限制演练"（the uncontrolled exercise of private judgment）③、抽象的人性概念等也逐渐使诗人陷入心灵的低谷。当时，对于自然，诗人的兴趣仅停留在浅表之上——"自然本身就是一切"（76行），并不需要任何"视线以外的兴趣"（83行）；对于人性的关怀，诗人以"我的心献给人民"（《序曲》9.120）表达了抽象化的理想主义式的热情。五年来，自然、友谊、亲情、对普通生活的关注等具体而感性的因素逐渐帮助诗人走出困境。当他赋诗纪念这一历程时，其典型的"失与得"的主题也在该诗中形成："失"大多指诗人对大革命的失望以及诗人心灵危机期间的精神损失，"得"则主要表现为聆听到"人性悲曲"的能力。诗中写到一种超然的心境。在这种心境下，个人的理性判断让位于柔和的温情，自我意识乃至整个肉体都暂时消泯，从而使心灵达到活跃的状态：

> 生命本身这重秘密的重压
> 以及这难解的世界中所有

---

① Jean-Luc Nancy, *Listening*, trans. Charlotte Mandell (New York: Fordham UP, 2007), p. 6.
② Jonathan Wordsworth, *The Music of Humanity: A Critical Study of Wordsworth's "Ruined Cottage"* (London: Nelson, 1969), pp. 249-250.
③ William Godwin, *An Enquiry Concerning Political Justice* (1793), Introduction by Jonathan Wordsworth (Oxford: Woodstock Books, 1992). 见"Introduction"部分。

第三章 "那沉静而永在的人性悲曲":英国浪漫主义传统中的同情思想

> 令人疲惫不堪的重负
> 释然减轻;那恬静神圣的
> 心境以温情引领我们,直到
> 这血肉之躯暂停了呼吸,
> 直到血液几乎中止流动,
> 我们的肉体睡去,
> 而成为灵动的精神。
> 当和声的力量以及欢乐的深厚力量
> 使目光变得平静,
> 我们洞见事物内部的生命。①

诗人认识到,必须先泯去自我,才有望洞见事物的本质。在此基础上,他进一步写道:

> 我已然学会
> 静观自然,不似当初
> 年少无思,而是常常聆听到
> 那沉静而永在的人性悲曲,
> 既不尖锐,也不刺耳,却拥有
> 充足的力量来净化与平息。
>
> (90~94 行)

上面的引文中存在很多悖论因素:为什么诗人用"look *on* nature"(这里译作"静观自然")而非"look *at* nature"?为什么诗人在"静观"自然的时候却"聆听"到"人性的悲曲"?为什么诗人用"still"(该词兼有"无声"之义)来修饰"music"?以及,为何诗人选用"harsh"(尖锐)和"grating"(刺耳)这两个被弥尔顿用来形容地狱噪声的词?在回答上述问题之前,我们先来看一看有关"人性悲曲"的代表性阐释。

学者詹姆斯·H·艾弗里尔(James H. Averill)在《华兹华斯与人类苦难诗》中指出,诗人在自然中听到"沉静而永在的悲曲",是因为他"学会在草叶与山楂树之间驻足、沉思,他在它们中间发现或者创造出与人类的关联"。②

---

① 华兹华斯,《抒情歌谣集》,第 116~120 页。
② James H. Averill, *Wordsworth and the Poetry of Human Suffering* (Ithaca and London: Cornell UP, 1980), p. 236.

艾弗里尔指出,这种音乐具有净化与训诫的力量,而不是刺激我们的心灵,并说明在人心、自然与人类的悲苦之间的存有密切的关系。他认为,人性的悲曲最终以"具有同情力的沉思"取代了童年时期"对大自然即兴且热情的反应"。①

大卫•布朗维奇(David Bromwich)在分析《丁登寺》一诗时指出,诗中所弥发的宁静与诗人记忆中的革命血腥形成张力,是一种"唯有将记忆中的恐怖升华才有望体会到的祥和与宁静",他还联系莎剧《麦克白》对诗中的恐惧心理进行了分析。② 布朗维奇指出,他所说的"升华"(sublimation)有别于新历史主义学者们所简单认为的从政治与历史层面向美学方面的转化或对历史现实的"逃避"与"抹煞"。③ 布朗维奇指出,该诗从一开始就讲述到"回归",④亦即强调了建立在连续性基础上的心灵成长过程。诗中有关自然景色、妹妹的表述也体现了具有救赎意义的感性因素。关于"人性悲曲"的理解,布朗维奇给出下面的阐释:

> "沉静而永在的人性悲曲",我以为,就是人类痛苦与欲求的呼声,也就是卢梭在《论人类不平等的起源》里听到的同样的声音。该呼声为卢梭提供了建立自然社会的最初动机,但却使华兹华斯产生了建立一个小规模的、只有他和多萝西两个人(他们两人对大自然的体验几乎相同)的社会的冲动。受到训诫、得到收敛的(华兹华斯没有直言,却做出暗示,这一点很重要)是欲投身于更大社区中的欲望。他自己的苦痛,以及他妹妹的,都将得到彼此的倾听,并在彼此身上、在相互的回忆中找到慰藉。而对于其余的人类——法国大革命、人权宣言即借此名义展开,诗人的回应已经由他所选定的"音乐"一词所制约。**我们都知道,音乐,是用来听的,而不能作为行动的向导。当我们反思着倾听这一音乐的经历,我们就能够在内心中相应地验证到构成这一音乐的情感,因而能够与全部的人性产生共鸣。**⑤

对于上述理解,笔者更认同其最后的黑体字部分,即诗人通过音乐的隐喻将无形的倾听行为与更高等级的同情、共鸣等感受能力联系起来,这种内在的

---

① James H. Averill, *Wordsworth and the Poetry of Human Suffering* (Ithaca and London: Cornell UP, 1980), 237.
② David Bromwich, *Disowned by Memory: Wordsworth's Poetry of the 1790s* (Chicago: U of Chicago P, 1998), p. 73.
③ Ibid., pp. 74—77.
④ Ibid., p. 77.
⑤ Ibid., pp. 88—89. 黑体字为笔者所加。

感受力具有外部行动无法比拟的力量。但布朗维奇将"悲曲"解释为"人类痛苦与欲求的呼声"则未免有失简单,似未能充分理解诗人的本意,因为,"呼声"(cry)无法自成"音乐"——而且是"沉静的"音乐,后者必有赖于诗人的心智努力和情感投入,它是诗人倾听行为的结果("*hearing... the still, sad music of humanity,*" 斜体字为笔者所加),不同于或者说远远高于诗人倾听(listen)的原始对象。只有认识到这一点,才能更好地理解诗人倾听行为的转化功能与和谐作用,更全面地把握诗人倾听行为的特殊意义。另外,尽管诗人对人间的悲情怀有强烈的兴趣,但这并不能由所谓"痛苦的呼声"来简括。同时,布朗维奇所说的仅有诗人和妹妹二人的小小社会易使诗人本来宏厚的思想显得狭隘,毋宁说诗人从抽象的社会关怀转向对具体实在的"人间群落"(华兹华斯常用语)的关注。更进一步,在解读《丁登寺》一诗时,也不宜过于强调法国大革命、强调恐怖造成的阴影。与文中的宁静感形成张力的不仅仅是所谓的"血腥"。潜在的对象可能包括法国革命,但远比它大得多,比如"市井喧嚣"(27 行)与"生命本身这重秘密的重压"(burden of the mystery,39 行)等都是难以简括的概念。

保罗·H·福莱(Paul H. Fry)在其专著(*Wordsworth and the Poetry of What We Are*,2008)中自称以"激进的经验主义者"立场,借助黑格尔的哲学思想、海德格尔等人的现象学,以及弗洛伊德的精神分析视角,并且以"关于现实的本体论"(the ontology of the actual)为基本主题,对华兹华斯的主要诗歌进行了论述,强调了华诗中所体现的"物性"(nonhumanity,thinghood)、"无意义"(insignificance)、"平等无别"(the undifferentiated)等特征。[1] 在福莱的论述中,"物质的"(somatic, somatism,特别强调与精神、心灵的相对性)是一个关键词。他认为,在《丁登寺》中,诗人"始终在反思自然界的物质属性(somatism)与死亡之间的关系",并认为诗人以"表面的超然态度掩盖着其内在的[对死亡]的关注"。[2] 福莱对"人性悲曲"的理解即是出于此角度。他指出,《丁登寺》中所说的丰厚补偿就是"聆听到人性悲曲的机会"。[3] 对于"人性悲曲",他的理解具体如下:

> 他[华兹华斯]是在"静观自然"的时候听到这一音乐的(持续地或者恒久地听到,尽管此音乐本身是无声的)。并且,在大自然的表象中,他

---

[1] Paul H. Fry, *Wordsworth and the Poetry of What We Are* (New Haven: Yale UP, 2008), pp. xi—xii.
[2] Ibid., p. 178.
[3] Ibid., p. 179.

> 以审美的思维听到"人性"——就像《序曲》第 8 卷所说的,对大自然的爱引发对人类之爱。但是,何以如此?如同六年之后那最卑微的小花,大自然向我们讲述了有关人类状况的一些事情,其深刻为眼泪所不及:即我们是肉体,我们会死亡,身为人类仅意味着我们是自然界中唯一知道自己命运的肉体,因而将在悲伤中受苦。……当沉静而永在的悲曲被理解为自然界内部所固有的、其他任何生存空间都无法听到的乐曲,那么,那起到制衡作用的潜在的、欢乐的伴随曲调——华兹华斯的丰厚补偿——即宣告了我们与肉体之间的异化得到暂时的止息。①

根据福莱的理解,"人性悲曲"主要涉及死亡以及人类对死亡的知识与无奈。这一理解试图以人类无可回避的现实来总括"人性悲曲"的内涵,的确具有一定的合理性,因为对死亡的忧惧与思索是许多诗人都思考过的艰深话题。但除此之外,"人性悲曲"中似含有更加细腻、微妙的内容,难以清晰、明确地界定,而"音乐"的隐喻本身也否定了定义的必要性。

同时,福莱还认为,"人性悲曲"中包含了一定的反社会思想,指出"只有深居洞穴的隐士才能听到这沉静的悲曲",因为"隐居处远离'城市中的喧声',不会受到其电波的干扰"。② 这一说法低估了一位成熟诗人的倾听能力,以为市井喧声必然妨碍诗人对"人性悲曲"的感悟,没有认识到市井喧声与时代的嚣噪恰是促成诗人聆听到"人性悲曲"的必要背景音乐。另外,诗人在《序曲》中也特别说明,要培养真正的美德与人性,并不需要刻意的遁世静居(13.186~195),"生活的常态"(13.62)才是最好的学校。

福莱还注意到,人性的悲曲所体现的音乐性与启蒙时期对人类话语的重视,以及由人类话语所代表的逻辑性形成对比。他认为,要听到任何有助于"人性之复元"的事物,华兹华斯必须要"弃绝启蒙时期对人类的定义,即人类是喋喋不休的动物,其'乏味的交流'维持着历史中理性之任性,包括据说[指根据新历史主义者的观点]'被压抑的'法国大革命的历史"。③ 福莱指出,话语构成了人类与其他生物之间的区别,而音乐则起到统一与联合的作用:

> 由几乎无感觉的沉思者(the almost insensate contemplative)所听到的音乐是存在的声音(the sound of being),将人类与其他生灵重新联结

---

① Paul H. Fry, *Wordsworth and the Poetry of What We Are* (New Haven: Yale UP, 2008), p. 179.
② Ibid., p. 80.
③ Ibid., p. 180.

第三章　"那沉静而永在的人性悲曲"：英国浪漫主义传统中的同情思想　69

在一处共同的'栖居地'，而与此同时又确实是'无居所的'，因为它们居于落日的辉光中。①

福莱指出，至关重要的是，不能把人类的语声与人性悲曲混淆在一起，因为，唯有人类的语言能够解释"生存的秘密"，且解释本身体现启蒙主义色彩，但一位隐居的诗人并不需要如此解释。福莱指出，燕朴荪（William Empson）曾称《丁登寺》"一塌糊涂"，但诗语的矛盾性与模糊性恰恰说明了诗人并不过度看重语言的解释功能。福莱注意到，与"生存的秘密"等相连的动词是"lightened"（42行），但在这里，该词并不表示具有启蒙色彩的"照亮"，因为人类生存的秘密不是一团"黑暗"，而是一重"重压"；一位陷入沉思的人"并不需要有关此重压的解释，而是需要压力之减轻，从而听到音乐"。② 笔者想到《序曲》中的一段文字，揭示了诗人在心灵复元后对"生存的秘密"的态度，能够对福莱的观点有所补充：

> 肉体与灵魂、生命与死亡、
> 时间与永恒的奥秘——这重压在我们
> 身上的奥秘——也得到调和，以更平常、
> 更迂缓的方式为我接受，因我能在
> 沉静中欣然贴近松厚的人情——
> 那人人皆有的牵忧，无论他天赋
> 高低，是诗人，还是注定度过
> 平淡的一生。于是，世间万物
> 在灵魂深处激发的狂喜，或那种
> 欢呼哈利路亚的狂热，都有所
> 收敛，受到抑制和平衡。

（14.285～295）

上述诗文写到这重重压得到"调和"，写到诗人能够以"沉静"的态度"欣然接受"生存的奥秘，也开始愿意贴近普遍的人性，内心的各种激情得到"收敛"、受到"抑制和平衡"等等，这些内容都与"人性悲曲"的涵义与作用密切相关。

最后，福莱还从"人性悲曲"中看到弥尔顿的影响。他认为，具有"净化与

---

① Paul H. Fry, *Wordsworth and the Poetry of What We Are* (New Haven: Yale UP, 2008), p. 180.
② Ibid., p. 180.

平息"作用、并且"毫不刺耳"的"人性悲曲"反映了弥尔顿在《科马斯》(Comus),有关音乐的观点,认为这一关联使"人性悲曲"带上毕达哥拉斯哲学色彩,成为天界的音乐,从而"使其与自然界之间的原有纽带有所松释"。① 笔者认为,福莱在"人性悲曲"与天体音乐之间找到的关联稍嫌牵强。在《丁登寺》中,即使这种关联在某种程度上存在(字词上的相似),华兹华斯的重心仍然体现在人心方面,而不是天界。

在《华兹华斯的伦理观》(2012)中,亚当·珀特凯(Adam Potkay)开宗明义地指出,"伦理始于倾听。"②他解释道,除了原始的、倾听上帝的召唤与启示之外,倾听也涉及很多其他内容,"倾听包含着一种敏锐的回应性(responsiveness),是责任(responsibility)的前提;同时,倾听也具有一种脆弱性(vulnerability),强调着我们关爱他人的义务"。他进而对眼睛和耳朵进行了比较,"和眼睛不同,耳朵没有遮盖"③,并转引了杰拉德·布伦斯(Gerald Bruns)对海德格尔的阐释:

> 倾听不是旁观者的方式;倾听意味着卷入、牵连、参与或短时地归属……耳朵暴露在外,不堪一击,处身危险,而眼睛却保持着距离,往往在视线之外(私人的眼睛)。眼睛挪用其所看到的,耳朵却总是被借用,总是受制于人(如"把你的耳朵借给我"[原文:lend me your ears,指"耐心、同情地倾听别人"])。耳朵给予他者进入我们的途径,容许他者进入我们,让他者声称对我们有拥有权,把我们逼疯或者某种类似的境地……耳朵让我们处于被召唤的模式,要担负责任,要显身。耳朵决定我们所处的位置。它将我们置于开放之处,让我们暴露在危险中,而眼睛却准许我们站在后面,能看见却不被看到。④

珀特凯认为,和观看不同,倾听是一个过程,它是开放性的,而不是总括的

---

① Paul H. Fry, *Wordsworth and the Poetry of What We Are* (New Haven: Yale UP, 2008), pp. 180—181.
② Adam Potkay, *Wordsworth's Ethics* (John Hopkins UP, 2012), p. 13.
③ Potkay 13。此处为 Adam Potkay 转引 John Hamilton 的话,原文出自 *John Hamilton, Music, Madness, and the Unworking of Language* (New York: Columbia UP, 2008), p. 112。
④ Potkay 13,原文出自 Gerald Bruns, "Disappeared: Heidegger and the Emancipation of Language," in *Languages of the Unsayable: The Play of Negativity in Literature and Literary Theory*, eds. Sanford Budick and Wolfgang Iser (New York: Columbia UP, 1989), pp. 127—128.

(totalizing);它将内部与外界、自我与他人之间的界限变得模糊。他指出,倾听为"占有性的我"(the possessive I)及其主导"眼睛"提供了一种制衡力量。(13—14) 在"音乐与良知"("Music versus Conscience")一章中,珀特凯指出,**"华兹华斯用音乐来替代良知,暗示着道德感始于音乐或我们对音乐的反应,也就是一种共鸣和同情能力。"**[①]对于"人性悲曲"这一短语,他将其称为华兹华斯诗歌中最难破解的谜。他首先指出"人性"这一名词的复杂性。他参考约翰逊博士的词典,给出几种解释:(1)人的本性(the nature of man);(2)人类的全体;(3)仁慈、温慈(tenderness)。接下来,他认为"人性的悲曲"(music of humanity)中的介词"of"也让人费解——为何不是"关于"(about)人性的音乐?或者"来自"(from)人性的音乐?甚至索性不用介词,直接说"人性的或人道的音乐"(humane music)?他并没有回答这些问题,而是进一步发问:华兹华斯是怎么听到这音乐的?用"肉体的耳朵"(fleshly ear,华兹华斯语)?还是"当肉体的耳朵……/忘记它的功能,并安然睡去"才能"听得最真切"(转引自《序曲》第2卷415~418行)?同时,悲曲的"净化"与"平息"作用能"使我们变得柔和、更富有人性"。[②] 他还指出,人性的音乐虽然是"悲伤的"(sad),却不让人"伤心"(sadden),甚至带来净化与提升,并援引柯尔律治的话——"音乐,无论其形式如何,终究是欢乐的"。[③]

以上有关人性悲曲的各种理解展现了"悲曲"可能包含的丰富内涵。综上所述,首先,"悲曲"本身是音乐,音乐体现内在的感受力与同情力,因此与启蒙时期对逻辑思维与外部行动的过度看重形成抗衡。相对于唯理性主义思想所强调的机械哲学和抽象人性,音乐以丰沛的情感引起我们对人性的理解和共鸣,从而培养同情心和想象力。其次,"悲曲"既然是关于"人性的"、"悲伤的"曲调,其内容必然与人类的生存状况有关,且主要体现人生的悲剧性。诗人用"沉静而永在的(still)"来形容"人性的悲曲"。"still"(永在)说明人性悲曲表现了基本的人性规律,不受空间和时间的限制,是永远存在的。"still"(沉静)除了形容悲曲的风格之外,也可视为一种移位修饰,说明聆听悲曲的诗人能够以平和的心境来表现人性的基本状况。另外,"still"还表示"无声的",悲曲也可以是无声的音乐,要听到它,须凭借心灵。同时,"still"与"sad"以共同的辅音"s"形成头韵,既增加了诗句的音乐性,也在悲意中增添了一份平静。

另需注意的是,诗人在"静观自然"的时候"听到……人性悲曲"。这里包含了两组看似相对的事物:"静观"与"听到","自然"与"人性"。首先,"静观"

---

① Adam Potkay, *Wordsworth's Ethics* (John Hopkins UP, 2012), p.91. 黑体字为笔者所加。
② Ibid., p.101.
③ Ibid., pp.95-99.

(look on)不同于停留在表象之上的"看"(look at),而是能够"洞见事物内在的生命"。因此,诗人没有说明"静观"的结果,而是写到"听到……悲曲",即以音乐的隐喻来体现事物内部的精神。这种倾听行为是比喻意义上的,而非具体的听觉活动,但这种倾听悲曲的能力更大程度地反映了心灵的主动性,因为这种能力帮助诗人从无声的历史画面中主动提取精神本质。

华兹华斯在《序曲》中曾经表明,"对大自然的爱引向对人类的爱"(第8卷)。这种转化究竟如何实现?詹姆斯·K·常德勒在《华兹华斯的第二自然:关于诗歌与政治的研究》中的解释可供我们参考。常德勒认为,"人性"(human nature)是华兹华斯的"第二自然"(the second nature),并由此论述了华兹华斯与英国思想家埃德蒙·伯克之间的关联。他认为,华兹华斯的主要诗作,特别是对法国大革命进行反思的《序曲》,都是"以一种彻头彻尾的伯克式视角写作而成的"。① 常德勒指出,"nature"一词是伯克与华兹华斯惯用的又一个核心词语,并且,两者对该词的使用都具有一定的模糊性,因为"nature"不仅指自然以及基本而普遍的属性与法则,而且还包含了体现人性内容的内涵,常德勒称之为"第二自然"。前者体现不受时空限制的、普遍的自然法则,后者则指人类从其所处的特定时代与地域而获取的结果,体现具体的人类文化与真实生动的人性世情。② 我们也可以由此推断,华兹华斯正是由于感悟到自然与人性之间的某种不可分割的、内在的关联,才能在"静观自然"的同时"聆听到那沉静而永在的人性悲曲"。③

在很大程度上,华兹华斯对真实的人间生活和具体人性的关注与伯克的许多观点不谋而合。伯克于法国大革命爆发后次年发表《法国革命思考录》(*Reflections on the Revolution in France*),抨击了法国大革命建立在暴力与抽象理性基础上的各项原则,强调对传统与秩序的尊敬,因而成为西方思想界反对法国革命的保守派(或曰文化守成者)的代表。华兹华斯的传记作者吉尔指出,伯克"对过去的尊重"及其有关"人在本质上是一个由情感、偏见与家庭忠义组成的生物"等诸多观点对于华兹华斯来说非常重要。④ 吉尔认为,伯克思想中有失公允之处可以忽略不计,重要的是他的下述信念,即"政

---

① James K. Chandler, *Wordsworth's Second Nature: A Study of the Poetry and Politics*, (Chicago: U of Chicago P, 1984), p. 32.
② Ibid., pp. 66—67.
③ 关于华兹华斯诗歌中自然与人性的关系,可参考 James H. Averill, *Wordsworth and the Poetry of Human Suffering* 第四章第136~144页。作者肯定了同情在华兹华斯诗歌中的地位,并且从华兹华斯的诗句"... tuned by Nature to sympathy with man"出发,论述了对自然的同情与对人类的同情之间的关系。
④ Stephen Gill, *William Wordsworth: A Life* (Oxford: Oxford UP, 1989), p. 109.

治应以社会形式实现人们的真实需求和真实本性,否则其不过是微不足道的权宜之计"。① 大卫·布朗维奇在《选择继承》(A Choice of Inheritance)一书中曾专辟一章来论述伯克的政治思想与华兹华斯诗歌之间的关联,强调二者对历史与传统的维护。他首先指出,该书的题目(如上)即源于伯克的一个词组("the law of inheritance"②),意在说明"有一种比记忆更为强大的事物将过去与现在连接在一起,并且,除非我们选择继承,否则这种关联并不存在"。③布朗维奇所说的"比记忆更强大的事物"指的是伯克所尊崇的历史、传统、习俗、情感、偏见等一系列体现人类共同精神遗产且充满实实在在人情味的因素,其所针对的是启蒙时期试图排除一切成见、以超然平允的态度与机械的科学理论对抽象人性进行的空洞研究以及法国大革命对传统的全盘否定、对原有秩序的毁灭性破坏。在《序曲》第7卷,华兹华斯就专门向伯克表达了敬意(7.512;7.520~534)。

最后,笔者认为,在强调以上自然与人性之间关联的同时,亦需注意到"人性悲曲"的独立性,认识到诗人的这种倾听行为与悲曲本身一样,是超越时空限制的,并不依附于某一个特定的场景。同样重要的是,我们在强调悲曲之音乐精神的同时,应给予倾听悲曲的诗人更多的关注,认识到这种倾听悲曲的能力更大程度地反映了心灵的主动性,因为这种能力帮助诗人从无声的历史画面中主动提取精神本质。诗人学会聆听悲曲,心灵更自由了一些,也更沉重了一些。

此外,我们还可以从相反的角度去看一看悲曲不是什么。华兹华斯告诉我们,这种人性的音乐"既不尖锐,也不刺耳"。这里的"尖锐"(harsh)与"刺耳"(grating)是弥尔顿用来形容地狱噪音的词语。在《序曲》中,华兹华斯也频繁使用这类词语,既指以伦敦的叫卖声为代表的市井喧嚣,更包括另一类喧声,即以罗伯斯比尔的暴力与葛德文的唯理性思想共同构成的"时代的喧嚣"(12.197),更确切地说,二者都属于理念层面上的喧声,比伦敦的叫卖声更具伤害性,导致诗人陷入精神的危机。关于华兹华斯在法国大革命时期的思想状况,很多学者都已进行深入的研究,尤以吉尔《华兹华斯传》中的有关章节以及尼古拉斯·洛的《华兹华斯与柯尔律治:激进的年月》较为翔实可信。洛曾援引柯尔律治的观点,认为在罗伯斯比尔的暴力与葛德文的唯理性

---

① Gill, *William Wordsworth: A Life*, p.109.
② Edmund Burke, *Reflections on the Revolution in France*, ed. J. C. D. Clark (Stanford: Stanford UP, 2001), p.171.
③ David Bromwich, *A Choice of Inheritance: Self and Community from Edmund Burke to Robert Frost* (Cambridge, Mass.: Harvard UP, 1989), p.vii.

思想之间存有内在的联系,具体来说,前者假公正和理性之名为恐怖暴力开脱,后者的《政治正义论》则以"个人判断力的无限制演练"为核心思想,以"推理式诘问"(rational enquiry)为实现人性完善和社会改良的主要手段。① 由此可见,二者都建立在抽象理性的松软基础之上,都体现极端、激进的意识形态。② 大卫·辛普森指出,雅各宾派的著述(也包括葛德文的理论)"流于过分沉迷理性和哲学的语言","体系、命题以及各种理论观念越来越多地为冷血的社会改革者和自诩的激进政治家所使用"。③ 在《序曲》中,华兹华斯将这种唯理性话语比做"咒语"(12.56):

> 后来心灵不能
> 承受时世及其灾难的过度
> 重压,失去天然的优雅与温慈。
> 岸上本有许多花丛,生长着
> 无畏的挚爱与幸福的谢意,香气
> 曾飘来,断断续续,告知那是个
> 迷人的海岸,但若有咒语禁止
> 航海者上岸,那芬芳又有何用?
>
> (12.54~57)

诺顿版《序曲》的编者指出,"迷人的海岸"同《失乐园》中对伊甸园的比喻有所关联,象征幸福与恒久价值;"咒语"则指葛德文唯理性思想,它诱惑航海者在"理念"的海上漂泊,无法上岸。

尼采在《悲剧的诞生》中有关"寥远而荒凉的知识海洋"(the vast, barren sea of knowledge)的比喻,有助于我们更好地理解海岸的意义。尼采认为,整个现代世界就是一个科学的、理论化的世界,现代社会最高的理想就是成就"理论化的人"(theoretical man),教育的全部手段与唯一目的就是要获取知识,以逻辑摧毁奥秘,以理性寻求幸福。尼采认为苏格拉底代表现代社会中的典型形象,认为他体现唯理性主义和乐观的功利主义思想。与此同时,尼

---

① William Godwin, *An Enquiry Concerning Political Justice* (1793), Introduction by Jonathan Wordsworth (Oxford: Woodstock Books, 1992). 见"Introduction"部分。
② 参见 Nicolas Roe, *Wordsworth and Coleridge: The Radical Years* (Oxford: Clarendon Press, 1988), pp.218—219。
③ David Simpson, *Romanticism, Nationalism, and the Revolt against Theory* (Chicago: U of Chicago P, 1993), p.171。

采也请出浮士德的形象,认为浮士德开始认识到知识的局限性,从而致力于魔术,献身给魔鬼,"他渴望停靠到某个岸上,摆脱那寥远而荒凉的知识海洋"。① 尼采指出,苏格拉底主义是现代社会的危机,我们亟需一种体现在音乐中的悲剧精神,需要一个"审美的听者"(an aesthetic listener)来制衡唯理性的、抽象化的苏格拉底,并借助音乐的力量去感知表象世界背后的最原始、本质的统一体("the Primal Unity"),因而体味到终极的、本质的欢乐。② 用另一位当代学者的话说,我们需要一个"倾听的自我"(auditory self),即"一个凝神倾听的而非穷究型的自我,他与这个世界协同,而非与它对峙"(an attentive rather than an investigatory self, which takes part in the world rather than taking aim at it)。③ 而且,根据法国思想家拉孔-拉巴特(Philippe Lacoue-Labarthe)的观点,尼采希望我们倾听的内容,"不仅仅局限于音乐领域,而且关乎其个人的命运"。④

在经历过法国大革命与葛德文唯理性思想所引发的精神危机后,华兹华斯转而倾听"那沉静而永在的人性悲曲"。这种倾听能力既是诗人自我治愈的手段,同时也标志着诗人心灵成长的又一阶段,因为诗人逐渐认识到,没有任何机械的道德学说或理论体系"具有足够的力量来融入我们的情感,与我们心灵中的血液和生命赖以存活的汁液溶为一体,以便产生值得我们关注的影响",⑤同时,他也认识到"静观相对于行动的内在优越性"(the inherent superiority of Contemplation to Action)。⑥ 在《理念与悲曲:华兹华斯后革命之变》一书中,丁宏为指出,后革命时期的华兹华斯告别以葛德文为代表的唯理性主义思想,转向"悲曲"的过程体现了诗人认知方式的转变,是诗人"告别较单一的社会政治的、历史式的、纯理念的话语方式而转向文学思维,转向体现诗意灵视的表意'话语'的过程",这一思想转变过程或者说学会倾听人性悲曲的过程体现了诗人心灵的成长。⑦

---

① Friedrich Nietzsche, *The Birth of Tragedy and Other Writings*, ed. Raymond Geuss and Ronald Speirs, Trans. Ronald Speirs (Cambridge: Cambridge UP, 1999), p. 86.
② Ibid., p. 105.
③ Steven Connor, "The Modern Auditory 'I'," *Rewriting the Self: Histories from the Renaissance to the Present*, ed. Roy Porter (London: Routledge, 1997), p. 219.
④ 耿幼壮:《倾听:后形而上学时代的感知范式》,北京:北京大学出版社,2013年,第17页。
⑤ William Wordsworth, "Essay on Morals," *Selected Prose*, ed. John O. Hayden (London: Penguin Books, 1988), p. 105.
⑥ William Wordsworth, "Reply to Mathetes," *Selected Prose*, ed. John O. Hayden (London: Penguin, 1988), p. 120.
⑦ 丁宏为:《理念与悲曲——华兹华斯后革命之变》,北京:北京大学出版社,2002年,第10页。

华兹华斯认为，一位成熟的诗人应该对人性具有"更加广大的知识"（a greater knowledge of human nature）。① 当诗人学会听取人性的悲曲，对人性有了更高一级的认识，诗人的心灵也提升到又一高度。因此，诗人的心灵成长与其对人性的认识是相辅相成的平行关系。这两个方面也是构成华兹华斯诗歌的主要内容。詹姆斯·H·艾弗里尔在《华兹华斯与人类苦难诗》中专门论述了人间悲苦与诗人心灵成长之间的关系。他指出，"不足为奇，华兹华斯最具雄心的自传体诗作探索其想象力的发展与对人间悲苦的观照能力之间的关系。"②他还指出，在《序曲》扩写过程的每一阶段，诗人都不断修改着人间悲苦与想象力成长之间的关系，以此作为对自己的阐释。③ 他认为，要谈论诗人心灵的成长，就必然要考虑到诗人对尘世悲苦的深厚关注。同时，他也提醒读者，不要把这份深厚的关注误解为对他人苦难的冷漠亵玩。

根据诗人在《序曲》中的追忆，在其心灵复元的过程中，兄妹之情、朋友之谊、自然景色以及各种具体的人类情感等等都是兼有象征意义的重要因素。在"压抑情感的年代"（3.154），这些感性因素有助于柔化因逻辑推理而变得僵硬的心灵，"维护着／我诗人的名姓，让我以这唯一的／名义在世间奉职"（11.346～348），使诗人能够"重享脑与心之间那种／甜蜜的和谐"（11.352～353）。诗人不再盲目信奉抽象、空洞的人性概念，而是对真实、具体的人类情感产生强烈的兴趣，关注"生活的常态"并从中寻求"实在的收获"（13.62～63）。诗人认识到各种现代政治理论都建立在"未经思考的计划"或者"靠不住的理论"（13.70～71）上，而诗人认为，这些理论必须经受"人间生活的检验"（13.73）。诗人更加明确地认识到个人的价值与尊严，"并非主观／幻构的个人，而是我们亲自／阅悉、亲眼所见的人们"（13.80～83）：

> 当我开始打量、
> 观察、问讯所遇到的人们，无保留地
> 与他们交谈，凄寂的乡路变做
> 敞开的学校，让我以极大的乐趣，
> 天天阅读人类的各种情感，
> 无论揭示它们的是语言、表情、
> 叹息或泪水；在这所学校中洞见

---

① 华兹华斯，《抒情歌谣集》，第 751 页。
② James H. Averill, *Wordsworth and the Poetry of Human Suffering* (Ithaca and London: Cornell UP, 1980), p. 235.
③ Ibid., p. 237.

第三章 "那沉静而永在的人性悲曲":英国浪漫主义传统中的同情思想　77

> 人类灵魂的深处,而漫不经心的
> 目光只看见肤浅。我内心已确信,
> 虽然我们仅凭过分的依赖,
> 将那些繁琐的形式称作教育,
> 但它们与真正的感情和健全的
> 心智并无多少关联;也确信,
> 大多数人都会认识到,我们很难
> 依从那空谈的世界所讲授的观点。
>
> (13.159～174)

通过对具体人性的观察,诗人找到"慰藉与药方"(13.183),并且"从卑微无名者/口中听到至理名言,那声音/恰似在允诺最高等级的美与善"(13.183～85)。诗人表示,当他的笔法日渐成熟,他将以"实质的事物"为题材(13.235),以"人心"为"唯一的主题"(13.241～242)。

要全面理解"人性悲曲"的意义,还需要了解在1798～1799年间柯尔律治为华兹华斯制定的《隐士》计划,因为华兹华斯为此设想的主题就是"人,自然,人间生活"。① 在1799年9月给华兹华斯的信中,柯尔律治这样写道:

> 我希望你将写一部素体诗,写给那些由于法国大革命的彻底失败而抛弃了全部有关人性之改良的理想、并以家庭牵累和对空想哲学的蔑视为遮掩而陷入伊壁鸠鲁式自私的人们。这将大有益处,也将成为《隐士》的一部分。②

作于1800年初的素体诗《安家格拉斯米尔》(*Home at Grasmere*)后来就成为《隐士》的开篇诗卷,其中一些诗文展示了诗人从虚幻的革命理想向更加真实而平凡的人间生活的思想转变,诗中的一些音乐性比喻也与"人性悲曲"产生关联。1799年底,华兹华斯选定了格拉斯米尔的一处居所,在某种意义上拥有了第一个属于自己的较为稳定的家园,在其荫庇下,和妹妹相依为命。与此同时,华兹华斯也确定了他的诗人使命。华兹华斯的传记作者吉尔指出,华兹华斯选择格拉斯米尔为家园——"故意地远离政治活动的中心,远离出

---

① William Wordsworth, "Prospectus to *The Recluse*," *Home at Grasmere*, ed. Beth Darlington (Ithaca: Cornell UP, 1977), p.257.
② Samuel Taylor Coleridge, *Collected Letters of Samuel Taylor Coleridge*, ed. Earl Leslie Griggs, Vol. 1: 1785—1800 (Oxford: Clarendon Press, 1956), p.527.

版商,远离整个关于文学的职业圈"——并"不是从真实的世界退避出来,而是在大自然基本的形态中,积极地投入到一种朴素的、忠诚的生活中"。① 在天堂般的格拉斯米尔,诗人切身地观察到山区村民的艰苦生活,认识到"神话般的仙境也仅仅是幻象",②诗人呼吁,"放弃所有桃花源的梦想吧,/所有黄金时代的金色梦幻"(《安家》,829~830),并声明:

> 我来此,
> 并非梦想风平浪静的生活、
> 纯洁无染的举止;生在山中,
> 长在山中,我并不要什么天平
> 来制衡我的希望;善良令我愉悦,
> 邪恶也不会令我退缩,带来厌恶
> 或极度的痛苦。我寻找的是人,
> 情同手足、普通平凡的生灵,
> 他们和别处的人们没有两样,
> 也会心怀自私、嫉妒和报复,
> 也会邻里不和——这真是愚蠢——
> 以及谄媚,虚伪,争吵与诽谤。
>
> (《安家》,427~438)

在家园与乐园之间,前者才是诗人的基点,使诗人对人类的生存现实产生了更加深刻的认识。诗人追问:

> ……有没有一种
> 艺术、一段音乐、一股(a stream of)③文字
> 即是生活,那得到公认的、生活的语声?④
> 它将讲述乡间发生的事情,
> 讲述确实发生或切身感到的实在的善
> 和真正的恶,尽管如此,却甜美依旧,

---

① Gill, *William Wordsworth: A Life*, p. 174.
② Ibid., pp. 181—182.
③ 见下文第 628 行的"一股溪流"。两处都是指文字或语声。这里又反映了华兹华斯希冀诗歌能比及自然界力量的愿望。
④ 原文是"the acknowledged voice of life"。

> 比最甜美的管笛随意吹奏的田园
> 幻想曲更加悦耳,更加和谐?
> 有没有这样一股溪流,
> 纯净无染,从心底流出,
> 伴有真正庄严而优雅的律动?
> 是否必须远离人群以将其寻觅?①
>
> (《安家》,620~631)

诗人感慨道,"要温和,并爱所有温柔的事物;/你的荣耀与幸福就在它们那里"(943~944),并且向昔日的想法作别:

> 别了,战士的行动,别了,
> 全部的希望,我曾长久地希望,
> 以缪斯的气息充满英雄的号角!
> 然而,在这平静的山谷间,我们
> 不会无闻地度日,尽管喜爱静思;
> 一个声音将言说,主题是什么?
>
> (《安家》,953~958)

诗人的回答后来成为《隐士》纲要中的著名段落:

> 在孤独中沉思,思考人类,
> 思考自然,思考人间生活,
> 我常感到甜美的情感如音乐般
> 穿越我的灵魂;无论我身居何方,
> 我将以浩繁的诗歌将其吟唱。
>
> (《安家》,959~963)

诗人选定"人类的心灵"为诗歌的主题(989~990),将歌唱人心与外部世界的和谐,但这一内容也会涉及一些沉重的话题——

> 如果我不得不常常

---

① 华兹华斯在《序曲》第四卷写到曾惩戒自己欲远离人群的愿望(4.304~308)。

> 转向别处——行至靠近
> 人类群落的地方,观看
> 狂乱的欲焰燃出邪恶的景象;
> 聆听人性在田野与树林间
> 吹奏孤独哀婉的声响;①或盘旋
> 在悲痛汇成的汹涌风暴之上,永远被困于
> 城市的垣墙——愿这些声音
> 拥有言说的权威;纵使倾听着
> 它们,我也不觉得凄惨、沮丧!
> 来吧,你那先知般的精神,人类的灵魂,
> 那广袤大地上的人性的灵魂,
> 在强大的诗人心中,你拥有
> 正宗的殿堂。
>
> (《安家》,1015~1029)

《安家格拉斯米尔》确立下诗人今后的关注方向,即人间生活与人的心灵。此后,诗人所作的许多诗篇如《麦克尔》等都体现这份深厚的关注,也正是诗人所寻觅的"一种艺术、一段音乐、一股文字",讲述"那公认的、生活的语声",揭示了"人性悲曲"的主要内涵。

悲曲既难以被精确定义,又具有超越时间的特点,就像那孤独的割麦女所哼唱的"忧伤曲调",②充溢着整个山谷,而山谷也可以象征人间,如济慈就将人世称为"铸就灵魂的山谷"(the vale of Soul-making)。③ 诗人感到,这近切的、人间的歌声远远胜过沙漠中夜莺的歌唱和辽远海岛上布谷鸟的啼鸣(9~16行),因为它更善于引起人心的共鸣。尽管诗人无法确定她歌唱的内容,但他猜想,其内容必然是"悲伤的""平凡的","曾经发生,并仍将继续"(24行)——"无论姑娘歌唱着什么主题,/仿佛她的歌声将永不停息"(25~26行)。诗中除最后一个诗节以过去时说明诗人与割麦女邂逅的经历外,前面三个诗节主要以现在时展现了割麦女一边劳作一边歌唱的画面,以此象征人间生活的客观真实的图景,并以割麦女哼唱的曲调为此图景赋予精神内涵,揭示出超越时间的、普遍的人性本质。这首小诗可谓"人性悲曲"的具体

---

① 原文是"... Must hear Humanity in fields and groves / Pipe solitary anguish"。
② William Wordsworth, "The Solitary Reaper," *Poems, in Two Volumes, and Other Poems, 1800-1807*, ed. Jared Curtis (Ithaca: Cornell UP, 1983).
③ 济慈,《书信》,第232页。

写照。

　　悲曲具有训诫的力量。在《决心与自主》("Resolution and Independence")①中,拾水蛭的老人以"庄严的言说"(103)和"溪流般的语声"(114)使诗人得到训诫与力量,获得关于人性的启迪,堪称"人性悲曲"的又一具现。该诗以自然界的声音开始:风声,雨声,放晴后鸟儿的欢歌,欢快的流水声。在这组响亮的声音中,诗人却陷入极度沮丧,因为他想到,也许有一天"孤寂、心痛、沮丧、贫穷"会接踵而至(35),想到"我们诗人年轻时以欢乐而始,/却终不免陷入疯狂与失意"(48~49)。在此情景下,诗人感到,与老人的邂逅似含有"上苍的旨意"。② 老人的语声构成诗中另一组声音。在忧愁中,诗人忽然看见池塘边有一位"最老的老人"(56),身体佝偻,病痛缠身,如一块巨石或一只蹲伏着的海兽。被诗人问起后,老人告诉诗人,他靠拾水蛭为生,过着诚实的生活。诗人这样描述老人的语声:

　　　　他话音虚弱,来自虚弱的躯体,
　　　　但字字以肃穆的顺序排列,
　　　　似伴有崇高的旨意——
　　　　字斟句酌,非凡人可企及,
　　　　一段庄严的言说,
　　　　如苏格兰虔诚的人们所用的言语,
　　　　能平和地对待一切,不论上帝或人类。

　　　　　　　　　　　　　　　　　　　　　(99~105)

与自然界欢快和响亮的声音相比,老人的语声是"虚弱的",但"肃穆""崇高""庄严"一类定语却说明其声音所蕴涵的宗教般神圣意味。而老人言语的"顺序"、"字斟句酌"(choice word and measured phrase)等特征又在一定程度上体现诗歌创作过程或者诗歌本身。一时间老人似乎兼具了布道者与诗人的双重身份。诗人聆听着老人的诉说,感到老人的语声如同溪流那依稀难辨的声音,似乎与周围的自然景物、声音融为一体,传达着某种本质的、恒久的精神。诗人听不清老人话语的具体内容,因为诗人的思想已经超越了眼前的历史画面而升华到内在的精神层面:

---

① William Wordsworth, *Poems, in Two Volumes, and Other Poems, 1800-1807*, ed. Jared Curtis (Ithaca: Cornell UP, 1983), pp. 123—129.
② Mary Moorman, *William Wordsworth: The Early Years.* (Oxford: Clarendon Press, 1957), p. 306.

> 老人依然站在我身旁诉说,
> 但此时我感到他的话语如依稀可闻
> 的小溪;我分不清他说的每个字;
> 老人的全部身形亦如
> 我梦中曾邂逅的身影;
> 或如远方来的使者,
> 以适时的训诫,给我人性的力量。
>
> (113~119)

从某种意义上说,《决心与自主》与"退役士兵"片段(4.383~451)①有许多共同之处。在"退役士兵"片段开始,诗人也写到自然界的声音:"万籁俱寂……除了流水的轻声/细语,再无其他响声"(4.384~386)。这静谧的场景为老兵那庄严肃穆的语声做好铺垫。和拾水蛭的老者一样,老兵也是一个"怪异的人形"(an uncouth shape, 4.386),因为他的身体非常瘦弱。然而,当诗人问起老兵的来历时,他的言语间流露出坚定与刚毅:

> 老兵的回答
> 虽未敷衍,也非积极,而是
> 不动声色,以简朴的语言讲述了
> 一个士兵的故事——那平静的声音中
> 并无抱怨,那一丝淡漠更显
> 庄严。
>
> (4.416~421)

老兵的经历唤起诗人的怜悯。诗人决定求助附近的农舍暂时留宿老兵。其间诗人又继续询问起老兵的遭遇。尽管老兵讲述着"往日的不幸——战争、战斗和瘟疫"(4.435),然而他的态度却平静淡然:

> 他态度平静,回答简洁;但无论
> 讲到何事,一种心不在焉的
> 神情不时流露,让人觉得

---

① 该片段最初作于1798年,后被移用到《序曲》中。

陌生,似乎过于熟悉自己的
主题,对它已不动情感,否则
他会显得崇高而神圣。

(4.439~444)

随后,诗人与老兵在无言中穿过静谧的树林,走向一户农舍,场景又复归于两人邂逅前的寂静。当诗人在辞别前叮嘱老兵要及时向人求助时,老兵又一次以平和的态度为诗人带来训诫:

听到我的责怪,他脸上又现出
那种幽灵般的温柔,慢慢说到:
"我信赖至高的上帝,我信赖从我
身旁经过之人的那双眼睛。"

(4.456~459)

以上两个例子中,无论老兵的讲述还是拾水蛭者的话语,诗人本身必须付出心智的努力才能在他们平凡的话语中发现诗意,在倾听的过程中将悲惨的事实转化为体现人性光辉的悲曲。

在《废毁的茅舍》(The Ruined Cottage)这首诗中,倾听人性悲曲的行为是通过听故事的形式实现的。在华兹华斯的诗歌中,听故事这种具体的倾听行为也应该得到我们的关注。这种写法与诗人幼年时听故事的经历不无关系。著名的华兹华斯学者罗伯特·伍夫(Robert Woof)在《华兹华斯的霍克斯海德》一书的前言中谈到华兹华斯在霍克斯海德学校上小学期间听女房东安·泰森(Ann Tyson)讲故事的经历,并认为这一经历促使华兹华斯养成"倾听的习惯"。① 他认为,这种倾听习惯贯穿着诗人的一生,对他的诗歌创作有着深远的影响,并指出华兹华斯的很多诗歌都是建立在或者部分建立在其喜欢听故事的基础上:"安·泰森教他学会倾听,此后,尽管书籍的确常为他提供重要的意象,他主要是一个倾听的诗人。"② 诗人在听故事的过程中认识到朴素的语言与由衷的情感是诗歌创作的重要因素。他也会借助听(讲)故事的方式来展开全诗,并教会读者如何去听才有意义。这一类诗歌往往以人类的基本情感为题材,大多体现人世的悲剧性,但华兹华斯经常提醒读者,

---

① Robert Woof, Introduction. *Wordsworth's Hawkshead*, by T. W. Thompson, ed. Robert Woof (London: Oxford UP, 1970), p. xvi.

② Woof, Introduction, p. xvi.

诗中讲述的仅仅是一个"朴素无华的故事"(artless story)、没有跌宕起伏的事件，①然而要领悟到其中的内涵，则需要倾听的艺术(the art of listening)。了解上述观点有助于我们认识到华兹华斯倾听行为之具体的、非超验性的一面。

《废毁的茅舍》就是一个"平凡的故事"(231 行)，讲述的是等待与死亡：农家女玛格丽特等待丈夫退役归来，在等待中幼子相继夭亡，是一个"默默受苦的故事"(233 行)。全诗由两个叙述者展开：年老的旅人——内在的叙述者，玛格丽特故事的讲述者；年轻的旅人——外部叙述者，故事的转述者。两个叙述者代表两种视角，使全诗结构精巧而自然，复杂而不失条理，在诗的结尾又实现了与开篇的呼应。"我"来到老人之所在，发现"这曾是一片／花园之地，今已荒芜"(54～55 行)，草木蔓生，水井半塞，凄凉萧瑟(60 行)，是一座废毁的茅舍。老人却警示道："我在此看到 ／ 你看不到的东西"(67～68 行)。老人拥有回忆，自然可以看到年轻人未曾见过的景象：以水井为例，年轻人见其几乎干涸，而老人记忆中的这口井曾经为旅人消渴除热，带来 清凉、恢复元气(cool refreshment, 100 行)，但更重要的是，老人凭借的是一颗沉思的心灵(the meditative mind, 81 行)，能够从作为玛格丽特苦难见证的水井里洞见"人性的秘密"，从而汲取出智慧之泉，使人从苦恼中清醒、重振(更高一级的 refreshment)。面对废园里的一切，老人指出，诗人们在挽歌中向草木山川发出召唤并非没有道理，因为自然中存在着"平静的同情"，与人类的同情是同源的(79～81 行)，然而这是粗钝的感官(grosser sense，234 行)所无法企及的：

> 这是个平凡的故事，
> 没有动人的情节，
> 一个默默受苦的故事，几乎没有
> 实在的形状，感觉迟钝的听众
> 决不适应，对于不思考的人
> 几乎不存在
>
> (231～236)

---

① Wordsworth, "The Female Vagrant," 第 2 行。在《废毁的房舍》(MS. D)中，诗人称诗中的故事为"平凡的故事，／没有激动人心的事件"(a common tale, / by moving accidents uncharactered, 231—232)。在《鹿跃井》(Hart-leap Well)中，诗人亦有类似的表达，见该诗 97—100 行。《麦克尔》中也有类似的诗文，见 19～21 行。以上均出自《抒情歌谣集》。

第三章 "那沉静而永在的人性悲曲":英国浪漫主义传统中的同情思想　85

在这废毁的茅舍里,老人讲起了玛格丽特的故事,说时语调凝重,言罢却泛起释然的欢欣。老人的语汇里频频出现有关欢乐的字眼(如 cheerful, happy, joy),而年轻人却不胜悲哀。于是,老人告诫年轻人:

"我的朋友,你已陷入足够的悲哀,
适可而止才符合智者所求;
聪慧些,快活些,别再用
廉价的目光去解读事物的形态。"

(手稿 D,508～511)

在老人的循循善诱下,年轻人最终能够从悲哀中振奋起来,并且感到,"受到如此训诫,甜美的时光正在展开"(手稿 D,530)。尽管"悲曲"是饱含悲意的曲调,但它的目的并不在于引起悲伤,甚至能够使人振作。在《序曲》中,诗人明确表示,当日后成熟,将以人间生活为主题:

人心是我
唯一的主题,它存在于与大自然相处的
人中那些最杰出者的胸膛,他们
并非没有高尚的宗教信仰,
并非都是书盲,虽读得不多,
却只读好书。从他们的内心,我可
择取悲伤或痛苦的亲情,但悲伤
成为乐事,痛苦也不会折磨
听众,因为悲痛中闪烁着光辉,
再现人类与人性的荣耀。

(13.241～250)

在《序曲》接近尾声时,诗人再次回顾全诗写作的历程。诗人将自己比做欢歌的云雀,但其声音却是"幽婉的",因为所唱的涉及"人间和它那低沉的/呻吟",但最终一切都"表现欢乐":

于是产生了这首歌,我像只
云雀,欢歌于不倦的天宇,将歌韵
拖长,也时而改变音调,以幽婉的

> 声音唱起人间和它那低沉的
> 呻吟,但一切都围绕着爱,最终——
> 若正确领悟其含义——都表现欢乐。

(14.384～389)

从倾听悲哀的故事到倾听人性的悲曲,并从悲伤中感到提升与欢乐,这一转化过程反映了更高级的倾听能力及其提炼作用,同时也借助倾听行为体现了诗人深厚的同情能力。这种倾听悲曲的能力有助于避免"廉价的目光",也反映了诗人欲超越可量化的社会信息而上升到更广阔的精神空间的努力。

第四章 "远居内陆……却听到强大的水声":
倾听能力的演化与诗人心灵的成长*

1798年秋,华兹华斯与妹妹、柯尔律治一起来到德国。柯尔律治在贵族和文人聚居的拉策堡(Ratzeburg)以及当时德国的思想文化中心哥廷根(Göttingen)学习德国哲学,而华兹华斯兄妹则辗转来到闭塞的内陆小镇戈斯拉尔(Goslar)。在干燥乏味的异乡,华兹华斯愈发怀念温润的故乡湖区。他仿佛"听到"家乡德温河的水声,从"喃喃私语"发展为"不息的乐曲",越来越清晰、洪亮。他也"看到"童年的自己在岸上玩耍嬉戏,后从中感悟到"不朽的精神如音乐的和声"。华兹华斯的长诗《序曲:或一位诗人心灵的成长》最初就是由此开始的。同时,诗人也通过逐渐清晰的声音体现了倾听能力的演化和诗人心灵的成长。① 多年后,诗人在另一首讲述心灵成长的诗歌《颂歌:不朽性之启示》中写下这样的诗句:

> 尽管我们远居内陆,
> 我们的灵魂却看到那不朽的海洋,
> ……
> 看到孩童在岸上嬉戏,
> 听到强大的海水奔涌不息。
>
> (165~170)②

可以说,以上诗行正是题目中"不朽性之启示"的具现,因为成年诗人以其听到的强大水声和看见的孩童分别象征永恒而持续的精神能量和生命早年未受损伤的感受力。"远居内陆……却听到强大的水声"也是华兹华斯诗歌中

---

* 本章的主要内容发表在《当代外语研究》2017年第3期。
① 以上关于《序曲》创作背景的论述,主要参考了 Stephen Gill, "Introduction," *William Wordsworth's The Prelude: A Casebook*, ed. Stephen Gill (Oxford: Oxford UP, 2006), pp. 3–42. 引文选自《序曲》第1卷,将在下文详细论述。
② William Wordsworth, "Ode: Intimations of Immortality," *Poems in Two Volumes 1800-1807*, ed. Jared Curtis (Ithaca: Cornell UP, 1983), pp. 271–277.

常见的主题,比如长诗《漫游》中那个"住在内陆"却听到"生身之海"的"有趣的孩子"。① 《序曲》的译者丁宏为教授在谈到这些诗行时指出,"回到大海也是回到社会'嘈杂'之前的'永恒的无声',或是回到诗语之前的诗意,甚至是一种超越了诗语的终极诗意。"② 在一定程度上,这些诗行也可以为《序曲》第一卷作注,一方面,远居德国内陆的诗人通过回忆家乡的水声去追溯早年的精神源泉,以便从中汲取创作的能量,重建诗人的信心。另一方面,"看到孩童在岸上嬉戏"句也可视为对《序曲》第一卷后半部分一组童年游戏片段的概括,并帮助我们看到这组著名片段背后的象征意义。值得关注的是,《序曲》不仅以倾听活动开始,并且,在这组具有相似结构的童年片段中,每一个片段都穿插了显著的倾听活动。

《序曲》第一卷讲述诗人童年时代在家乡湖区的成长经历。本卷记载了大量反复出现的倾听活动,它们首先发生在童年时期,倾听对象大多是自然界的声音。但与此同时,这些倾听活动也是成熟的诗人在平静的回忆中所展开的,属于"回忆中自发奔涌的强烈情感"。③ 记忆中的声音为一幅幅历史画面赋予了精神维度,这种精神本质才是诗人回忆的主要对象与目的。在这些记忆中的声音里,诗人听到一种诗性召唤,坚定了诗人的天职。童年、自然、回忆构成了第一卷中倾听活动的主要特征。童年与自然体现了双重的天成与质朴;童年与故乡则一同指向精神的本源。诗人认为,此段时空内的感受活动体现了"生命之初的诗意精神"(first poetic spirit of our human life,2.261),指的是人可以凭借感受来获取力量,并且"随着感知功能的成熟"(2.256),使心灵逐渐具有创造力,"不只是感受,也在创造"(2.258)。感觉活动与创造性心灵的成长之间有着密切的联系。④ 那么,成年诗人对这种感受与创造活动的追忆则表达了对此诗意精神之延续的渴望。在第一卷中,倾听能力即是这种诗意精神的表现之一,与诗人心灵的成长密切相关。《序曲》讲述诗人心灵的成长,也可以说是这份诗意精神的维系与成长。华兹华斯的传记作者斯蒂芬·吉尔认为,《序曲》自始至终所关注的就是"个人的感官经验

---

① 分别见《序曲》第 5 卷"梦见阿拉伯人"片段和《漫游》第 4 卷 1132~1147 行。
② 见丁宏为《真实的空间》第三章,北京:北京大学出版社,第 89 页。
③ 华兹华斯的著名诗学思想,认为诗歌是"强烈情感的自发奔涌,它源于平静中忆起的情感"(Poetry is the spontaneous overflow of powerful feelings: it takes its origin from emotion recollected in tranquility)。《抒情歌谣集》,第 756 页。
④ 詹姆斯·恩格尔在《创造性想象》中曾详细论述华兹华斯诗歌中感知活动与想象力之间的关系。James Engell, *The Creative Imagination: Enlightenment to Romanticism* (Cambridge, Mass.: Harvard UP, 1981), pp. 265—276.

如何促成道德意识的发展,促成爱与社会的完善"。①

本卷的倾听活动还具有另一个显著特点,即这些倾听对象——两组分别体现大自然秀美与崇高因素的不同声音——在整体上都呈现逐渐增强的趋势,反映着幼年华兹华斯不断成长的感受能力与想象力,也暗示着在倾听能力与诗人的心灵成长之间可能存有的平行关系。同时,在这些以过去时写就的、包含倾听活动的回忆片段之间,诗人以现在时语气穿插了许多议论性诗行,其中一段提出"不朽的精神如音乐的和声"(1.341),既进一步证明了倾听活动与诗人心灵成长之间的密切联系,为这一主题在全诗的展开奠定下坚实的基础,同时也表明一颗善于倾听的心灵能够包容或化解各种不和谐因素,并体现了浪漫主义诗人所信仰的具有共鸣能力(sympathy)或综合功能(synthesis)的想象力。② 这种倾听和声的能力既是诗人心灵成长的途径,也是诗人追求的目标。此外,这些不断增强的声音也暗示着诗人愈益强烈的诗意冲动,体现了"写诗即倾听"这一隐秘的创作过程。

1.《序曲》之序曲

当华兹华斯最初创作《序曲》时,这部关于诗人心灵成长的诗作是以倾听活动开篇的。在1798～1799年间,诗人苦于柯尔律治为他构想的创作长篇哲理诗《隐士》(*The Recluse*)的计划,逐渐陷入写作困区。在寒冷、陌生的内陆小镇戈斯拉尔,华兹华斯格外怀念温润的故乡湖区,并追溯起生命早年的情感与经历,一方面作为自我分析,另一方面也试图从回忆中寻回创作的源泉与能量。③ 在《序曲》的几个文本中,最早的1799年文本就是以倾听家乡的水声为序:

> 难道很久前,
> 那最清秀的河流乐于在我的摇篮曲中
> 溶入喃喃私语,就是为了
> 我今日的凡庸?啊,德温河!你从

---

① Stephen Gill, *William Wordsworth: A Life* (Oxford: Oxford UP, 1989), p.238.
② 除了华兹华斯以外,其他浪漫主义诗人如布莱克、柯尔律治、雪莱、济慈等都以不同形式阐释过想象功能所具有的调和对立因素的作用。本章后半部分将对此进行具体论述。
③ 关于《序曲》的创作背景,可参考诺顿版《序曲》前言,ix—xiii 页;Gill144—146, 156—163;以及 Stephen Gill, "Introduction," *William Wordsworth's The Prelude: A Casebook*, ed. Stephen Gill (Oxford: Oxford UP, 2006), pp.3—42.

> 赤杨的浓荫下,从堆岩的落瀑中,从那些
> 津渡和浅滩处送来一个声音,
> 追随着我流动的梦幻;美丽的河流,
> 你流经我"美好的出生地"近旁的绿原,
> 以日夜不息的乐曲织构着
> 柔缓的思绪,胜似轻轻的婴思,
> 以平稳的节奏调和人间的无常,
> 让我在忧烦的人间早早地品味到
> 大自然在林地与山间弥发的一片
> 静谧,对它产生朦胧的预感。
> ——难道这一切就为我今日的凡庸?①
>
> (1799,I.1~15)

这些诗行在后来的《序曲》中基本保持原状(1805.1.272~285;1850.1.269~282)。"难道……是为了"(Was it for this...)句一再重复,不仅继承了维吉尔、阿里奥斯托、弥尔顿等诗人的修辞传统,②学者邓肯·吴(Duncan Wu)还提醒我们,该句始于一行的中间、一个抑扬格五音步诗句的中部,并以一气呵成之势展开一连串问句,"对于一位长于诗歌形式的诗人来说……这种写法一方面代诗人发泄了创作《隐士》的苦恼情绪,与此同时也为诗人建构新的诗歌殿堂奠定下安全牢靠的基础"。③ 这个坚实的基础就是诗人关于生命早年的回忆,吴称之为诗人的"诗性本源"(poetic roots)。④ "新的诗歌殿堂"则有别于柯尔律治的《隐士》构想,而是讲述诗人心灵的成长历程("内心的历练才是/我的主题",3.175~176),是"避开哲思而转向诗人能够胜任的题材"。⑤

在此意义上,特别是在扩展后的《序曲》(1850)中,"难道……是为了"句一般被视为第一卷的"危机点"⑥或转折点,诚如迈克尔·奥尼尔(Michael O'Neill)所说,"危机时刻不仅威胁着诗歌创作也使其成为可能。"⑦这一时刻

---

① 此处为1799年两卷本《序曲》。与《序曲》(1850年文本)相同处直接移用丁宏为译文。
② 由"ubi sunt..."衍生而来。见诺顿版《序曲》第1页注释2。
③ Duncan Wu, *Wordsworth: An Inner Life* (Malden: Blackwell Publishing, 2002), p.120.
④ Ibid., p.120.
⑤ Ibid., p.122.
⑥ Paul H. Fry, *Wordsworth and the Poetry of What We Are* (New Haven: Yale UP, 2008), p.120.
⑦ Michael O'Neill, "'Wholly Incommunicable by Words': Romantic Expressions of the Inexpressible," *The Wordsworth Circle* 1(2000): 17.

是诗人逐渐走出创作危机、转向创作源泉的过渡时期。此前增加的二百多行诗文中,诗人曾苦苦寻觅一个合适的主题,也曾感到"伊俄勒斯的惠临"(1.96),但"她的琴弦/很快受到冷落"(1.96~97),任"天使般的/和声在零乱的音符中散去"(1.97~98),终于"全无声息"(1.99)。在后面的诗文里,随着诗人展开自我分析,重新坚定创作的信心,这些"零乱的音符"将重新合成"音乐的和声"(1.341),因为诗人在自己的生命历程中找到了史诗的主题。

诗人写到早年的生命,将成长历程回溯至出生地近旁的河流。引文中"'美好的出生地'"呼应着柯尔律治的诗《霜夜》("Frost at Midnight", 1798)。① 德温河也同柯尔律治十四行诗中的奥特河一样,是"亲爱的出生地的河流"(第一行)。柯尔律治在这首诗的开篇向故乡的河流发出呼语(invocation),并以波折的成年岁月与甜美的童年时光形成对比,渴望重返无忧的童年("啊!如果我还是一个无忧无虑的孩子!")。② 华兹华斯作于1802年的一首诗更加明确地回应着柯尔律治的《致奥特河》。诗人在开篇引用柯尔律治的诗句"亲爱的出生地的河流",这里依然是指德温河。诗中写道,"我追寻着你们的[河流]足迹","并非徒然",因为"我那成人的心灵多亏了你们响亮的声音,/才拥有无拘无束的欢乐与思想"(14~15)。与柯尔律治怅然渴想回归童年不尽相同,华兹华斯在这首诗中写到,凭借童年回忆,"成人成长为男孩"(...Men are growing into Boys, 13)。柯尔律治对奥特河的记忆集中体现在色彩、视觉方面,但褪去的光芒只能"迷惑/孤独成年的忧思,却唤醒深深的哀叹"(12~13)。华兹华斯在追忆德温河的时候,听觉活动占据主要地位:水声逐渐增强的趋势与"不息的乐曲"(1.277)都体现着成长的历程、生命的延续与平静的欢乐,在全诗伊始就确立下以倾听活动来表现心灵成长的模式以及两者之间可能存在的平行关系。③

首先,河流既象征生命的源头,也体现成长的趋向,如诗人在《论墓志铭》(*Essays upon Epitaphs*)中所写:

> 源头与趋向是不可分割、互相关联的概念。当一个孩子站在奔流的小溪旁,他不仅会暗自思忖是什么力量在供给这源源不断的溪流,是哪

---

① Samuel Taylor Coleridge, "Frost at Midnight," *The Major Works*, ed. H. J. Jackson (Oxford: Oxford UP, 1985), pp. 87-88.
② Ibid., p. 6.
③ William Wordsworth, "Dear Native Brooks Your Ways Have I pursued," *Poems, in Two Volumes, and Other Poems, 1800-1807*, ed. Jared Curtis (Ithaca: Cornell UP, 1983), p. 585.

些不知疲倦的源泉在供养这水流之躯;而且他一定也会接着追问,'它向着何方深渊行进?哪里能容得下这强大的涌流?'答案的主旨一定是……无边无际的永恒。①

同时,在华兹华斯的诗歌中,河水以其能够映现景物而常常用来象征容纳岁月与记忆的心灵,比如诗人常将一平如镜的湖水比作"平滑的胸膛"(1.284)。② 因此,不断变化的水声更生动地表现了听者心灵的演化与成长过程。具体来说,从最初融入摇篮曲的"喃喃私语"(murmurs),到追随诗人梦幻的"一个声音"(a voice),继之以"不息的乐曲"(music),以其"平稳的节奏(cadence)调和着人间的无常",水声应和着诗人从幼年到长大的各个阶段,并逐渐清晰、有序,原始的自然状态逐渐被赋予音乐属性,其对个体生命的介入也逐渐演化为对人间生活的参与,这一过程反映了诗人成熟后的感悟,概括了诗人心灵成长历程的不同阶段,也预告了全诗将要涉及的内容和主题。声音不断增强的模式也将在后面的诗文里继续出现。而河流不变的形态与不息的运作③又暗示我们,虽然诗人在认识层面会有所波动,甚至也出现过暂时的迷途与危机,但心灵的航道将大体保持不变。华兹华斯作为诗人的身份也将如贯穿全诗的长河一样具有完整性。

另一方面,在灵感枯竭时分,回忆中的童年水声无疑体现浪漫主义诗人所向往的温润而富有创造力的心境("genial mood/spirits"④),能够使想象力复苏,并带来思如泉涌的创作佳境。根据评论界的一般认识,在华兹华斯的诗歌中,水声多象征澎湃的想象力。哈特曼曾经指出,"在华兹华斯的想象

---

① William Wordsworth, *Selected Prose*, ed. John O. Hayden (Penguin Books, 1988), pp. 324—325.
② 如1.284,以及第2、4、5卷等相关诗行,详见后面的章节。Jonathan Bishop曾指出,在华诗中,河水象征"富于领悟力的心灵"(the apprehensive mind),见 Jonathan Bishop, "Wordsworth and the 'Spots of Time'," *Wordsworth: The Prelude*, eds. W. J. Harvey and Richard Gravil (New York: Macmillan, 1972), p. 138. 诺顿版《序曲》第468页注释6也指出河流象征心灵成长的进程。
③ 参考华兹华斯十四行诗组诗中的最后一首《达敦河:结论》("The River Duddon: Conclusion")。在这首诗中,诗人将达敦河比做自己的同伴与向导,并写道,"当我回首时,达敦河! /我看到过去、现在与未来;/你流动着,平静不息,并将永远流动;/形态不变,运作不止(The Form remains, the Function never dies)"(3～6行)。William Wordsworth, *Sonnets Series and Itinerary Poems, 1820-1845*, ed. Geoffrey Jackson (Ithaca: Cornell UP, 2004), p. 75.
④ "genial mood," (1.638). "genial spirits"出自 Samuel Taylor Coleridge, "Dejection: an Ode,"(第39行) *The Major Works*, ed. H. J. Jackson (Oxford: Oxford UP, 2000), pp. 114—118.

中,一切都倾向于呈现普遍之水(*universal waters*)的意象与声音。"① 也可以说,在陷入写作困境时,诗人听到记忆中的水声,也是希望以大自然的声音代为诗歌的语声:

> 但愿
> 我拥有像你们[大自然]那样和谐的旋律
> 和声音,让我来讲述你们大家
> 为我所做的一切。
>
> (12.28~31)

长河的意象在全诗中反复出现,不仅象征诗人生命的历程,也体现着本诗的进程。② 在许多关键位置,诗人使用河流的意象达到起承转合的效果。比如,在第 9 卷开篇,诗人写道:

> 就像一条长河折返回溯,
> 重历他的行程,直至寻见
> 最初流经的地域——(似乎是)因为
> 屈服于对旧日的回忆,也由于恐惧的
> 支配,怕直线的路途会使他过早地
> 没入汹涌的大海——我们,我的
> 朋友!我们也一直在回还,重溯,
> 造成盘桓缠绕的拖延。
>
> (9.1~8)

通过长河"折返回溯"等意象,诗人得以转向"不同于过去的话题"(9.22),开始讲述寄居法国以及大革命时期的经历(喻如"没入汹涌的大海")。在全诗接近尾声时,诗人又以长河的意象为全诗作结:

> 我们追溯了
> 这条长河,回到那幽暗的洞穴,

---

① Geoffrey Hartman, *The Unmediated Vision: An Interpretation of Wordsworth, Hopkins, Rilke, and Valéry* (New Haven: Yale UP, 1954), p. 43.

② 如 2.208−210, 3.13−14, 4.50−59, 6.743−44, 9.1−8, 14.70−74, 194−205,参考诺顿版《序曲》第 468 页注释 6。

听那里隐隐传出它初生时的淙淙
语声,然后随它流入旷宇,
见到天日,在大自然的经纬中,认准
它的行程,但是一时间误入
歧途,被浊海吞没,我的视野内
失去它的身影,后又欢贺它
重新涌起,以平和的胸怀映现
人类的作为和人间生活的面容;
最后,其进程让我始信永世的
生命,这是将永恒、上帝、现世的
人生维系在一起的可倚靠的思想。

(14.193～205)

不难发现,以上诗文与首卷"难道……是为了"段落中的长河形成首尾呼应的效果:"初生时的淙淙语声"象征着最初萌发的生命,"流入旷宇"则隐喻着诗人最初步入社会等经历,而"误入歧途""没入浊海"等则暗示着诗人在法国大革命时期的遭遇与一度的精神危机;当诗人逐渐从危机中复元,心灵得到历练而日臻成熟,河流又"重新涌起",并呈现"平和的胸怀"。这一呼应重申了河流的航程与诗人的成长历程,以及记述此成长的诗歌之间的平行关系。简言之,在《序曲》中,诗人倾听家乡的水声也是倾听自己生命的脉动。

2. 一组童年游戏片段中的倾听活动

在《序曲》第一卷后半部分,诗人写到一组童年游戏片段,以此作为对前面一连串问句("难道……是为了?")的回答,证明自己并非"凡庸",而是大自然的"宠儿"(1850.1.303),曾受到大自然的特殊教育,因此堪任诗人之使命。诗人把大自然的教育归纳为两种方式,分别来自大自然的"秀美"(beauty)与"震慑"(fear)两种力量(1.302),与十八世纪关于秀美与崇高的讨论不无关联。① 如果说前面提到的河流主要体现"秀美"因素,下面一组游戏片段则体现了少年对大自然震慑力的感知。诗人在很多诗作中都写到大自然选中的宠儿("a chosen son";"a favored being",如下)这一形象。有意义的是,这些

---

① 如柏克(Edmund Burke)对秀美与崇高的哲学思考。参考 Edmund Burke, *A Philosophical Enquiry into the Origin of Our Ideas of the Sublime and Beautiful*, ed. James T. Boulton (Notre Dame: U of Notre Dame P, 1986)。

被选中的儿童都具有敏锐的听觉,象征其聪颖的天资与敏感的心智。在《废毁的茅舍》("The Ruined Cottage",1798 年手稿 B)中,诗人这样写到老商贩的童年时期:

> 他是被选中的孩子,
> 有着极具天赋的耳朵,能在晦昧的
> 风里,在鸣响的山间,在奔流的
> 溪涧中,深深地感到大自然的语声。
>
> (76～79)①

另如露茜组诗(The Lucy Poems)中被大自然掳去的、早逝的露茜:

> 她爱子夜的繁星,
> 也乐于侧耳倾听
> 那些在幽僻的地方
> 蜿蜒舞动的溪水,
> 潺潺水声将秀美
> 传递到她的面庞。
>
> (25～30)②

还有牧羊人麦克尔,自幼"心灵敏锐,感受力强烈"(44～45),因此,在牧羊的行当中,他比一般人都更加灵敏、警觉(47):

> 他熟知八风的含义,
> 通晓各种风吟雨鸣,常常
> 在别人不注意的时候,他听到
> 南方传来隐秘的音乐,宛如
> 遥远的高原山脉上的风笛。
> 这位牧羊人,听到这警报,想起
> 他的羊群,便自言自语道,

---

① William Wordsworth, *The Ruined Cottage and The Pedlar*, ed. James Butler (Ithaca: Cornell UP, 1979), p. 46.
② William Wordsworth, "Three Years She Grew in Sun and Shower,"《抒情歌谣集》,第 221～222 页。

风正在为我布置任务呢!

(48～55)①

根据评论界的一般认识,以上例子都含有诗人的自传成分。在《序曲》第一卷,诗人忆起自己作为大自然的宠儿在家乡湖区的童年游戏经历,即诗中著名的捕鸟片段、偷袭鸦巢片段、偷船片段、滑冰片段、纸牌片段等。这一组片段在主题与结构上有很多相似之处,其中一个尤为突出的共同细节就是反复出现的听觉活动。

让我们先来看一看这组片段。在捕鸟片段中,诗人写到,当他不满十岁时,常在深秋的傍晚,肩背索套,入山捕猎,"我孤身一人,/似乎扰乱了星月银辉中充溢着的/宁静"(1.315～317)。有时,他儿时的欲望会压倒理智,竟掠走别人索套中的猎物,随后他就会听到莫名的声音:

每当我做过此事,就会听见
孤寂的山间响起低沉的呼吸声,
在我身后,跟随而来;还有
分辨不清的声音,脚步的声音,
几乎如脚下的平坡——悄然无声。

(1.321～325)

诗人紧接着写到儿时偷袭鸦巢的经历。幼年华兹华斯在雌鸟筑巢的地方进行类似的劫掠。当他垂悬在鸦巢上方,抓着野草和岩石上的裂缝,肩头顶着岩壁,他又听到了奇怪的声音:

啊,此时此刻,
孤身一人垂悬在危崖上,只听那
噪风呼啸着,以何种奇妙的语言
在耳际吐泻! 天空不像是尘世的
天空——飞纵的云朵多么迅捷!

(1.334～339)

偷船片段记载,一个夏日的傍晚,少年华兹华斯曾在"大自然的引导下"

---

① "Michael,"《抒情歌谣集》,第 252～268 页。

(1.357),独自划走别人的小船。当他向湖心划去时,他再次听到令人不安的声音:

> 这是暗中
> 的行窃,不安的游戏,山间回响的
> 声音又来骚扰我的耳际。
>
> (1.361~363)

以上三个片段写的都是童年华兹华斯"孤身一人"(1.315,336)的行动,它们大多发生在安静的场景,并且,童年华兹华斯总是在游戏的高潮"听到,或者仿佛听到"①大自然传来的依稀、奇怪的声音,体现了儿童初萌的对某种"未知/生命形态的朦胧不清的意识"(1.391~392)。下面两个片段将要涉及集体活动,大多发生在人声喧闹的背景下,而少年华兹华斯却听到大自然传来的更加真实、清晰、强大的声音。在滑冰片段中,夜幕降临,少年华兹华斯并不急于归家,而是与小伙伴们一起在光洁的冰面上模仿林中狩猎游戏。他们脚踩冰刀,喧声鼎沸:

> 就这样,我们在夜色和寒气中纵肆,
> 每人的喉咙都不甘闲置。喧声中,
> 悬崖峭壁高声响应,裸木
> 枯枝与每一块覆冰的岩石都如
> 生铁,锒铛作响;远方的山丘
> 则给这喧闹送回异样的声音,
> 不难觉察它的忧伤,而在此时,
> 东方的星光晶莹闪烁,西天
> 橘红的余晖却已完全消逝。
>
> (1.439~446)

喧嚷的人声并未能妨碍少年华兹华斯听到其他声音。相反,他透过人声听到大自然更加强烈("如生铁,锒铛作响")、"异样"(alien)、"忧伤"的声音,与黄昏时分的静谧(1.444~446)形成强烈对照。这种倾听行为在下面的纸牌游

---

① William Wordsworth, "At the Grave of Burns, 1803. Seven Years After His Death," *Last Poems*, *1821—1850*, ed. Jared Curtis (Ithaca: Cornell UP, 1999), pp. 307-310. 引文出自第 80 行。

戏中达到高潮。

在纸牌游戏片段中,少年华兹华斯与小伙伴们聚集在室内的炉火边,用纸牌模仿着战争的场面。诗人将一沓纸牌比作一路军队,不同的纸牌代表不同等级的阶层,从平民士兵到君王权贵——"啊,他们/跌落桌上时震出何等响声!"(1.525~526)。置身于热火朝天的室内游戏中,少年华兹华斯依然听到室外传来的尖锐声响:

> 此时外面阴雨
> 连绵,或有寒气肆虐,持着
> 悄然无声的利刃,还有埃斯威特湖,
> 也一再惊扰我们热烈的游戏:
> 那受压的气体,在快要爆裂的冰面下,
> 为获得自由而挣扎,向原野和山丘
> 发出持续的尖嚎,就像伯斯尼亚
> 海边的野狼,成群结队地嗥叫。
>
> (1.536~543)

评论界对上述一组童年游戏片段有过不同角度的评述。其中,较具代表性的有保罗·H·福莱,他认为这些游戏都涉及"越界"行为,讲述了大自然以各种形式(奇怪的声音、形影)向一个"犯了错误的孩子"发出的训诫,他还将这一主题溯源至华兹华斯的早期诗作《埃斯威特山谷》(*The Vale of Esthwaite*)。[①] 哈罗德·布鲁姆则以捕鸟片段和偷袭鸦巢片段为例,提醒我们:如果我们把这些片段解读为"少年的道德良知在外部世界的投射",那我们就错了,"他听到那声音,就足以证明其真实。……在这样的时刻,他更属于一个充满自然元素力量、运动与精神的宇宙,而非我们的世界"。[②] 布鲁姆主要强调了儿童对自然界精神能量的单纯而敏锐的感知。另一些学者则善于挖掘这些片段中蕴涵的"疚痛感"或"负罪感",或联系历史指出这些片段影射华兹华斯有关法国大革命时期的记忆,[③]或从精神分析的角度认为这里面

[①] Paul H. Fry, *Wordsworth and the Poetry of What We Are* (New Haven: Yale UP, 2008), p.80.

[②] Harold Bloom, *The Visionary Company: A Reading of English Romantic Poetry* (Ithaca: Cornell UP, 1971), pp.147—148.

[③] Nicholas Roe, *The Politics of Nature: William Wordsworth and Some Contemporaries*, 2nd ed. (New York, N.Y.: Palgrave, 2002), pp.194—196.

包含着华兹华斯因未能如期创作《隐士》而对柯尔律治怀有歉疚之情。① 这些说法不无道理,因为成年诗人在回忆往事、进行创作时确有可能融入成熟后的经历和想法。但笔者认为,尽管上述一组片段具有相似的场景甚或事件,但"情节"等概念在此恐怕不得要领。更值得关注的是这组片段中反复出现的感知活动——主要是听觉活动,借用诗人在《抒情歌谣集》序言里的话来说,"是情感的生发使事件和场景变得重要,而不是反之。"②

从捕鸟到纸牌游戏,以上一组片段最显著的共同特点就是都包含听觉活动,且愈演愈烈。反复出现的倾听活动说明倾听行为已经成为少年华兹华斯的"心灵的习惯",③而不是一两次偶然的感觉经验。这些倾听活动及其伴随的感受才是诗人记忆的基调,才使回忆更具意义。这些倾听活动大都发生在游戏的高潮,与游戏具有同步性。这种同步性体现在时间状语"when""while""meanwhile"或者表示伴随状态的"with…"结构中:在捕鸟片段中,"每当我做过此事,就会听见……"(1.321);在偷袭鸦巢片段中,"啊,此时此刻,/孤身一人垂悬在危崖上,只听那……"(1.335～336)。在偷船片段和滑冰片段中,诗人分别用"not without"和"with"表现了游戏与倾听的同时性:少年在划船的时候听到山间的回声("not without the voice / of mountain-echoes did my boat move on");在滑冰的喧声中,少年听到崖壁、枯枝、岩石等传来的声响("with the din / smitten, the precipices rang aloud; …")。这种同步结构说明,少年华兹华斯在游戏的同时,始终能够超越眼前的场景,听到某种"画外音"。这一点在纸牌游戏片段中尤为突出。该片段中不仅有表示时间的副词"meanwhile",而且紧随其后的是表示空间的副词"abroad"——"此时外面"(1.536)传来野性的呼唤。这样,时间不变,空间转换,既说明了两种行为的同步性,更强调了少年华兹华斯对眼前画面的超越。从山间"分辨不清的声音"(1.324)到冰河传来的狼群般的"尖嚎"(1.542～543),这些逐渐清晰、增强的声音也说明少年华兹华斯对宇宙自然间"未知的生命形态"(1.393)或某种精神力量的日益强烈的感知,体现了成长中的感受力。这种超越事物表面、把握本质精神的能力将随着诗人心灵的成长而得到进一步的发展:

此时
此刻,想象的力量注入胸中。

---

① Duncan Wu, *Wordsworth: An Inner Life* (Malden: Blackwell Publishing, 2002), p.136.
② "It is this, that the feeling therein developed gives importance to the action and situation, and not the action and situation to the feeling."《抒情歌谣集》,第746页。
③ 《抒情歌谣集》序言,第745页。

虽然那蒙胧的喜悦忽至忽离,
但是,我并不以为无所收获,
不是因为这飘忽的情绪与我们
纯净的灵智和精神生活相关联,
而是灵魂忘掉感觉的对象,
却记住感觉方式本身,因而
对一个可能的极境保留着模糊的
意识,她以不断增长的才智
追求这境界,才智永在增长,
无论已达何种目标,仍觉
有所追求。

(2.310~322,黑体字为笔者所加)

在上述一组回忆片段之间,诗人以现在时语气穿插了许多议论性诗行,一方面表达着成熟诗人对昔日感受活动的反思,另一方面也帮助读者更好地理解诗人讲述这些经历的用意。其中,在偷袭鸦巢片段与偷船片段之间有这样一段诗文,将心灵与音乐的精神联系起来:

我们虽是凡夫俗子,却产生
不朽的精神,像音乐的和声。
一种不可捉摸的匠艺神秘地
调解着不和谐的因素,使它们
簇拥在一起,密不可分。多么
奇妙啊,当我不再荒废人生,
所有的恐惧、痛苦及早先的遗憾、
懊恼、倦怠和苦闷都在我心灵中
融合,竟在我需要时一同发挥
作用,合成我平静的生命,给我以
原本的自身!

(1.340~350)

评论界一般都会指出,与更为直白的 1805 年文本"心灵的构造就像/音乐的和声"(The mind of man is framed even like the breath / and harmony of music)相比,上述 1850 年文本(实修改于 1832 年)更显出诗人晚期的虔敬。①但从原文"the immortal spirit grows / like harmony in music"(1.340~341)来看,"immortal spirit"可追溯至《颂歌:不朽性之启示》中所歌唱的、源于童年时期的恒久的精神能量。这一点也符合《序曲》第一卷的主要内容。同时,修改后的诗文中,"grow"一词既表达"产生"之意,又能更好地体现"成长、演化"的动态过程,更符合全诗的主题。而且,从 1799 年文本到 1850 年文本,无论怎样修改,不变的是心灵所体现的音乐精神。

诗人认为,心灵的音乐精神来自"不可捉摸的匠艺"(1.341~342;1805 年文本则是"隐秘不可见的匠艺",更恰切地体现出倾听能力与不可见的精神世界之间的关联)。根据这段诗文前后的语境——一系列富含倾听活动的片段——来看,倾听行为正体现这一"匠艺",它善于从事物的画面中提取精神本质,并且能够在看似不同的事物间发现关联,因而能够"调解不和谐的因素,使它们/簇拥在一起,密不可分"(1.343~344)。大卫·布朗维奇曾关注这一句原文中的"社会"(1.344)②一词。他的研究大多结合历史现实来探索华兹华斯诗歌中感觉、行动、自省的本质。他指出,对于华兹华斯来说,自省也是一种"可能的行动",其目的就是要在"不可捉摸的匠艺"中——在"个人心灵中的'社会'"(the "society" within one mind)里——寻找行动与意义的统一,强调了个体心灵与社会、历史之间的张力。③ 不过,上述诗文中的"cling...in one society"(1.343~344)是一个词组,主要指各种不同因素最终融于一体,与一般意义上的"社会"并没有密切的关联。

克里斯·琼斯(Chris Jones)则认为,当华兹华斯在诗歌中使用"社会的"(social)一词时,他更多是要表达"有关联的"(associative)之意,这一说法较为贴切。④ 琼斯追溯了 18 世纪以夏夫兹博利为代表的自然神论以及以哈特雷的联想论对华兹华斯的影响,认为华兹华斯有关自然的思想也融入了宏阔的人类同情力,体现了源于夏夫兹博利的感知("sensibility")传统,并指出"当华

---

① 见诺顿版《序曲》第 47 页注释 6。
② 原文是:
  ...there is a dark
  Inscrutable workmanship that reconciles
  Discordant elements, makes them cling together
  In one society. (1.341~344)
③ David Bromwich, *Disowned by Memory: Wordsworth's Poetry of the 1790s* (Chicago: U of Chicago P, 1998), p.20.
④ Chris Jones, *Radical Sensibility: Literature and Ideas in the 1790s* (London: Routledge, 1993), p.189.

兹华斯思考着创造性想象的成长以及对大自然之生命的洞察时,他指的是一种发现亲缘的习惯(habit of perceiving affinities),以及'生命那伟大的社会性,迫使一切/事物做出情感的共鸣'(2.408~409)"。① 因此,凭借这种精神,诗人能够将各种不和谐因素——"所有的恐惧、痛苦及早先的遗憾,/懊恼、倦怠和苦闷"(1.345~346)——合成为"平静的生命"(1.350)。诗人无须回避这些不和谐因素,它们是构成最终平静的必要部分("a needful part",1.348)。

华兹华斯在《抒情歌谣集》序言中谈到诗歌之所以引起愉悦,主要是由于"心灵善于在相异的事物间发现共性",并指出这种能力是"心灵活动的巨大源泉和主要供给"。② 倾听和声的能力正是这种发现共性能力的表现,同时也反映了浪漫主义诗人共同信仰的具有共鸣能力(sympathy)或综合功能(synthesis)的想象力。M. H. 艾布拉姆斯曾经谈到浪漫主义诗人在各种对立因素中寻求统一与和谐的理想,并论述了"善于调和与重新统一的想象功能"(imagination as reconciling and reintegrative faculty),③与华兹华斯倾听和声的能力密切相关。这种能力或信念,向上可以追溯至新柏拉图主义以及文艺复兴时期关于"不和谐之和谐"(discordia concors / concordia discors)的思想,在浪漫主义之后,它还深远地影响到尼采关于调和日神与酒神精神的美学思想。具体到浪漫主义时期,这种对立统一的思想在德国唯心主义哲学特别是黑格尔那里达到了顶峰,在席勒、谢林等人的美学思想中也俯拾皆是,比如席勒认为艺术之统一作用在于"对一切现实的绝对包容"(the absolute inclusion of all realities),而非一味地"排外",而美则是达成这种统一的中介。④ 谢林则在艺术家的想象中找到能够"思考并调和矛盾因素"的功能。⑤ 这些思想在英国浪漫主义诗人特别是柯尔律治身上产生了强烈的共鸣。

在英国,浪漫主义诗人以各自的方式表达着同样的信念。布莱克的《天堂与地狱的婚姻》("The Marriage of Heaven and Hell")、柯尔律治《忽必烈

---

① Chris Jones, *Radical Sensibility: Literature and Ideas in the 1790s* (London: Routledge, 1993), pp. 186—189. 该书作者参照的是 1805 年《序曲》。
② 前一处引文的完整原文是,"the pleasure which the mind derives from the perception of similitude in dissimilitude". 后一处引文中值得得注意的是,其中的"源泉"、"供给"(feeder)等意象与本章前面引自《论墓志铭》的"儿童站在河边思考"段落中的意象一致。《抒情歌谣集》,第 756 页。
③ 见 M. H. Abrams, *Natural Supernaturalism: Tradition and Revolution in Romantic Literature* (New York: Norton, 1971),第 174 页以及第 4 章等各处。
④ Ibid., p.212。
⑤ Ibid., p.174。

汗》("Kubla Khan")那阳光与冰雪同在、欢乐与危险并存的空中宫殿都表达了对矛盾中的统一与和谐的追求。柯尔律治在为诗歌与诗人定义时写道：

> 他[诗人]传布着一种声调(diffuses a tone)，一种统一的精神，能够将各种因素合成并(仿佛)熔合在一起，靠的是那种具有综合作用(synthetic)、魔法般的力量——我们姑且一概称之为想象力。这种力量，首先由意志力与理解力来启动，在二者温和、不知不觉却从未止息的操控下得以保持，呈现出一种在对立或不和谐因素之间的平衡或调和：相同点与不同点之间，普遍与具体之间，理念与意象之间，个别与典型之间，……当想象力融合与调和着自然的与人工的因素时，它依然使艺术臣服于自然，使手段(manner)屈从于材料(matter)，使我们对诗人的仰慕让位给我们与诗歌本身的共鸣。①

年轻的济慈与雪莱也信赖艺术的统一作用。在1817年12月的一封家书中，济慈写道，"艺术之完美在于其烈度(intensity)，它能够使一切不和谐因素以其同美与真的亲缘而消散。"②雪莱在《为诗一辩》中将理性与想象进行比较，认为理性是一种"分析能力"(analysis)，而想象则体现"综合力量"(synthesis)；理性注重差异，而想象则尊重事物间的共性。③ 雪莱认为，诗歌最能够体现这种综合与调解的力量，因为：

> 诗歌使一切事物变得美好。它令美丽的更加美丽，并为残缺的注入美。它使极乐与恐怖联姻，使悲哀与愉悦结合，使永恒与无常携手。它以轻柔的纽带将一切不可调和的事物维系。④

尽管两代浪漫主义诗人所处的历史背景不同，在思想层面也存在差异，但他们都不约而同地相信想象力所具有的包容性及其"扩展同情"(2.175)、赋予秩序的调和作用。华兹华斯诗歌中的倾听能力就是这种想象功能的表现之一。在《序曲》第二卷，诗人又一次谈及这种善于发现关联的想象力，并且，与雪莱一样，他也指出这种想象不同于运用逻辑的"分析推理"(2.379)，而是

---

① 柯尔律治：《文学生涯》，Vol. 2，第16页。
② 济慈：《书信》，第41页。
③ Percy Bysshe Shelley, "A Defence of Poetry," *Shelley's Poetry and Prose*, eds. Donald Reiman and Neil Fraistat (New York: Norton, 2002), p.510.
④ Ibid., p.533.

"更富诗意,/因为与创造的行为更加接近"(2.381~382)。诗人此前曾批评一种"虚假的次要才能"(2.216)可以更具体地解释这里的"分析推理":

> 这次要的才能,……
> ……她只能繁育出差别,
> 让人以为事物间的细微界标
> 都是感知的结果,而不是人为
> 附加所致。
>
> (2.217~220)

而华兹华斯指出,创造这首长歌——

> 全凭对事物间
> 亲缘关系的勤苦观察,而对于
> 愚钝的心灵,它们之间全无
> 手足关联。
>
> (2.383~386)

凭借这种习惯,凭借"生命那伟大的社会性,迫使一切/事物做出情感的共鸣"(2.390~391),诗人的心灵能够听到万物唱着"同一支歌曲"(2.415):

> 只有这时,我才
> 满足,因为在不可言喻的幸福中,
> 我感到生命的情感弥覆着所有
> 活动的和所有表面静止的事物;
> 所有为人类思想与知识所不及、
> 为肉眼所不见但却为人心所知的
> 活的事物;所有蹲跃的、奔跑的、
> 呼叫的、歌唱的或那些在半空中得意
> 搏击的生灵;所有在波涛下游动的
> 身躯,对,何不说波涛本身
> 或整个宏厚的大海。不要诧异——
> 如果我心荡神移,感到极至的
> 欢乐,如果我以如此方式

> 与天地间每一种被造物交流,看它们
> 以崇敬的表情和爱的目光注视着
> 造物的上帝。他们唱着同一支
> 歌曲,而只有当肉体的耳朵被一段
> 最平凡的引子迷住,忘掉她的
> 功能,安然睡去,我们才能
> 听见这歌声,才听得最最清晰。
>
> (2.398~418)

随着想象功能的日益扩展,相应地,表现在倾听活动上,诗人的倾听能力亦随之提升。他听到"同一支歌曲"(2.415),感受到万物之间的和谐,而不再仅仅是一次游戏中的一阵声音。这里,诗人依然是以听觉对象以及听觉活动来体现想象力的综合功能。同时,这种歌曲的精神内涵是超越人类理解力的,既非人类思维和人类知识所能及(2.403),亦非肉眼观察所能悉(2.404),唯有心灵以及心灵的耳朵(相对于"肉体的耳朵",2.416)才能够有所领悟。这也体现了诗人对想象功能的不渝信念。

3. 写诗即倾听

当成年诗人在平静的回忆中追溯童年时期的强烈情感,记忆中反复出现的声音为一幅幅历史画面赋予了精神本质,因为诗人所追忆的并不在于捕鸟、偷船或者滑冰、打牌等嬉戏本身,而是这些童年经历所蕴涵的精神能量。在《序曲》第12卷,诗人写道:

> 在我们的生命过程中,有一些瞬间,
> 它们以显著的超卓,保有复元的
> 功效:当荒谬的见解与纷争的思想
> 使我们消沉,当琐碎的牵挂与日常的
> 社交以更沉重、更致命的压力使我们
> 沮丧,它们能滋补我们的心灵,
> 无形中修复它的创伤。
>
> (12.209~214)

通过追忆这些童年经历，①诗人至少达到了一个目的——"我的心灵已被唤起"(1.637)，心灵的感受力亦随之复苏，为日后的创作做好准备。吉尔指出，诗人在讲述这些童年经历时，他的语气是充满"敬畏与深厚的感激"的，"感激那在一切损失、痛苦、断裂中维系自己的力量，这种力量使得自己不仅依然是一个完整而欢乐的人，而且还是一个具有创造力的生命"。②邓肯·吴也认为，在经历了各种世事变幻之后，诗人追忆生命早年的经历、回归早年的"创造力本源"，提醒自己"首先是一个诗人，并且凭借内心深处的资源，重新为自己定位"。③

在这个意义上，诗人在回忆中听到的童年声音象征着一种诗性召唤(poetic calling)，他必须耐心地凝神倾听，才能感受到诗人的天职(vocation)，坚定诗人的信心。英文"vocation"（天职）一词的拉丁文词根为"vocare"，含有"召唤"(to call)之意。因此，要真正了知自己的天职或曰使命，则有待于精神层次上的倾听活动。这是一种只有诗人自己能够听到的内心的声音，就像儿时的华兹华斯单独或者在众人中独自听到那些奇怪的声音一样。在一定程度上，后来叶芝(William Butler Yeats，1865～1939)日夜听到的——哪怕是在灰色而坚硬的人行道边也可以听到的——湖水轻柔的拍岸声也属于只有诗人自己才能听到的召唤："我在幽深的内心中央听到这声响。"④同时，诗人听到的声音越来越大，仿佛回应着诗人心中被唤起的、越来越强烈的创作冲动，暗示了在写诗与倾听之间存在的隐秘联系。

在《一种音乐的形成：对华兹华斯与叶芝的思考》一文中，希尼分析了《序曲》的开篇，并引用下面的诗行，说明了第一卷写的主要是诗人的创作过程，暗示着写诗与倾听之间内在联系：

> 我对自己的语声感到振奋，更让我
> 欣悦的是内心的回声应和那不完美的吟咏；

---

① 关于文学作品中有关童年回忆的主题，可参考 M. H. Abrams, *Natural Supernaturalism: Tradition and Revolution in Romantic Literature* (New York: Norton, 1971), pp. 80—87，其中作者将《序曲》中有关童年的回忆与普鲁斯特的《追忆似水年华》、圣奥古斯丁的《忏悔录》中的相关内容进行了比较，有助于我们更好地理解此回忆的意义。
② Stephen Gill, *William Wordsworth: A Life* (Oxford: Oxford UP, 1989), pp. 161—162.
③ Duncan Wu, *Wordsworth: An Inner Life* (Malden: Blackwell Publishing, 2002), p. 154, p. 160.
④ William Butler Yeats, "The Lake Isle of Innisfree," *The Major Works*, ed. Edward Larrissy (Oxford: Oxford UP, 2001), pp. 19—20.

> 我倾听这两种声音,并从它们共同的
> 音韵中汲取对未来的愉快信念
>
> (1.55~58)

希尼认为,上述诗行体现了诗歌的创作过程其实是一种"倾听行为"。他解释道:"写作即倾听,一种明智的被动性(wise passiveness,华兹华斯语),听从那些源自内心中央的能量,……华兹华斯倾听得(listen in)愈是专注,他说出的就愈加欢乐、丰富。"① 希尼还从华兹华斯妹妹的日记里找出一个例子,来说明华兹华斯如何"被动地"倾听水声,以及水声在其诗歌中的象征意义:

> [1802年4月29日上午] 然后我们来到约翰的小树林,先是坐了一会儿。然后,威廉躺下来,我也在篱笆下面的沟渠里躺下来——他闭着眼睛,倾听瀑布和鸟儿的声音,那儿不止有一个瀑布——那是空中的水声——天空的语音。威廉不时能听到我发出的呼吸声和沙沙声,但我们都安静地躺着,谁也看不见对方。他觉得,如果就这样躺在坟墓里该是多么甜蜜,既能听到大地平静的声音,又知道亲爱的友人就在附近。②

希尼认为,这则日记戏剧化地展现了"明智的被动性",并且使得"倾听的耳朵有能力为自身积聚力量",华兹华斯必须沿着声音——"语言的种子"——摸索而行,就像《序曲》开篇写到的德温特河,用"河之舌"舔舐着华兹华斯,将其塑造成"诗歌的形式",因此,写诗的能力,"从一开始就是倾听的能力",③ 埋伏在诗行中的"composed"(有"写作"之义,第277行)一词也暗示着写作与倾听的联系。希尼将故乡的河流比作树林与山峦之间的"校音叉",它校正着诗人的声音,象征着诗人语声的源泉。华兹华斯必须去探测这诗语的根源,必须去倾听"最初的声音"(the first voice),即来自"黑暗的胚胎"(a dark embryo)的声音,必须"为萌生在他内部的声音找到词语"。④

希尼将写诗比作倾听。在希尼成长为一位诗人的过程中,倾听行为也起

---

① Seamus Heaney, "The Makings of a Music: Reflections on Wordsworth and Yeats," *Preoccupations: Selected Prose 1968-1978* (New York: Farrar, Straus and Giroux, 1980), p. 63.
② 转引自 Heaney, *Preoccupations*, p. 68.
③ Heaney, *Preoccupations*, pp. 68-69.
④ Ibid., p. 70.

到启蒙的作用。在诺贝尔奖获奖致辞中,希尼通过一系列倾听活动追溯了诗人心灵的成长。他忆起幼年在德里郡的夜晚,与卧室一墙之隔的马厩里经常传来马儿的声音,动物的声音与厨房里大人们的聊天声交织在一起;还有雨打在树上的声音,天花板上老鼠们的声音,以及蒸汽火车从屋后驶过时发出的隆隆声。以上一组声音主要是自然的,或者说,与文化相对的,"非历史的"(ahistorical)。① 诗人将年幼敏感的自己比作厨房水桶里装着的饮用水,每当火车驶过、大地震动时,水面总是在极度的沉默中泛起阵阵涟漪。诗人将当时被动"吸纳"声音的状态称之为"冬眠期",② 一种无意识的状态,却在儿时播下诗人的种子。上述声音也让人想到史蒂文斯在《诗歌中的非理性因素》中说起的猫儿在屋顶的踱步,其节奏成为诗人写作的"先在文本"(pretext,且用其字面意思)。③

诗人接着忆起另一种声音,即 BBC 新闻广播的声音。他再次提及卧室、厨房这些非常私人化、非常家居的空间:幼年希尼在卧室里可以听到广播声,大人们在厨房里的聊天也要让位于这声音。他忆起大人们以家乡方言念叨起邻里的名字,也忆起 BBC 广播以标准的官方英语播报着轰炸者与被轰炸者的名字。对于年幼的孩子来说,在如此家居的空间内听到这些时事新闻无疑是一种新奇的体验。与上一组声音相比,这组声音开始传达着一些有关文化、政治的讯息,但诗人仍将这段时期称为"史前的"(prehistorical)。后来,随着年岁的增长,诗人开始更加积极地去倾听。他忆起自己常爬到家里大沙发的扶手上,使耳朵更凑近无线收音机。但是吸引他的并不是时事,而是故事——侦探故事或历险记等。在这种凝神倾听中,他逐渐从收音机旋钮上熟悉了一些国外广播电台的名字,包括他此时所处的斯德哥尔摩。在旋钮的移动过程中,他不再局限于爱尔兰的或者英国的语音语调,而且也听到欧洲各国的语言此起彼伏——喉颚间的粗嘎声以及唇齿间的咝咝音。诗人认为,从那一刻起,他就已经踏上了一场旅行,一场从家园、乡土进入到更加广阔世界的旅行,一场最终进入到语言之宏阔境界的旅行。在演讲接近尾声时,希尼重申道,他从未离开过大沙发的扶手,他始终保持着对声音的敏感,始终沉浸在凝神倾听的姿态。④ 凝神,其实也是出神,是精神的漫游,最终驶向诗意的

---

① Seamus Heaney, "Crediting Poetry", *Opened Ground: Selected Poems 1966-1996* (New York: Farrar, Straus and Giroux, 1998), p. 415.
② Heaney, *Opened Ground*, p. 415.
③ Wallace Stevens, "The Irrational Element in Poetry," in *Collected Poetry and Prose*, New York: Library of America, 1997, p. 782.
④ Heaney, *Preoccupations*, pp. 415—416.

境界。这也让人想到华兹华斯笔下的温德米尔少年,在群鸟不再回应的寂静空当儿凝神倾听,在倾听中忘却了自己,也无意中发现了新的境界(《序曲》第五卷)。

前不久辞世的法国著名诗人博纳富瓦(Yveys Bonnefoy)在写给中国读者的一篇文章中指出,"谛听就是诗歌的原初瞬间。此后诗人的任务,就是借助节奏在话语中保持这种谛听。"①注博纳富瓦更多关注的是倾听诗歌本身的声音,认为"声音本身,独立于一切意义的、绝对的那个声音……就是真实本身"。② 注和希尼一样(如其作品《华兹华斯的冰鞋》),博纳富瓦也曾被《序曲》第一卷中的内容所吸引。他在《华兹华斯的童年回忆》写道:

> 如《序曲》所写,光一样无意识的孩子(unconscious as light)
> 出发,并发现了一条小船,
> 他乘船离开,游于天地之间,
> 划向另一岸……但是随即
>
> 他看到巨大的山崖
> 在身后越来越高、越来越近
> 惊恐中,他返回到芦苇丛
> 在那儿,最微小的生命永远地喑鸣
>
> 所以,这位伟大的诗人一定是选择了
> 让他的思想在语言的平静时分试水(launch),
> 并相信自己终为语言所救。
>
> 但是,无声地,另一些暗流承载着
> 他的文字并超出心智理解的范围之外,
> 直至他担心自己压抑了原有的渴望。③

这首小诗涵盖了我们前面讨论过的很多内容。首先,它取材于我们上文提到

---

① 伊夫·博纳富瓦,《诗歌有它自身的伟大》,树才译,载《读诗》(武汉:长江文艺出版社)2011年第2卷,第219~221页。
② 同上。
③ Yveys Bonnefoy, "A Childhood Memory of Wordsworth's", translated from French by Hoyt Rogers, *The Kenyon Review* 2 (Spring 2010): 39.

的"偷船片段",是博纳富瓦对这一片段的解读。其次,如华兹华斯的《颂歌》一样,博纳夫瓦也将儿童与光联系起来,并用光来代表一种无意识的直觉与灵知状态。因为只有意识暂息,才有望发现光。而且,"无意识"也是诗歌产生的状态。① 可以说,儿童本身就是诗。同时,他写到"岸",两种岸:未知的彼岸,幼年华兹华斯终因恐慌而未能抵达;熟悉的"此岸",或者说出发点、原地,并以"嗡鸣"或语言代表了此岸的安全性。在描写成年后的诗人时,博纳夫瓦选用了"试水"(launch)一词,将思想比作船只,将语言比作河水。思想和语言的结合——写诗——帮助诗人渡过成长的过程。而"暗流"则揭示了意识层面之下难以抑制的渴望。这首小诗或可作为本章前面内容的一点补充。

童年与故乡是每一个诗人的写作资源,这两者既是现实的,又是内化的和象征意义上的,都代表了一种精神源头。当辉光远去、独存黑暗之时,我们凭借倾听去探测(sounding),通过写诗,让"黑暗发出回声"。②

---

① 比如雪莱就在《为诗一辩》中指出诗歌与逻辑不同,更与意识或意志无关。见 Percy Bysshe Shelley, "A Defence of Poetry," *Shelley's Poetry and Prose*, eds. Donald Reiman and Neil Fraistat (New York: Norton, 2002),第 534 页。

② Seamus Heaney, "Personal Helicon," *Opened Ground: Selected Poems 1966-1996* (New York: Farrar, Straus and Giroux, 1998), p. 14. 原文是"I rhyme / to see myself, to set the darkness echoing"。

第五章 "我将海螺托向耳边":责任始于倾听

上一章我们从华兹华斯诗歌的经典主题"远居内陆……却听到强大的水声"出发,追溯了诗人的精神源头,探讨了诗人如何通过倾听和想象获得超验的体悟。本章我们将跟随诗人来到海边,看一看置身于宏阔的大海面前,诗人会产生什么样的思绪。在《序曲》第五卷"梦见阿拉伯人"片段中,"我"在夏日的海边阅读,炎热的天气和沉重的思绪使"我"睡着了。梦里,"无垠的海面"化身为"无垠的沙漠",令人感到"悲哀与恐惧"。海边的阅读与思考竟带来危机感。这使人联想到维多利亚时代的思想家马修·阿诺德(Matthew Arnold),当他在海边度蜜月时,面对"平静的"大海与"甜美的"夜色,他也感到深切的危机,并在海浪拍打卵石发出的"刺耳咆哮声"(grating roar)中,听到"永恒的哀伤"(eternal note of sadness)。阿诺德写到多重的大海,从现实中的多佛海岸,写到以爱琴海的索福克里斯为代表的"人间悲苦"之海,进而写到不断消退、发出"忧郁、悠长并渐渐消失的咆哮"的"信仰之海"(The Sea of Faith)。清醒的阿诺德看到世界不过是一场梦幻,"没有欢乐、没有爱、没有光明/没有确信、没有和平、没有对痛苦的疗救",在一系列的否定中,眼前的大海——尘世——不过是"黑暗的平原",或曰荒原。阿诺德这首《多佛海岸》以大海开始,以荒原告终。① 不同的是,在"梦见阿拉伯人"片段中,尽管大海化为荒漠,诗人坚信有向导"带我穿过茫茫荒原",并且诗人自己也愿意追随这位向导,"分享他的使命"——诗人的使命。

这位向导是谁?他肩负何等使命?他既是阿拉伯人,又是半个堂吉诃德,简言之,他是高度想象力的化身,他对"我"提出唯一的指令,于是,"我按他的要求将海螺托向耳边"。在专注的倾听中,诗人领悟到诗歌的形式和内涵,更重要的是,诗人自身的文化使命感被唤醒。正是这种对文化(包括文学、艺术在内的人类一切最优秀的思想结晶)的保护与责任将华兹华斯与后来的阿诺德连接起来。对于华兹华斯来说,这种文化使命归根结底是为想象或心灵提供保护;或者,借用阿诺德的话来说,华兹华斯的一切努力都是为了

---

① Matthew Arnold, "Dover Beach", in *Poetry and Criticism of Matthew Arnold*, ed. A. Dwight Culler (Boston: Houghton Mifflin Company), 1961, pp. 161-162.

"让我们感受"(make us feel)。①

"梦见阿拉伯人"片段以其丰富而难以确定的内涵受到学术界的广泛关注。本章主要探讨该片段中显著的倾听活动,它不仅与大自然关系密切,更与人类命运息息相关,同时也揭示出诗歌与诗人的精神空间,体现了华兹华斯诗学思想的主要层面。在《抒情歌谣集》序言(1800,1802)中,华兹华斯表达了对当时社会文化的忧虑。他针对社会中钝化心灵的各种因素以及文学领域矫揉造作、低俗浮夸等种种流弊提出一种新的诗风,论述了诗歌的属性与功能,并阐明了诗人的职责。该序言一般被视为浪漫主义的宣言。首先,华兹华斯表明了《抒情歌谣集》的主要写作目的:"在这些诗歌中,我为自己提出的主要目标是,通过追溯普通生活事件中潜在的人性的基本规律,使这些事件富于兴味。"②为实现此目标,诗人不仅选取平凡的乡间生活为题材、以真正为人所用的语言为媒介,更需要为文字施以一层想象的色彩。③ 其次,诗人针对当时文学作品在语言与思想方面同样低俗、贫乏的问题,提出诗集中的每一首歌谣都具有一个"高尚的目的"。④ 他还解释到,这种高尚的主旨既非刻意而为,也非一蹴而就,而是来自诗人长期的、习惯性的思索:

> 这并不是说,我总是预先构思好一个明确的目的才开始写作。而是,我以为,**思索的习惯**(habits of meditation)造就了我的情感,以至于当我描述那些激发强烈情感的事物时,这些描述总带有一定的目的。如果此观点有误,那么我就不配诗人的名字。**因为一切好诗都是强烈情感的自发奔涌;尽管这真实不虚,但是,凡是有价值的诗作,无论其题材如何不同,都是由一个拥有超凡的、有机的感受力**(organic sensibility)**的人经过长久而深刻的思考**(thought long and deeply)**才写成**。因为我们情感的不息涌动要受到各种思想的调节和指导,这些思想正是我们以往一切情感的代表。通过思索这些基本代表之间的关系,我们发现什么才是对人们来说真正重要的。凭借这种反复、持续的行为,我们的情感就会逐渐与重要的主题相关联,久而久之,如果我们本来具有丰富的感悟力,我们就会形成这样的心智习惯,通过机械地盲从习惯的驱使,我们在描述事物、抒表情感时,这些事物、情感都体现这种性质并互相关联,因此,我

---

① Matthew Arnold, "Memorial Verses", in *Poetry and Criticism of Matthew Arnold*, ed. A. Dwight Culler (Boston: Houghton Mifflin Company), 1961, pp. 108—109.
② 《抒情歌谣集》,第 743 页。
③ 同上书,第 743~744 页。
④ 同上书,第 744 页。

们诉诸的对象——如果其想象力健全——其理解力必然会在一定程度上获得启迪,其品味得到提升,其情感变得良善。① (黑体字为笔者所加)

上述引文中的"sensibility"一词在序言中出现的频率很高。华兹华斯所处的时代被称为"感性时代"(the age of sensibility)。"感性",或对感觉的重视,是时代的风尚之一。约翰逊博士在他的字典里这样定义"sensibility":1. 感受敏锐;2. 观察敏锐。需要指出的是,这里的"感性"不同于感伤主义对情感的神秘化。② 对于华兹华斯来说,"organic sensibility"说明这种感受力是一种与生俱来的天赋和气质,而非矫揉造作地滥情。而且,诗人特别补充道,一个感性的诗人必须经过长久而深刻的思考才能写出好诗来,高尚的诗歌是强烈情感与深刻思想的结合,体现想象与理性的统一。这种诗性思维是长期积累的结果,是心灵的习惯方式,体现了感觉与思索的平衡。华兹华斯还进一步指出,诗歌揭示的是普遍的真理,其诉诸的对象是基本的人("人类的一员"),诗人所给予的快感和他对痛苦的同情力密切相关:

> 我听说,亚里士多德认为诗歌是所有写作中最富哲理的,的确如此,因为真理是它的目标,不是单个的或局部的,而是普遍的和有效的;不基于外部的证据,而是通过情感,生动地深入内心。③

具体到诗人的属性与职责,华兹华斯也有详细的论述:

> 诗人乃对人类说话的人:他被赋予了更敏锐的感受力(sensibility),更具热忱与温情,更加理解人性,拥有比普通人更为宏阔的灵魂。他满足于自己的激情和意欲,比任何其他人都更欣享其自我内在的生命之魂;他也乐于观照体现于宇宙万物进程中的类似的激情和意欲,而如果没有发现它们,他会习惯性地、迫不及待地去创造它们。除此之外,他还具有另一种气质,即他比其他人更能被失在的(absent)因素所感动,好像它们是实在的(present);这是一种在自己的内心世界幻构各种激情的能力。它们的确与真实事件引发的情感大不相同,然而(尤其就那种令

---

① 《抒情歌谣集》,第 744~745 页。
② James Chandler, "Sensibility, Sympathy and Sentiment", in *William Wordsworth in Context*, ed. Andrew Bennett (Cambridge: Cambridge UP, 2015), pp. 164–165.
③ 《抒情歌谣集》,第 751 页。

人满意和愉悦的一般同情心而言),它们比其他人凭自己的习惯而体会到的情感更接近于源自真实事件的情感。从他的内部世界,也通过实践,这个人获得一种能力,比他人更乐于亦更有力地表达自己的所思所感,尤其是那些无需外界直接诱因而产生的思想和情感,它们是他自主选择的结果,或由于他自己心灵的结构而油然升起。①

诗人认为,人与其周围的事物是互相作用和反作用的,从而在痛苦与快感之间产生无穷的复杂性;……无论在哪里,他都能发现直接激发他产生同情(sympathies)的事物,本性使然,这种同情也常常伴随着额外的收获——快乐(an overbalance of enjoyment)。

……他认为人与自然在本质上是彼此适应的,人的心灵自然而然地反映着大自然最美妙的特征。②

诗人,如莎士比亚关于人类之所言,"既回顾过去又展望未来(He looks before and after)。"他是人性的堡垒,是坚守者和保护者,向四处传布友谊与爱。……诗人凭借激情与知识将遍布全球、横亘古今的人类社会的广大帝国连接为一体。③

概括说来,华兹华斯认为,诗人具有如下特征:他拥有强烈的感悟力、想象力与同情力,欣然自娱且俯仰天地,主要依赖内心世界而非外部诱因进行创造。诗人关注普遍的真理,与人类普遍的命运相连。他具有超越现时的、更加宏阔的关怀,是人性的守护者。他"回顾过去又展望未来"的姿态又同梦里的阿拉伯人不谋而合。

以上内容构成了华兹华斯诗学思想的主要方面。在《序言》产生的年代,这些思想无疑具有极大的开创性。这些思想始终贯穿于华兹华斯的诗歌创作中,并在"梦见阿拉伯人"片段(初成于 1804 年~1805 年④)中得到更加雄辩的重申。在该片段中,华兹华斯预言了书籍(借指文学,尤诗歌)所面临的浩劫,一方面揭示了诗歌的属性及其在人类文化生活中的价值,体现了诗人

---

① 《抒情歌谣集》,第 751 页。
② 同上书,第 752 页。
③ 同上书,第 753 页。
④ Gill,*William Wordsworth*:*A Life*,pp. 225 − 233;Mark L. Reed,*Wordsworth*:*The Chronology of the Middle Years*,*1800—1815* (Cambridge, Mass.:Harvard UP, 1975),p. 12, pp. 254 − 255, p. 290.

作为心灵捍卫者的形象,另一方面,该片段也通过重重倾听行为和巨大的预言性和声为诗歌发出强有力的辩护。

《序曲》第五卷中在全诗中既相对独立,又兼有承前启后的意义。本卷题为"书籍",主要指富于想象的文学作品,尤指诗歌,是仅次于大自然的又一向导。在第四卷,华兹华斯已经开始写到自己早年萌生的赋诗热情(4.100~120),并在该卷临近结尾处追忆起曾发誓献身诗歌的情景(4.333~338)。第五卷重拾诗歌主题,并且从一位成熟诗人的角度,更加深入地思索诗歌在心灵成长中的作用,以及诗歌与人类命运的关联。卷首出现的词语"沉思"(第一行第二个单词)预示着本卷的内容将转入内心的思考,而思考的内容将从"单个人的悲伤"转向人类普遍的命运("O Man,..." 5.4)。[①] 诗人想到:书籍,作为人类苦心孤诣而创造的思想载体和人与人之间交流的媒介,拥有仅次于大自然的地位,然而书籍却终将消逝(5.8~22)。这其中包含两层涵义:一方面,诗人作为思想和语言之集大成者,深刻地意识到书籍(或者说人类的语言、思想)的相对有效性——"不朽的生命将不再 / 需要文字的外衣"(5.23—24)。也就是说,更高级的存在将无需书籍为媒介。书籍仅在凡俗的时空维度内有效。由于人类有限的生命与认识能力,其书籍(语言、思想)也具有相应的内在局限性。另一方面,诗人作为"对人类说话的人",[②]更主要是通过上述诗文强调了书籍对人类的重要性,以及诗人对书籍所面临的外部危机的感知。书籍虽不能如大自然一样恒久,却是"大地之子"(5.25)所必需。只要人类一息尚存,他就需要来自书籍的慰藉。然而,书籍"如此薄弱的神龛"(5.49)会在种种浩劫中遭到毁灭(5.30~45)。这里的"浩劫"(如烈火、海枯)也预示着梦中的"灾难""洪水"。简言之,它们都反映某种极端的状态。诗人对书籍命运(也是人类命运)的思考与紧接着发生的梦幻有着密切的关联。

评论界一般认为,"梦见阿拉伯人"片段取材于法国哲学家笛卡儿在1619年11月10日夜里所做的三个梦中的最后一个,华兹华斯很有可能从两位对他有很大影响的人即柯尔律治和贵族军官米歇尔·博布伊(Michel Beaupuy,1755~1796)的口中听闻这个梦,并使其为己所用。[③] 梦中,笛卡儿见到两本书,一本类似百科全书,讲述各门科学;另一本则是拉丁诗集,但这

[①] 根据原1804年五卷本《序曲》,在"退役士兵"片段(即1850年《序曲》第四卷结尾)与关于书籍的思考之间有一段承前启后的诗文,说明诗歌的内容即将从单个人的遭遇("Enough of private sorrow",五卷本,4.323)转向人类的普遍命运。见 William Wordsworth, *The Five-Book Prelude*, ed. Duncan Wu (Oxford, UK: Blackwell, 1997), p.117.

[②] 《抒情歌谣集》,第751页。

[③] J. W. Smyser, "Wordsworth's Dream of Poetry and Science: *The Prelude*: V," *PLMA* 71 (1956): 270—271. JSTOR.

里的诗集基本属于哲学性质,体现哲思与智慧。笛卡儿随手翻开一页,恰好是古罗马诗人奥索纽斯(Decimus Magnus Ausonius,310~395)的《我该选择何种人生道路?》,另有一个奇怪的人对他说起另一首诗《是或否》。梦醒之后,笛卡儿认为受到了启示,决定"终生献身于理性和真理的发展",并将这一天视为事业上的转折点。① 但具有讽刺意味的是,这一天也被有些人视为"欧洲历史上最具灾难性的时刻",②因为他们认为笛卡儿作为"现代哲学之父"最终导致了二元论和唯理性主义在西方思想界的蔓延;在笛卡儿的思想体系下,诗歌与想象存在的意义也受到质疑。然而,经过华兹华斯的改编,"梦见阿拉伯人"片段则呈现不同的意义。如果说笛卡儿的梦最终引发唯理性灾难,华兹华斯的梦则是对灾难的预言(5.96~98),是对以书籍(尤诗歌)所代表的想象与激情的保护——"因为在高尚的/灵魂中,激情就是至高的理性"(5.40)。

  浪漫主义时期,中世纪文学得到一定的复兴。华兹华斯也熟谙中世纪文学,并亲自翻译过乔叟(Geoffrey Chaucer)的部分作品,因此,他对此梦幻的改编明显体现出中世纪"梦幻叙事"(dream vision)的传统——一种先于笛卡儿时代的文学形式(尽管这种写法在华兹华斯全部作品中并非主流):其一在于它发生在读书场景之后,即以阅读行为作为梦幻的先导,③如乔叟在《公爵夫人书》(*The Book of the Duchess*)、《声誉之堂》(*The House of Fame*)及《百鸟议会》(*The Parliament of Fowls*)中的写作手法。在"梦见阿拉伯人"片段中,梦者入梦前所读的书籍是《堂吉诃德》,讲述游侠堂吉诃德由于饱读传奇文学而在一切事物中看到其比喻的一面的故事。在浪漫主义时代,堂吉诃德成为"想象的原型",他"既拥有超人的感性,同时又是一个局外人",是"浪漫主义的英雄"。④ 华兹华斯选取这部作品来引出梦幻,一方面预示该梦幻的隐喻性质,另一方面也符合本卷的"文学/想象"主题。

  与中世纪梦幻叙事相似的第二个特征在于,梦幻多发生在梦者陷入精神危机、情感困境或者心智疲惫的时分。梦见阿拉伯人之前,"我"在海边岩洞

---

① Genevieve Rodis-Lewis, "Descartes's Life and the Development of His Philosophy," *The Cambridge Companion to Descartes*, ed. John Cottingham (Cambridge: Cambridge UP, 1992), p.31.
② William Temple, *Nature, Man and God* (Whitefish: Kessinger Publishing, 2003), p.57.
③ John Fyler, "Introduction to *The House of Fame*," *The Riverside Chaucer*, eds. Larry D. Benson et al., 3rd edition (Boston: Houghton Mifflin, 1987), p.347.
④ Anthony Close, *The Romantic Approach to "Don Quixote,"* (Cambridge: Cambridge UP, 1978), p.53.

中阅读《堂吉诃德》,①因思考着书籍——象征想象力以及人类的思想菁华——在浩劫中的命运而陷入异常的困惑与倦怠。合上书本,注视大海,默想着诗歌与几何学原理,诗人渐渐入梦。第三个特征是,在中世纪梦幻叙事中,梦者会漫游到一处奇异的地方,并且有向导指引和训诫,梦者会向向导询问梦境的寓意,譬如但丁的《神曲》。在"梦见阿拉伯人"片段中,梦者来到一片无垠的荒漠,空旷而黑暗。诗人环顾四周,感到深深的悲哀和恐惧。② 梦里也有一位向导,是一个奇怪的阿拉伯人。这里,阿拉伯人的身份很有意义:有学者指出,一方面,阿拉伯骑士(Arabian knight)与《天方夜谭》(*Arabian Nights*)形成双关;另一方面,在华兹华斯的年代,阿拉伯被当作是浪漫传奇、诗歌,尤其是象征语言的发源地。③ 当诗人把阿拉伯骑士当作"半吉诃德"(5.142~143)时,这两种身份的重合又将本卷先后谈到的《堂吉诃德》和《天方夜谭》联系起来,共同象征极富想象力的文学,而诗人坚信此中具有无误的向导:"会用无误的手段带我穿过 /茫茫荒原"(5.82~83)。根据诗中记载,此向导提出的唯一要求就是"倾听海贝"。依照向导的指示,梦者将一枚海贝放到耳边,展开倾听活动,并在沉寂的荒漠中独自听到巨大的预言性和声。以上是这个梦幻的起因、场景和人物等一些基本信息,梦中的主要活动则围绕倾听展开。

这一梦幻片段也让我们想起另一位浪漫主义诗人的梦,即华兹华斯的友人柯尔律治的《忽必烈汗:或梦中景象》一诗。柯尔律治宣称这首诗是梦的产物,但不幸被不速之客打断,仅留下一个片断。据诗人解释,一个夏日,诗人正在阅读一本游记,里面讲到忽必烈汗下令建造园林的事情。由于他感到身体不适,就服用了一些镇静剂,于是在椅子上打起瞌睡来,并且做了一个梦,梦中还写了一首诗,长达二三百行。醒来后,柯尔律治立即拿出纸笔,准备记下梦中的诗句。这时,来自珀罗克的访客前来拜访他,耽搁了他一个多小时。事后,诗人只能依稀记下些许残余的片断,只有54行。"来自珀罗克的人"(the man from Porlock)后来也成为打断别人创作的不速之客的代称,纳博科夫、帕慕克等作家的作品中都曾借用这一称呼。诗中写到东方的奇景,一处充满矛盾的哥特式景观,即忽必烈汗在上都的宫殿:名为"欢乐宫",却有远古

---

① 在1805年文本中,梦者不是诗人,而是一位友人。许多学者曾探讨这里涉及的身份转变问题,但这对本文的论题没有明显的影响。
② 梦里的荒漠、黑暗、恐惧等词汇令人联想到诗人在法国大革命恐怖政治时期所做的一个个噩梦,见《序曲》第10、11卷。但不同的是,此处的梦因海贝的出现而不全是噩梦,毋宁说是一个启示性的梦。
③ Ernest Bernhardt-Kabisch, "The Stone and the Shell: Wordsworth, Cataclysm, and the Myth of Glaucus," *Studies in Romanticism* 24 (1985): 455—490. 引文见第472页。

的声音预言着战争;充满阳光,却又为冰雪所封冻;诗人听到圣河的巨大声响,也听到一位阿比西尼亚少女的弹唱。"如果我能在心中复原她的歌声与交响",诗人感叹道,"我将用嘹亮与辽远的音乐,/ 在空中筑起一座殿堂。"所有听到音乐的人都能看到它的存在。① 在一定程度上,"梦见阿拉伯人"片段与《忽必烈汗》之间有很多相似之处,首先,两者都讲述梦境,梦里都充满矛盾因素,且包含倾听活动,以及与之关联的创作活动;其次,诗人们都在梦里听到了歌赋,而歌赋都预言着灾难。第三,诗人们都是在极端的境遇下进行倾听活动的。同时,两个梦都涉及东方因素。以柯尔律治的梦为背景,我们可以更好地理解华兹华斯的梦。

1. 倾听海贝:音乐与空间

你在他们的耳朵深处筑起一座圣殿。

————里尔克②

先来看一看"梦见阿拉伯人"片段。梦中的阿拉伯人一手持长矛,腋下夹着一方石块,另一只手则握着一枚海贝。石头和海贝都是自然物,但依据"梦的语言"(5.87),它们却是两本书,和纸质的书相比,它们拥有相对坚固的"神龛"(5.49)。阿拉伯人告诉诗人,石块是《欧几里德原理》"(5.88);海贝是什么,阿拉伯人并未明确交代,只是说它"拥有更高的价值"(5.89)。海贝拥有"如此美妙的形状,/ 如此夺目的色彩"(5.90~91),但要领悟它的内涵,则需要倾听:

> 我按他的
> 要求将海螺托向耳边,立即
> 听见清晰的声音,一种巨大的、
> 预言性的和声,是完全陌生的语言,
> 却不知为何我听懂了它的内涵;
> 是激情中吟出的歌赋,预言大洪水

---

① Samuel Taylor Coleridge, "Kubla Khan: or, A Vision in a Dream," (lines 30, 43—46) *The Major Works*, ed. H. J. Jackson (Oxford: Oxford UP, 1985), pp. 102—103.

② 出自里尔克《致奥菲欧斯的十四行诗组诗》第一组之第一首,见 Rainer Maria Rilke, *The Selected Poetry of Rainer Maria Rilke*, ed. and trans. Stephen Mitchell, Intro. Robert Hass, Bilingual edition (New York: Vintage International, 1989),第 226—227 页。

将淹没地球的孩子,而且是即至的
灾难。

(5.91～98)

对于梦者来说,海贝主要是用来听的。记得《纽约客》杂志(1998年8月号)的封面上画着许多到海边度假的人,沙滩上的四个成年人都在用手机打着电话,其中一位还同时操作着笔记本电脑。他们模样相似,一个与另一个几乎没有差别,神色中都流露出紧张与匆忙。只有一个小女孩站在画的中央与前方,与大海最近,身穿红色裙子,手捧白色贝壳,专心地倾听着贝壳里的声音。这幅漫画似乎告诉读者,成年人即使在大自然中也无法真正地融入自然,因为他们为生计奔波,忙于收入与支出,因而荒废了本有的感受力,"听不到海神吹响的螺号"。① 只有天真的孩童才能真正领略大自然的秘密。海贝由于传达着大海的潮声而代表大自然的音讯。

海贝中真的有大海的声音吗? 在"梦见阿拉伯人"片段中,梦者是在大海边的岩洞里入睡的,他在梦中听到的海贝之音也可能来自梦外大海的音讯,那么,诗人从中海涛声中听取歌赋的行为则主要体现两层意义。一方面,诗人屡屡表示,希望自己的诗语能够比及大自然的语声:

啊! 但愿
我拥有像你们[大自然]那样和谐的旋律
和声音,让我来讲述你们大家
为我所做的一切。

(12.28～31)

同时,诗人还希望自己的作品"可以与天地间的自然力/ 相比"(13.309),能够同样"具有原创性,亦能长久"(13.310)。另一方面,梦者从现实的海涛声中听取歌赋的行为也反映了诗人欲为大自然的语声赋予艺术形式的努力,如华莱士·史蒂文斯(Wallace Stevens,1879～1955)诗中的歌者/创造者"为大海之语赋予秩序"②的激情。还有一些学者如约翰·霍兰德和米勒(J. Hillis Miller)等认为,海贝的形状就像是一个"具有互动功能的耳朵"(a reciprocal

---

① William Wordsworth, "The World is Too Much with us", *The Major Works*, ed. Stephen Gill, (Oxford: Oxford UP, 2000), p. 270.
② Wallace Stevens, "The Idea of Order at Key West," *Collected Poetry and Prose* (New York: Library of America, 1997), pp. 105-106. 结尾部分。

ear),梦者从海贝中听到的声音实际是其自身耳鼓内血液流动声音的回声。①这一说法不无道理,也更贴近自然真相,但它不仅不会瓦解倾听海贝这一行为的意义,反而愈加衬托出诗人从海贝中听取歌赋这一过程所具有的创造性。该说法可补充说明此创造过程的内向性,体现诗歌创作是诗人与内部世界的交流。

海贝本身并不会发出声响,但富于想象的听者能为它赋予声音,正如华兹华斯曾说过的,"若无想象力,我诗歌的声音将不会被听到"。② 倾听海贝的行为是一种创造活动——"你必须付出,否则永不能收获"(12.277~278)。在海贝中听到海潮声尚属一般性质的联想,但若听到"歌赋"(an Ode,5.96),则是更高一级的想象,如艾略特(T. S. Eliot)所说的"听觉想象"(auditory imagination):

> 我所说的"听觉想象"指的是一种对音节和乐律的感觉,它深深触及思想与感受等意识层面之下,为每一个字赋予生命;它沉落到最原始的、被忘怀的[层面],回归到原初、重新获得某种东西;它寻找着起点,也求索着归宿。当然,其展开有赖于词语的意义,或者说,不离通常所说的语义;它将旧有的、被忘却的、陈腐的与当前的、新生的、惊人的意义融合起来,是一种融合了最古老与最文明的心理状态。③

艾略特所说的听觉想象反映了诗人特有的为语言赋予音乐美的能力。谢默

---

① John Hollander, *Images of Voice: Music and Sound in Romantic Poetry* (Cambridge, England: Heffer, 1970), pp. 16—18; J. Hillis Miller, "The Stone and the Shell: the Problem of Poetic Form in Wordsworth's Dream of the Arab," *Untying the Text: A Post-Structuralist Reading*, ed. Robert Young (Boston: Routledge and Kegan Paul, 1981), pp. 244—265. 本卷后面的"溺水者"片段中还写到一片"形似耳朵"(5.434)的绿色农田,在写到搜寻溺水者时,诗人还使用了"探测"(sounding)一词。解构派学者辛西亚·切斯继哈特曼之后谈到"声音主题"在第五卷的重复,他们主要指的是"温德米尔少年"片段与"溺水者"片段之间的关联。见 Geoffrey Hartman, *Wordsworth's Poetry 1787—1814* (New Haven: Yale UP, 1964), p. 232, 以及 Cynthia Chase, "The Accidents of Disfiguration: Limits to Literal and Rhetorical Reading in Book V of *The Prelude*," *Studies in Romanticism* 4 (1979):554. 但依照霍兰德与米勒等人有关"海贝形似耳朵"的说法,"梦见阿拉伯人"片段与后两个片段之间亦存在关联,至少都与倾听和想象有关。

② William Wordsworth, "To Lady Beaumont, May 21, 1807," (letter 301) *The Letters of William and Dorothy Wordsworth: The Middle Years*, Vol. 1: *1806—1811*, ed. Ernest De Selincourt (Oxford: Clarendon Press, 1937), p. 126.

③ T. S. Eliot, "Matthew Arnold," *The Use of Poetry and the Use of Criticism* (Cambridge, Mass.: Harvard UP, 1933), p. 111.

斯·希尼曾指出,艾略特的这一思想不仅强调了诗歌语言的音乐性,也说明了在文字与韵律的内部潜藏着更为深刻的文化与历史底蕴,诗歌语言既体现纯粹的声音因素,又表达着人类的历史、记忆与情感,因而,听觉想象不仅满足耳朵的需求,还令心灵感到愉悦。① 凭借这种听觉想象,梦者在海贝中听到特殊的音韵,也体现了高级的创作过程。华兹华斯在《序曲》第四卷谈到他少年时代最初萌生的赋诗热情时,曾把诗歌创作过程比作"维纳斯从海中诞生"(4.114)。在此片段中,倾听海贝的过程首先也象征诗歌诞生的过程,同时也阐释了诗歌语言的属性:"完全陌生的语言"说明诗歌语言不同于日常的散文化语言,而拥有特别的表达方式,能够为司空见惯的事物带来陌生感和新意。其次,诗语是一种"清晰的声音,一种巨大的、/ 预言性的和声"(原文是"articulate sounds, / a loud prophetic blast of harmony"),说明了诗歌语言强大而有效的表现力,并且体现"诗歌/预言"的弥尔顿传统。同时,上述诗行与柯尔律治在《霜夜》("Frost at Midnight",1798)中对家乡教堂钟声的表述有相似之处:"[钟声]落在我耳际 / 好似清晰的声音预示着未来(most like articulate sounds of things to come)"(32～33)。② 柯尔律治的传记作者里查德·霍姆斯认为,《霜夜》中的这一诗行("清晰的声音……")"通过众多音节一气呵成、势不可挡地将情感推至高潮,体现了浪漫主义对这种音节效果的渴望",并指出该诗行具有一种"宗教般的力量",认为"这正是华兹华斯在1805年《序曲》中将要充分挖掘的音调"。③ 霍姆斯没有具体说明华兹华斯是如何"挖掘"这一声音的,但他最有可能是指"梦见阿拉伯人"片段,因为这里不仅有近似的诗行,并且也通过声音表达了宗教般的、启示性的力量。再次,诗语比及天地间强大的自然力("blast," 5.95),具有摧枯拉朽的力量,但最终归于和声,强调了诗歌语言整体上的音乐性。

海贝与石头的主要区别在于前者是中空的,而后者是坚实的。唯其中空,才能发出声响,引起共鸣。比如古代的里拉琴就是用贝壳做为琴体的。浪漫主义诗人往往对中空的事物(另如洞穴)感兴趣,认为中空的地带能产生神秘的音乐,因此,空的东西更具潜质("hollows of potentiality")。④ 在诗歌中,空间,如同音乐性一样,是必不可少的内在组成元素。空间主要指开放

---

① Seamus Heaney, "Englands of the Mind," *Finders Keepers: Selected Prose 1971—2001* (New York: Farrar Straus Giroux, 2002), p.81.
② Samuel Taylor Coleridge, "Frost at Midnight," *The Major Works*, ed. H. J. Jackson Oxford: Oxford UP, 1985), pp.87—88.
③ Richard Holmes, *Coleridge: Early Visions* (London: Hodder & Stoughton, 1989), p.8.
④ John Hollander, "Wordsworth and the Music of Sound," *New Perspectives on Coleridge and Wordsworth*, ed. Geoffrey Hartman (New York: Columbia UP, 1972), p.52.

性,类似中国绘画里的"留白"。"敞开即诗歌。"这是法国思想家布朗肖在《文学空间》里对诗歌的一种定义。她谈到诗歌的空间,认为"在那里,在不在场的内部,一切都在诉说,一切都回到了精神的领悟中。这领悟是敞开的,而非静止的,是永恒运动的中心。"①希尼也曾指出,好的诗歌都应该具有一定的空间:"E·M·佛斯特曾说,他把《印度之行》想象为一本中间有洞的书。一些诗也是如此。它们的中央有开口,让读者进入其中并超出其外。"②诗歌内在的空间性首先与诗歌语言的模糊性密切相关,这种模糊性不等于晦涩难解,相反,它是"清晰的"(93 行,原文"articulate"兼具"达意的"、"有表现力的")。模糊性主要指诗语的丰富性,是"众多天神,具有浩繁的语声"(106行)。同时,诗歌的空间性要求诗人在写作中有意地保存"留白",以便为读者留出想象的余地,使其能够"被失在的(absent)因素所感动,好像它们是实在的(present)"。③

海螺的贝阙珠宫引起很多哲思和想象。在《空间诗学》(*The Poetics of Space*)一书中,法国哲学家加斯东·巴舍拉尔(Gaston Bachelard,1884～1962)曾谈论海贝特殊的形状以及诗人们赋予海贝的意义。在他的书中,空间主要指空间意象,是具体可触的一些场域,比如房屋为做梦提供了空间,抽屉为秘密提供了空间。他从栖居与梦想(想象)的角度谈到海贝意象及其为生命与想象所提供的保护空间。他的论述有助于我们更形象且更深入地理解诗歌的救赎作用。我们知道,在英语诗歌传统中,"贝壳"(shell)与"房舍"(cell)作为彼此压韵的一对词语经常一起出现诗歌中。④ 巴舍拉尔也谈到海贝与荫庇的关联。他指出,海贝以其外形的几何特征吸引了许多诗人的想象,比如法国象征派诗人瓦雷里(Paul Valéry,1871～1945)就认为"海贝是享有特权的形态",因为海贝"超然于其他无序、不规则的事物之上"。⑤ 巴舍拉尔指出,海贝的神秘性不仅在于其规则有序的几何外形,更在于其"形成"(formation)的过程:无论海贝形成于"左旋还是右旋的螺旋上升运动","这种

---

① 莫里斯·布朗肖:《文学空间》,顾嘉琛译,北京:商务印书馆,2005 年,第 138 页。
② Seamus Heaney, *Finders Keepers: Selected Prose 1971－2001* (New York: Farrar Straus Giroux, 2002), pp. 158.
③ 《抒情歌谣集》,第 751 页。
④ John Hollander, *Images of Voice: Music and Sound in Romantic Poetry* (Cambridge, England: Heffer, 1970), pp. 15－16. 例如,在托马斯·格雷(Thomas Gray, 1716～1771),威廉·柯林斯(William Collins, 1721～1759),也包括华兹华斯的诗歌中,"贝壳"与"房舍"常常一起出现。
⑤ Paul Valéry, *Les merveilles de la mer. Les coquillages*, p. 5. Collection "Isis." Plon, Paris. 转引自 Gaston Bachelard, *The Poetics of Space*, trans. Maria Jolas, with a new foreword by John R. Stilgoe (Boston: Beacon P, 1969, 1994), p. 105.

生命,与其说始于一种向上的扩张,不如说它更大程度上体现了自我回归"。他认为,海贝是"对内部生命的保护"。① 他还援引了 16 世纪法国工艺家伯纳尔德·帕里西(Bernard Palissy,1510～1589)②设计战时防御工程的故事,说明这位工艺家最终在诸如海贝等生物的特殊生态结构上找到了设计方案,因为海贝体现了一种"从内部形成的建构"(a construction from within),它是生命本身为自己创造的"避难所"。③ 当海贝成为自筑的荫庇,不也体现诗歌之为心灵的自助?

栖居与家宅的意象也出现在《序曲》第五卷结尾。在此,华兹华斯谈到诗歌的创作过程,一方面展示了诗歌语言本身之不同寻常与意味无穷;另一方面也体现了诗歌为想象所提供的无限空间:

> 想象的功能随时侍候着
> 那无声无影的疾风,是神秘的文字
> 体现这风的魂灵;文字中**栖居**着
> 黑夜,一群仙魂鬼影都在
> 暗中导演着无穷无尽的蜕变,
> 就像身居自己的**家**中。甚至,
> 在那透明的纱幔内,各种形状
> 与实体也辐射出神圣的辉光,并随着
> 错综复杂的诗句,于瞬间现出
> 似曾相识的面容,那光轮与它们
> 同现,虽然不属于它们所有。
>
> (5. 619～629,黑体字为笔者所加)

"文字中栖居着黑夜"(There, darkness *makes abode*)以及"仙魂鬼影"等都体现诗歌创作过程的神秘性,主要指想象力在发挥作用。而诗歌正是一种能够容纳想象、承载神秘的体裁。诗歌为想象提供了安适的空间,使其"就像身居自己的家中"(as in a *mansion* like their proper *home*)。④ 在诗歌超凡的宅邸

---

① Gaston Bachelard, *The Poetics of Space*, trans. Maria Jolas, with a new foreword by John R. Stilgoe (Boston: Beacon P, 1969, 1994), p. 106.
② 法国工艺家,曾花费 16 年时间模仿中国的瓷器工艺。其瓷器作品多以海洋生物为题材。死于巴士底狱。
③ Gaston Bachelard, *The Poetics of Space*, trans. Maria Jolas, with a new foreword by John R. Stilgoe (Boston: Beacon P, 1969, 1994), pp. 127-129.
④ 斜体字为笔者所加。

与纱缦中,平凡的实体也能够"辐射出神圣的辉光"、呈现出"光轮"。

更进一步,我们还可以把海贝从狭小的房舍("cell")和宅邸("mansion","home")扩大到包容万物的宇宙。弥尔顿就曾把贝壳比做穹庐。① 华兹华斯在《漫游》(*The Excursion*)中也从海贝中感悟到整个宇宙。诗中写到一个奇怪的孩子,虽远居内陆,却从海贝中听到来自"不朽的海洋"的讯息,并从中悟见宇宙本身:

> 我曾见过
> 一个有趣的孩子,他住在内陆的
> 一个地方,却将一个边唇平滑的
> 大海螺放在他的耳旁。在寂静中,
> 他聚精会神地倾听着,用上全部的
> 心灵。很快,他的脸庞露出
> 欢快的表情,因为他从中听到
> 喃喃语声,那是这枚提示物(monitor)
> 在表达着它与生身之海的神秘的亲缘。
> 对于信者的耳朵,如此海贝正是
> 宇宙本身,而且我并不怀疑,
> 有时候它能向你传递眼睛不见之物的
> 真实而可靠的音讯;传递大海的
> 潮涨潮落,和它恒久不息的力量;
> 传递它那永远激荡的巨心中永远存在于
> 中央的平静。②

(4.1132~1147)

2. 歌赋与苦难

梦者不仅从海贝中听到歌赋,还听到对灾难的预言。联系柯尔律治的"梦幻"《忽必烈汗:一个梦景》("Kubla Khan: or, A Vision in a Dream")中预言战争的声音以及少女的弹唱,我们会产生这样的疑问:为何浪漫主义诗人

---

① John Milton, *Comus*, line 1015, *The Complete Poetry and Essential Prose of John Milton*, eds. William Kerrigan et al (New York: Modern Library, 2007), p.98.

② William Wordsworth, *The Excursion*, eds. Sally Bushell et al (Ithaca: Cornell UP, 2007). 丁宏为译文。转引自《理念与悲曲》,第 318 页。

总是在梦中的诗乐里听到关于灾难的预言？为何和声总是要传达不和谐的音讯？要回答这些问题，须了解"灾难"（以及本卷开头所说的"浩劫"）指的是什么。关于灾难，学者们各有不同的解释。解构主义批评家哈特曼以自然和想象之间的对抗关系为论题，认为洪水象征诗人对强大的想象力的恐惧。① 米勒则从语言（符号）和意识的角度分析，指出"洪水"寓示死亡，一种"由符号引发意识，由意识派生时间，而时间最终导致死亡"的灾难。② 另有学者认为，大洪水"虽是毁灭性的灾难，却具有救赎性质，因为它将带来新生"。③ 笔者注意到，在"梦见阿拉伯人"片段中，荒漠、灾难、洪水等意象在《序曲》第10卷"寄居法国——续"中得到重复并具体化，其出现也是在一场噩梦之后（10.399－415），诗人亦采取了预言家的姿态——"我像是古代的预言者"（10.437），认为尽管有灾难与罪孽来惩戒人类，但由于"占据了遗憾与悲痛的制高点"（10.448）这一超卓角度，"音乐的飓风也能 / 织入喧杂骚乱的事件，因此，/最凶狂恶劣的风潮也值得倾听"（10.460～462）。这里的"事件"指的是法国大革命期间的恐怖政治。同时，大洪水的意象更加鲜明：

> 世世代代
> 积蓄下来的罪孽与愚昧，如巨大的
> 水库，再不能承受那可怕的重负，
> 突然溃决，让大洪水泛滥全国。
>
> （10.477～480）

因此，"梦见阿拉伯人"片段中的"灾难"很有可能影射法国大革命这一历史事件。结合第五卷的内容，我们还可以加上压抑儿童天性的现代教育理论（223－425）行。或者也指向一些极端的文化思潮，如导致诗人精神危机的葛德汶唯理性思想等。在《抒情歌谣集》序言中，华兹华斯还用"大洪水"比喻了当时大量盛行的"无聊、滥情的"感伤主义文学，这类文学连同"疯狂的"、"病态而愚蠢的"哥特小说一起使真正有价值的作品（如莎士比亚和弥尔顿的作品）受到冷落，对文学的健康发展造成危害。④ 但是，在"梦见阿拉伯人"片段中，上

---

① Geoffrey Hartman, *Wordsworth's Poetry 1787—1814* (New Haven: Yale UP, 1964), p. 229.
② J. Hillis Miller, "The Stone and the Shell: the Problem of Poetic Form in Wordsworth's Dream of the Arab," *Untying the Text: A Post-Structuralist Reading*, ed. Robert Young (Boston: Routledge and Kegan Paul, 1981), p. 258.
③ Joel Morkan, "Structure and Meaning in *The Prelude*, Book V," *PLMA* 87 (1972): 248.
④ 《抒情歌谣集》，第747页。

述种种具体的"灾难"或者其总和似乎都不足以成为诗人所忧患的全部内容，因为诗中的"洪水"是"地球之子"要共同面对的，是一种普遍性的灾难，不仅危及全人类的基本生存状况，更危及人类的精神状态。即使米勒所说的人所不免的死亡——肉体的死亡——也仅体现灾难的一面（甚至未必是灾难），即"不朽的生命将不再/需要文字的外衣"（5.23～24）；而诗人更加担心的是另一面，即"可能/失去它们[书籍]，而自己继续活着——/凄凉，沮丧，孤独，没有慰藉"（5.27～29），一种精神枯竭的荒漠状态。总之，尽管该片断中的灾难具有鲜明的历史意义，但任何对灾难的具体的、历史的定位都有简括之嫌，都难以涵盖诗歌更为宏厚、普遍的关注。或许叔本华（Arthur Schopenhauer, 1788～1860）与尼采有关悲剧精神与音乐的观点能为此提供更好的解释。米勒也指出，海贝中的"多重声音只能传达一条讯息，即逼近的灾难。……这种预言大毁灭的讯息（apocalyptic news）正是诗歌的基本主题"。① 诗人正是通过诗歌来表达对人类生存状况的深切的危机感，并借助艺术形式来寻求关于困境的启迪——而非解决，因为诗人认为，"磨难 / 只能解释心灵的迟钝与低愚"（12.107～108）；敏锐的心灵则善于发现：任何苦难以及"人间那低沉的/呻吟……最终——/若正确领悟其含义——都表现欢乐"（14.387～389），或者说，和声。

在这一点上，叶芝写于晚年的一首诗《在阿尔赫西拉斯：对死亡之思索》（"At Algeciras—a Meditation upon Death", 1928）中的海贝有助于我们更好的理解"梦见阿拉伯人"片段中的海贝。当时，诗人正处在重病之中。他在诗中回忆起儿时捡拾海贝的情景，并指出诗人的海贝不同于"牛顿的隐喻"中的海贝（第11行）。② 叶芝想到的是牛顿下面这段话：

> 我不知道世人如何看我；但对我自己来说，我仿佛始终像是一个漫不经心在海边玩耍的男孩，偶尔发现一枚不同寻常的石子或更漂亮些的海，然而面对眼前宏阔的真理的大海，却无所发现。③

---

① J. Hillis Miller, "The Stone and the Shell: the Problem of Poetic Form in Wordsworth's Dream of the Arab," *Untying the Text: A Post-Structuralist Reading*, ed. Robert Young (Boston: Routledge and Kegan Paul, 1981), p.258.

② William Butler Yeats, *The Collected Poems of W. B. Yeats*, ed. Richard J. Finneran, Revised 2nd Edition (New York: Scribner, 1996), p.246.

③ David Brewster, *Memories of Sir Issac Newton* (1855) II, p.407. 转引自 Alexander Norman Jeffares, *A Commentary on the Collected Poems of W. B. Yeats* (Stanford: Stanford UP, 1968), p.350.

牛顿把海贝比做"妨碍人们发现宏大真相的渺小真理(自然真理)",①叶芝则认为,诗人的海贝将带来"更加实质的欢乐"(第9行),并体现对终极真理的思考。对于诗人来说,海贝能引发关于"审问者"(the Great Questioner,这里指上帝)的想象:"他能问询什么,我又将/如何以适宜的信心作答"(15～18行)。这份信心正来自想象,或者说,来自海贝所象征的"诗歌的力量"(poetic power)。② 诗歌所关注的是大海一样宏阔、普遍的真理,如华兹华斯在《序言》中所言。

回到"梦见阿拉伯人"片段。阿拉伯人肯定了预言的真实性,为躲避灾难、保护书籍,他将把石头和海贝这两本书埋藏起来。联系前面的论述,保护书籍也就是保护我们的想象特权或精神生存,因为在洪水即来的危难关头,书籍不仅是需要被保护的对象,而且也是保护人类心灵的堤坝:既是"真理的堡垒"(adamantine holds of truth, 5.39),也是"人性的堡垒"(rock of defense for human nature)。③ 阿拉伯人称石头(几何学)熟识日月星辰,以最纯粹的理性契约使人们不受时间与空间的干扰(5.103～105);而海贝这本诗书则:

> 另一本像个天神,
> 不,是众多天神,具有浩繁的
> 语声,超越所有的风的呼唤,
> 能振奋我们的精神,能在所有
> 艰难困苦中抚慰人类的心田。
>
> (5.105～109)

很多学者都指出石头和海贝分别代表几何与诗歌两种语言。石头所代表的几何学原理反映了浪漫主义诗人对几何语言/数学语言的兴趣。在《序曲》第六卷中,华兹华斯曾谈到几何学原理之超然平允,是"一个独立存在的 / 世界,诞生于精纯清湛的心智"(6.166～167)。柯尔律治也把几何语言视为一个自我指涉(self-referential)的世界,拥有自由独立的秩序。④ 海贝在其规则的几何结构基础之上,不仅是秩序的象征,更代表富于生命与情感的诗歌语

---

① Harold Bloom, *Yeats* (New York: Oxford UP, 1970), p.383.
② Bloom 383. 布鲁姆指出,在华兹华斯、蓝德(Walter Savage Landor, 1775～1864)以及其后的雪莱和叶芝的诗歌中,海贝象征"诗歌的力量"。
③ 《抒情歌谣集》,743页。"adamantine"和"rock"都与"石头"有关,体现其坚不可摧的性质。贝壳也具有石质。
④ Angela Esterhammer, *The Romantic Performative: Language and Action in British and German Romanticism* (Stanford: Stanford UP, 2000), pp.184-185.

言,因为,与石头不同,海贝是一种生命形态,与有情世界攸息相关。海贝/诗歌诉诸人的心灵,具有深厚的现实关怀,如济慈所说,诗人/诗歌应关注"更为高贵的生活",关注"诸多苦难与人心的挣扎",并且"向尘世倾洒慰藉的油膏"。① 海贝所象征的诗歌属于柯尔律治所说的"有救赎作用的言语行为"(redemptive speech acts),它"通过一种创造性的、超验的、精神的力量来抗衡社会的、政治的势力"。② 正是在这些意义上,海贝拥有更高的价值。伯纳特—凯贝什(Ernest Bernhardt-Kabisch)在谈到该片段时认为,华兹华斯在此思考着"人类话语和自然界的关系以及人类话语在心灵成长中的作用"。③ 他还指出,华兹华斯以"几何学家的语言"和"诗人的语言"分别标示了"人类话语之两极",前者"系统化、理性化",后者则"富有生命力和象征性",二者都排斥那种"仅仅涉及事实的、经验的、百科全书式的书本知识等一切非本质、无关宏旨的事物"。④ 他还特别谈到诗歌语言以艺术的形式对历史现实实施"转化作用"(transfiguring function):

> 诗歌并不能对灾难提供具体防卫;它只能像海神(吹响螺号)那样预告灾难的到来。诗歌择取灾难和死亡,为洪水般的混乱无序赋予艺术的形式,从'喧杂骚乱的事件'中提取'音乐的飓风'(1805,10.419～420),将预言转化为和声,诗歌通过上述方式实施转化和救赎。⑤

有关灾难的预言体现了诗人兼有预言家的身份,因为华兹华斯认为,"诗人们与预言家相似,在真理的宏大／体系中,他们相互关联"(13.300－301)。这种预言性歌赋起到唤醒作用,属于华兹华斯赋予诗人的一种使命,就是要用诗歌"把人们从沉睡中唤醒"。⑥ 华兹华斯曾多次表明自己的预言家立场,将自己列入以维吉尔、但丁、弥尔顿为主要代表的诗人预言家传统。在《序曲》结尾,他明确地把柯尔律治和自己并称为"大自然的预言家"(14.446):

---

① 分别来自 John Keats, *Sleep and Poetry* (123～125 行)和 *The Fall of Hyperion*: *A Dream* (201 行)。John Keats, *Complete Poems*, ed. Jack Stillinger (Cambridge, Mass.: The Belknap Press of Harvard UP, 1982), pp. 37－46, 361－373.

② Angela Esterhammer, *The Romantic Performative*: *Language and Action in British and German Romanticism* (Stanford: Stanford UP, 2000), pp. 144－145.

③ Ernest Bernhardt-Kabisch, "The Stone and the Shell: Wordsworth, Cataclysm, and the Myth of Glaucus," *Studies in Romanticism* 24 (1985): 462.

④ Ibid., p.473.

⑤ Ibid., p.477.

⑥ William Wordsworth, "Prospectus to *The Recluse*," *Home at Grasmere*, ed. Beth Darlington (Ithaca: Cornell UP, 1989) MS. B.

> 作为
> 大自然的预言家,我们将对他们
> 讲说出不衰的启示——它经过了理性的
> 净化,虔信又使它神圣:他们
> 将热爱我们的所爱,我们将教会
> 他们。
>
> (14.445~450)

柯尔律治在听罢华兹华斯朗诵《序曲》之后,也把这部长诗称为"预言之歌"。① 托马斯·迈克法伦(Thomas McFarland)曾专门论述华兹华斯的"预言家姿态"。② 他指出,尽管华兹华斯的许多作品——特别是《序曲》——都是"后视的"(backward-looking),但"未来"确是他想象关注的一部分,诗人因而担当着预言家的身份。③ 迈克法伦认为,"以先知的姿态传布神圣的真理,这一观念不仅符合华兹华斯作为诗人的使命感,甚至还先于后者",因为"先知的姿态比艺术家的姿态更符合华兹华斯的气质,华兹华斯写诗的目的很单纯,就是通过艺术的间道来求索真理"。④ 迈克法伦指出,当诗人担当起预言家的身份,他也就重新强调了诗歌的核心功能与立场。⑤ 也就是说,诗歌应像预言那样传布启示性的真理。诗人听到的预言含有一系列看似相对的因素:"清晰的……巨大的"与"完全陌生的","完全陌生"与"听懂……内涵","歌赋"与"即至的灾难"。这些因素都使预言呈现一定的模糊性,而预告的内容"灾难"又为预言增添了一份沉重感。参考迈克法伦关于预言特征的论述,我们可以更好地理解这段诗文。

迈克法伦认为,预言主要具有三种决定性因素:首先,预言应具有"严肃性"(gravitas),即"要有份量、紧迫感、高度的严肃性,不涉及平庸世俗,而是与超凡脱俗的事物相关",⑥是对"人生意义的阐释"。⑦ 在此片段里,诗人听

---

① Samuel Taylor Coleridge, "To William Wordsworth," *The Major Works*, ed. H. J. Jackson (Oxford: Oxford UP, 1985), pp. 125-128. 当时《序曲》尚未定名。
② Thomas McFarland, *William Wordsworth: Intensity and Achievement* (Oxford: Clarendon Press, 1992) Chapter 6, "The Prophetic Stance," pp. 123-136.
③ Ibid., p. 123.
④ Ibid., p. 124.
⑤ Ibid., p. 124.
⑥ Ibid., p. 129.
⑦ Angus Fletcher, *The Prophetic Moment: An Essay on Spenser* (Chicago and London: U of Chicago P, 1971), pp. 5-6. 转引自 Thomas McFarland, *William Wordsworth: Intensity and Achievement* (Oxford: Clarendon Press, 1992), 第 129 页。

到的预告灾难的预言显然具有高度的严肃性,因为它尽管预言灾难,却并未停留在灾难表面,而是具有更广阔的外延,指向人类生存本身,呼应着华兹华斯在《抒情歌谣集》序言中提出的"每一首歌谣都具有一个高尚的目的"。其次,预言的表述总带有"一定的模糊性"。① 迈克法伦进一步解释到:

> 这一特征体现了预言的纵向与横向两个维度。从横向角度来说,模糊性象征了这样一个事实:尽管预言试图把握未来,但未来难以被完全掌握。从纵向上讲,模糊性体现着预言本身最宏大的关注,它揭示一个比我们日常经验中的现实更高级且更完整的现实(a higher and fuller reality)。②

一方面,我们所处的世俗世界充满不确定因素。迈克法伦援引新约《哥林多前书》中保罗的话"我们现在所知道的有限,先知所讲的也有限"(We know in part, and we prophesy in part. 13:9)③来说明由于现世的局限性,我们的认知与预见都呈现模糊状态。在"梦见阿拉伯人"片段中,海贝中预言性的和声作为"完全陌生的语言"也具有难以量化、难以精确界定的特征,体现预言的模糊因素。另一方面,从"更高级、更完整的现实"角度来说,预言就是清晰而巨大的和声,诗人完全能够听懂其中的内涵,因为"预言家诗人对自己非常确信,这种确信即表现在他允许自己的语言表面上呈现神秘与模糊,因为他知道有潜在的清晰条理支撑着最浅层的谜团"。④ 因此,预言体现了两种时空、两种现实。事实上,诗人在第五卷开头就意识到这两种维度的存在:"不朽的生命"(5.23)与"泥土的孩子"(5.26),以及人类在其间的生存状况与精神依托(5.1~49)。

根据迈克法伦的观点,预言的第三个特征是,预言"试图整合人类存在"(an attempt to integrate human existence),预言关注的不仅是未来,而是"以完整的、永恒的视角出发,将过去、现在和未来都融和在统一的视野中"。⑤ 在"梦见阿拉伯人"片段中,诗人所忧惧的不仅是"即至的灾难"(5.98),更关

---

① Thomas McFarland, *William Wordsworth: Intensity and Achievement* (Oxford: Clarendon Press, 1992), p. 130.
② Ibid., p. 130.
③ 见《圣经》,中国基督教三自爱国运动委员会和中国基督教协会印行。
④ Angus Fletcher, *The Prophetic Moment: An Essay on Spenser* (Chicago and London: U of Chicago P, 1971), p. 37. 转引自 Thomas McFarland, *William Wordsworth: Intensity and Achievement* (Oxford: Clarendon Press, 1992), p. 131.
⑤ Thomas McFarland, *William Wordsworth: Intensity and Achievement*, pp. 130-132.

切到"所有的艰难困苦"(5.109),以及诗歌为受苦的心灵所带来的恒久的慰藉。诗人只是借用了百年前他人的旧梦,将其转化为对未来的预言,以此来揭示作为客观现实的人类基本状况。华兹华斯的许多作品都体现了预言的第三种特征:一位处于现在的诗人,通过回忆过去来汲取供给未来的养分、获得启示,并以此体现心灵成长的连贯与统一,因为华兹华斯认为,诗人既回顾过去又展望未来("He looks before and after"①),一如那梦中的向导阿拉伯人——诗人的自我投射——始终前行又始终回顾的姿态。

3. 荒漠中的倾听

在"梦见阿拉伯人"片段中,尽管诗人是在海边做梦的,但梦里却是一片沙漠,倾听海贝的行为是在荒漠中进行的。荒漠以其混沌、空茫的特征象征了人类想象贫瘠、心智昏昧的状态。荒漠一片沉寂,而梦者独自听到巨大的和声,这一方面反衬出创造力的无限生机和滋养的力量;另一方面也反映出听者的孤寂与自足(如诗人所言,"the self-sufficing power of solitude," 2.77),因为在沉寂的荒漠里,虽有阿拉伯人为知音,但聆听海贝终归是一种孤寂的行为,听者只能独享其中的声音。而且,我们也不能断然把阿拉伯人当作是一个配角而非诗人自我的投射,因为诗人亦如那梦中的阿拉伯人或者"半吉诃德"(semi-Quixote,5.142):

> 在无垠的孤寂中,长久地沉迷于
> 爱与情感,以及内在的思想;
> 我幻想他也四处漫游,投身
> 同样的求索!我从未觉得他可怜,
> 却深知献身如此事业的人们
> 应享有我们的敬仰
>
> (5.145~150)

对于一位诗人来说,"孤寂"同"爱与情感"并不矛盾,"内在的思想"也可以承载"求索""献身"等强烈的使命感:

世上太多的人们尽职于

---

① 《抒情歌谣集》,第 753 页。

> 妻子、儿女、纯情的恋人以及
> 其他的所爱所想——足够的人们
> 为他们操心！的确，当我清醒地
> 看到那恐怖的事件即将发生，
> 天上地下都有明显的迹象，
> 我想我该去分担那位狂人的
> 忧虑与痴情，投身同样的使命。
>
> (5.153～160)

穆勒(J. S. Mill)在《自传》中写到，华兹华斯"教给"他一种"平静的沉思……不仅无需背离人类的普遍情感和普遍命运，而且对它们产生更大的兴趣"。① 对于一位真正的诗人来说，他所思考的对象与所献身的事业决不是狭隘的儿女情长，而是与人类更普遍、更本质的生存状况密切相关。这种基本状况就如同枯燥而黑暗的荒漠，因为梦中的荒漠并不止于一种地貌形态，也可以是文化的乃至精神的。而诗人凭借其独自听到的具有启示性的声音，②本身就是荒漠中的向导，而不仅仅是被导引的，因为荒漠中孤独的听者也是一位歌者：

> 在孤独中沉思，思考人类，
> 思考自然，思考人间生活，
> 我常感到甜美的情感如音乐般
> 穿越我的灵魂；无论身居何方，
> 我将以浩繁的诗歌将其吟唱：
>
> (《安家》,959～963)

---

① John Stuart Mill, *Autobiography*, ed. Jack Stillinger (Oxford: Oxford UP, 1971), p.89.
② 关于此片段涉及的"荒漠中的倾听"是否与圣经中的"荒野中的声音"有所关联，还有待考证：Isaiah 40: 3 "The voice of him that crieth in the wilderness, Prepare ye the way of the Lord, make straight in the desert a highway for our God." Mark 1: 3 "The voice of one crying in the wilderness, Prepare ye the way of the Lord, make his paths straight." Luke 3: 4 "As it is written in the book of Esaias the prophet, saying, The voice of one crying in the wilderness, Prepare ye the way of the Lord, make his paths straight." John 1: 23 "He said, I am the voice of one crying in the wilderness, Make straight the way of the Lord, as said the prophet Esaias." (Alexander Cruden, *Cruden's Complete Concordance to the Old and New Testaments*, eds. A. D. Adams et al., Grand Rapids, Mich.: Zondervan Pub. House, 1968.)

尽管理想的听众寥寥无几("fit audience let me find though few",972),但诗人依然会将心中音乐般涌动的情感吟诵出来:

> 吟唱真理、宏大气象、美、爱、
> 希望——此世的以及彼岸的希望——
> 吟唱德行品性和精神的力量,
> 吟唱悲难中惠临的慰藉,吟唱
> 在最广大普通人中传布的欢乐,
> 吟唱个人的心灵如何守住
> 其神圣不侵的幽居,并以自身的
> 无限与同一种伟大的生命共存——
>
> (《安家》,964~971)

以上诗文后来成为华兹华斯计划很久(却终未完成)的安身立命之作、长篇哲理诗《隐士》的"纲要"("Prospectus to *The Recluse*"),而"隐士"本身同样体现孤独中的沉思者这一姿态:一位遁入群山而心系"自然、人类、社会"的诗人。①

华兹华斯的很多作品都与特殊生存环境中的孤独者有关。这些孤独的形象都以其独立的性格和内在的力量为诗人带来宗教般的训诫("admonishment,"华兹华斯的频用词),因而是具有象征性的形象。华兹华斯的传记作者吉尔将《序曲》的扩写过程(1804年初到1805年6月,也包括初成的"梦见阿拉伯人"片段)与诗人于1805年下半年的抒情诗创作过程(主要包括《决心与自主》《孤独的割麦女》等)列入同一个时期,说明了这些诗作体现同一主题的可能性。在谈到诗人于1805年11月创作的抒情诗《孤独的割麦女》时,吉尔认为,该诗反映了华兹华斯在几个月前曾试图描绘的一种"更高级、更具创造性和想象力的心灵":"广漠的高原上一个孤独的人形……拥有极其微薄的物质享用,辛勤不辍地劳作着,却欣悦地自我满足于其歌声的力量(joyously self-sufficient in her own power of song)。"②高原上的割麦女与荒漠中的倾听者都从同一个侧面体现了诗人的写照。

真正的诗人是甘于寂寞的人。在《昨日的世界》一书中,茨威格讲述了他在危机四伏、战争即至的年代里与诗人、艺术家们结下的友谊。在世纪之交

---

① 见《隐士》的全称:《隐士:关于自然、人类、社会的观点》(*The Recluse*; *or*, *Views of Nature*, *Man*, *and Society*)。
② Gill, *William Wordsworth*: *A Life*, pp. 245—246.

的荒原时期,茨威格曾赞叹诗人的淡泊生活与特立独行。在追忆与里尔克相遇的情景时,他感慨道:

> 在我们今天这个动荡不堪和普遍惊慌失措的时代,难道还有可能再次出现当时那样一些专心致志于抒情诗创作的单纯诗人吗?……那些诗人们,他们不贪图任何的外表生活,他们不是一般的凡夫俗子,他们不羡慕荣誉、头衔、实利;他们所追求的,无非是在安静的环境中搜索枯肠,把一节一节的诗句完美地联结起来,让每一行诗都富于音乐感,光彩夺目,诗意浓郁。他们所形成的社会圈子,在我们日常的尘嚣生活中简直是一个僧侣团。他们故意疏远日常生活。在他们看来,天底下最重要的,莫过于那些柔美的、然而比时代的轰隆声更富有生命力的音响……尽管他们离群索居,但在我们当时的年轻人看来,那样一群如此洁身自好的人是多么崇高,那样一群一丝不苟的语言的守护人和献身于语言的人(他们把自己全部的爱献给了诗歌语言,他们的语言不迎合当年的时代和报纸,而是追求不朽的生命力)确是我们的榜样。[①]

茨威格将诗人比作远离物质生活的僧侣,强调了诗人的精神追求和对诗歌/心灵的虔敬。他们献身于语言,是语言的守护人,和华兹华斯笔下的"沙漠居士"同类。而且,和华兹华斯一样,茨威格也将"柔美的吟唱"(《序曲》12.199)与"时代的喧嚣"(《序曲》12.197)对比起来,并认为前者是"更富有生命力的音响"。

"梦见阿拉伯人"片段是对《抒情歌谣集》序言的诗意重申,其对诗歌(亦即人类)所面临的危机的预言、对诗歌精神作用的捍卫,以及对诗人使命感的表达都对后来的诗人产生深远的影响。华莱士·史蒂文斯在《高贵的骑士与文字的声音》("The Noble Rider and the Sound of Words," 1941)中表达了一位现代诗人"在最广泛的西方哲学与思想史语境下,在人类高贵性不断变化的演绎中,面对持续的欧洲战争和美国国内战争般的社会、经济、政治状况,以及在这种普遍强力威胁下个体心灵的生存、人类求生的本能等共同背景下"[②]对诗歌以及诗人之作用的思考。史蒂文斯深受英国浪漫主义诗歌的影

---

① 斯蒂芬·茨威格:《昨日的世界:一个欧洲人的回忆》,舒昌善译,北京:三联书店,2010年,第148~149页。
② Mutlu Konuk Blasing, "Wallace Stevens and 'the Less Legible Meanings of Sounds'," *Lyric Poetry: The Pain and the Pleasure of Words* (Princeton and Oxford: Princeton UP, 2007), p.133.

响,他在这篇文章中所表达的对诗歌之音乐精神的重视、对诗歌之高贵性的追求都与"梦见阿拉伯人"片段有着异曲同工之处。史蒂文斯认为,诗歌首先是文字的声音,这种形式特征与诗歌要表达的内容并不矛盾:

> 文字需表达我们的思想与感觉(当然,这些思想感觉必须是我们经历的全部真理,毫无虚幻)。这一不断深化的需求使得我们在听见(hear)文字时更去倾听(listen)文字,热爱并感受文字,从文字的声音里探寻一种终极,一种完美,一种恒定的振动(vibration),只有最敏锐的诗人才有能力赋予文字上述特征。……诗歌,首先是文字;而文字,在诗歌中,首先是声音。①

那么,何谓"高贵"(nobility)呢? 史蒂文斯认为,高贵就是"我们精神的高度与深度"。② 同时,他意识到这一概念之不可定义性——"若为其定义,就会使其固定下来,所以一定不能定义。……使其固定也就是使其完结"。③ 因此,他把高贵归于一种"浩繁无数的共振、运动与变化"④(与其对文字之声音的表述非常相似),是"一种内在的强力以抵御外部的强力"(a violence within that protects us from a violence without)。⑤ 史蒂文斯指出,这种高贵性关系到我们的"自我保存"(self-preservation),因此,"对高贵性之表达,亦即文字的声音,帮助我们维持生命。"⑥史蒂文斯将文字的声音与诗歌高贵的主旨联系起来,从而使声音不仅是令人愉悦的美学因素与单纯的形式特征,而且更体现诗歌要传达的精神,即维护我们的生命。

从某种制高点来看,华兹华斯所处的时世与一百多年后史蒂文斯所面对的处境几乎没有本质的改变。换言之,在相当漫长的一段时间内,人类的生存状况始终处于不断重复中,甚至每况愈下,如华兹华斯在《序曲》结尾所言,"世事的体系……终未改变":

> 人类的心灵
> 能比其居住的大地美妙一千倍,

---

① Wallace Stevens, "The Noble Rider and the Sound of Words," *Collected Poetry and Prose* (New York: Library of America, 1997), pp. 662—663.
② Ibid., p. 664.
③ Ibid., p. 664.
④ Ibid., p. 664.
⑤ Ibid., p. 665.
⑥ Ibid., p. 665.

> 以高卓的美超拔于世事的体系（无论
> 人们的愿望或忧虑发生过多少
> 辗转变化，它终未改变），因为
> 其本身具有更神圣的材质与织体。
>
> (14.451～456)

这是诗人的超卓洞见，但同时也隐含了诗人对变化无常的世界中难以改变的（社会、历史）现状的一丝无奈。因此，唯有心灵才体现神圣。而如果我们把上文中的"心灵"换作"诗歌"——在华兹华斯的文思中，两者彼此兼容——其意义依然成立，其"材质与织体"将更加鲜明。

第六章 "当他在无声中/倾听"[①]：
"温德米尔少年"片段中的倾听行为[*]

我们已经论述了华兹华斯倾听行为的不同层面。本章将主要关注《序曲》第五卷的"温德米尔少年"片段，聚焦少年"在无声中倾听"的特殊姿态，探讨倾听无声在华兹华斯诗歌中的意义，及其所体现的浪漫主义想象的一个缩影。在第五卷，诗人写到温德米尔湖畔的一位少年（"The Boy of Winander"），他常常在黄昏时分独自来到群山环抱的湖边，用双手做成呼哨，"宛若擎起一件乐器"(5.371)，向着沉默的鸟群奏出乱真的啼鸣，焦切地等待它们的回应：

> 有这样一位少年，你们认识他——
> 温德米尔的危崖与翠岛！多少个
> 黄昏，当最初的星光开始沿山脊
> 缓行，有的升起，有的落去，
> 他会孤独地站在树下，或伴着
> 波光朦胧的湖水，将双手举向
> 嘴边：手指交叉，手掌紧合，
> 那形态宛若擎起一件乐器，
> 向着那些默默无语的山鸮
> 奏出乱真的呼鸣，等待它们
> 呼应的啼叫。而从湖的彼岸，
> 很快会传来它们的叫声，不断的
> 叫声，回答着他的召唤，时而
> 长呼，时而尖鸣，一波波震颤的
> 声涛；四方的回声也愈加激越，
> 一时间这欢乐的喧嚣在谷中奏出

---

[*] 本章的主要内容曾发表在《外国文学评论》2012 年第 3 期。
[①] 《序曲》第五卷，381—382 行。原文是 "in that silence while he hung / listening"。

惊心动魄的高潮。有时,回应的
只有那凝滞的**无声**,似嘲笑他最佳的
技巧,而当他在**无声**中倾听,那湍泻的
山溪常引起轻轻地惶悚,将水声
遥遥地载入他内心的幽坳;眼前的
景色也在不觉中移入他的
心灵,带着所有庄严的形象——
山岩、森林,还有在湖水恬适的
怀抱中不断变幻天姿的云霄。

(5.364~388,黑体字为笔者所加)

很多学者分别从想象与自然、想象与时间、言语和书写、性别研究、死亡与凭吊等不同角度分析过这一经典片段。① 本文在有选择地参考已有研究的基础上,将主要围绕该片段中大量的声音描写,关注其背后倾听行为的意义。这些声音描写包括少年的召唤、群鸟的回应("长呼","尖鸣","一波波震颤的声涛")、山谷中激越的回声、上述种种声音织汇而成的"欢乐的喧嚣"、如休止符般的"凝滞的无声",以及湍泻的水声。这些大自然环抱之中强大、丰富而有机的声响通过诉诸少年的听觉而对他产生惊心动魄的力量,而戛然而至的空寂时刻也带来无声胜似有声的特殊意境。"无声"一词在连续的诗行中重复出现两次(5.380,381)。著名的爱尔兰文学学者丹尼斯·唐纳休(Denis Donoghue)认为这一重复体现了典型的华兹华斯风格,并说"一个不够自信的诗人会换掉其中的一个'无声'"。② 这一重复现象值得我们推敲,特别是看似重复单调的"无声"一词与上文描写声音的富于变化的语汇形成鲜明对比。

---

① 主要代表分别是 Geoffrey Hartman, *Wordsworth's Poetry 1787—1814* (New Haven: Yale UP, 1964), pp.19—20, 231—233; —. "Self, Time, and History," *The Fate of Reading and Other Essays* (Chicago: U of Chicago P, 1975), pp. 284 – 293; Paul De Man, "Wordsworth and Holderlin," *The Rhetoric of Romanticism* (New York: Columbia UP, 1984), pp. 47—66; —. "Time and History in Wordsworth," *Diacritics* 4 (Winter, 1987): 4—17. JSTOR.; Mary Jacobus, *Romanticism, Writing and Sexual Difference: Essays on The Prelude* (Oxford: Clarendon Press, 1989), pp. 126—129, 260—266; Alan Bewell, *Wordsworth and the Enlightenment: Nature, Man and Society in the Experimental Poetry* (New Haven: Yale UP, 1989), pp. 208—213; 以及 Kurt Fosso, *Buried Communities: Wordsworth and the Bonds of Mourning* (New York: SUNY Press, 2004) 第六部分内容。

② Denis Donoghue, "On a Word in Wordsworth," *The Practice of Reading* (New Haven: Yale UP, 1998), p.190. 该章题目中的"一个词"指的是该片段中的"uncertain"一词。

同时，对于少年来说，从他最初向原本沉默的大自然发出召唤，到最终受到大自然无声的召唤或考验，这一无声的回归以及少年在无声中凝神聆听、执意等待回应的行为都同样耐人寻味。本章在从整体上把握这一片段的同时，将重点关注少年"在无声中/倾听"（5.381～382）这一姿态的意义。

1. 片段的基本含义

根据学者们的考证，该片段最初写于1798年晚期（10月6日～11月末或12月初）诗人旅居德国的日子。并且，最初的手稿由第三人称与第一人称共同组成：开头部分为第三人称单数"他"；自鸟群不再回应起，诗人开始改为第一人称，即鸟群嘲笑着"我的"技巧、"当我在无声中倾听"，暗示着该片段的自传性质。[①] 同期创作还包括后来构成1799年两卷本《序曲》之第一部分的一组童年游戏片段，亦即后来1805、1850《序曲》第一卷的主要内容。尽管这些片段在内容上非常相近，但诗人最终没有将"温德米尔少年"片段用于1799年《序曲》，而是将这一片段统一使用第三人称发表在《抒情歌谣集》（1800年版）中，并加上一个简短的结尾段落，讲述诗人在少年墓旁沉默驻足的情景。后来的《序曲》第五卷也基本沿用并扩写了这一情景（1805.5.414～449；1850.5.389～425）。

另外，在1798年晚期至1799年间，诗人还曾为"温德米尔少年"片段创作了一段长达45行的引子，对当时压抑儿童天性的教育理论提出批评，并在第37～45行以过渡性文字说起大自然如何以更加多样的教育手段和不倦的热情为幼小的心灵注入美与爱，从而引出"少年"片段。这段引子后经修改与删节，也被移用到《序曲》第五卷中（1805.5.370～388；1850.5.347～363），出现在现代教育理论的牺牲品"模范儿童"之后，并引出"温德米尔少年"这一自然之子的形象与前者形成鲜明对比。[②] 也就是说，《序曲》中的"温德米尔少年"片段综合了先前几种手稿/版本的内容与主题。参照吉尔的观点，从最初的自传性手稿到后来反思现代教育理论的诗文，这一修改和写作过程说明诗

[①] 见早期手稿 JJ 之 Sr（"From Goslar to Grasmere：William Wordsworth Electronic Manuscripts". 2 May 2009 ＜http://collections.wordsworth.org.uk/GtoG/home.asp?page=MSJJ7.2TherewasaBoy＞）。另外，10月6日乃诗人抵达德国古镇戈斯拉尔（Goslar）的第一天。见 *Chronology*, vol.1, p.258.

[②] 以上关于此片段的考证，分别参考：*Chronology*, vol.1, 258页；《抒情歌谣集》, xxiii, 第139－141, 314－316, 379页；以及 Stephen Gill, "Wordsworth's Poems: The Question of Text," *Romantic Revisions*, eds. Robert Brinkley and Keith Hanley（Cambridge: Cambridge UP, 1992）, pp.53－54.

人"试图超越个人成长经历而企及更普遍的真理";但吉尔同时指出,该片段的早期身份同样重要、不容忽视,因为它有助于我们理解"华兹华斯的心灵及其想象力的演化过程"。① 以上对这些手稿或版本的梳理能够帮助我们充分理解《序曲》(1850)中"温德米尔少年"片段的意义。

在《序曲》(1850)第五卷中,"温德米尔少年"首先是作为"模范儿童"的对照而出现的,意在体现大自然更加高明的教育方式。"模范儿童"(5.293)是现代教育理论的牺牲品,在成人的虚荣心作祟下崇奉规范得体的生活,受过科学技能的全方位训练,量化而机械地寻求知识的积累——"必须每天增加/一分聪明,看见每一滴智慧的/雨水落入心灵的水桶"(5.325~327)。学者乔尔·摩肯(Joel Morkan)认为,华兹华斯的批评并不是针对这个"模范儿童",而是针对其背后的教育者或教育理论。摩肯指出,18世纪末到19世纪初这段时期是西方教育史上的关键时期。工业化的发展和人口的增长引起深刻的社会变革,而社会因素的改变也极大地影响着教育理论和教学实践,从而引发了盛况空前的关于教育的性质和目的的思考。② 摩肯追溯了洛克、卢梭和康德有关教育的思想,也列举了另一些颇具影响的教育者如托马斯·韦奇伍德、玛利亚·埃支华斯的观点。③ 总的来说,这些理论都重视儿童的启蒙教育,但过于崇尚理性而抵制想象、抑制情感,强调导师的引导作用,试图以所谓的系统方法、科学理论来铸造儿童,实则阻碍了儿童天性的发展。摩肯认为,华兹华斯对当时流行的教育理论基本持反对态度。在《序曲》中,诗人把这些理论家与《失乐园》中的罪与死两魔鬼联系起来,认为他们试图"用一条平坦的大道架在少年/世界的混沌之上"(5.348~349),像使用"刑具"一般试图"控制所有偶发事件"(5.355~356)。另据大卫·厄尔德曼(David Erdman)的观点,韦奇伍德——而非卢梭——才是诗人暗讽的对象。④

关于韦奇伍德,玛丽·摩尔曼(Mary Moorman)在华兹华斯传记中有相关的记载,并且也指出"模范儿童"片段可能与韦奇伍德的一次来访有关。

---

① Stephen Gill, "Wordsworth's Poems: The Question of Text," *Romantic Revisions*, eds. Robert Brinkley and Keith Hanley (Cambridge: Cambridge UP, 1992), pp.53—54.

② Joel Morkan, "Structure and Meaning in *The Prelude*, Book v," *PMLA* 87 (1972): 246—254. JSTOR.

③ 托马斯·韦奇伍德(Thomas Wedgwood, 1771~1805),英国著名陶瓷业创始人约瑟亚·韦奇伍德(Josiah Wedgwood, 1730~1795)之子,属于达尔文-韦奇伍德家族。摄影技术的早期试验者。热衷于儿童教育。玛利亚·埃支华斯(Maria Edgeworth, 1767~1849),与其父在1798年发表《实用教育》(*Practical Education*)。

④ David Erdman, "Coleridge, Wordsworth, and the Wedgwood Fund," *BNYPL* 60 (1956): 425~443; 487~507. 转引自 Joel Morkan, "Structure and Meaning in *The Prelude*, Book v," *PMLA* 87 (1972): 246—254. JSTOR.

1797年9月,托马斯·韦奇伍德曾到湖区拜访华兹华斯。此人富有且充满改良人类的计划。他刚刚致信葛德汶,商讨如何运用其财富为人类服务。他的湖区之行也是希望能够说服华兹华斯及柯尔律治加入他的天才教育计划。摩尔曼指出,韦奇伍德关于"人类儿童在足够的细心引导下,完全可以达到其导师所期待的效果"这一信念反映了以哈特雷等人为代表的机械学说("the 'mechanistic' philosophy"),忽视了"人类行为中更多的不可量化、难以预测的因素"。① 举例来说,韦奇伍德认为,为了防止儿童陷入混乱的感官经验,对天才儿童的教育要严格控制其感官活动,其中最重要的是视觉和触觉。他因此提议将幼儿园的四壁都涂成灰色,只留一两样鲜艳的、坚硬的物体来满足视觉与触觉的需要。他要求儿童足不出户,还坚决反对虚度光阴的奇思遐想,尤其是孤独的幻想。总之,要使儿童把注意力都集中在符合理性的事物上。他还为这个空中幼儿园设想了一个组委会,其中包括葛德汶。那么谁来实际监管儿童的教育呢? 他认为,"唯有华兹华斯和柯尔律治堪任此职。"②

华兹华斯对韦奇伍德"天才儿童"计划的反应可想而知。在此次来访后的一段时间内,华兹华斯创作了多篇作品来说明大自然才是最佳的教师,如《忠告与回应》("Expostulation and Reply",1798),认为应远离机械、功利的理论学说,在大自然中的闲游与遐思才是更好的学习过程。另如《翻倒的书案》("The Tables Turned",1798),告诫人们应回到大自然,因为在林鸟的歌唱中"有更多的智慧"(第12行);应凭借善于感悟的心灵,在大自然的欢声中收获"自发的智慧"(spontaneous wisdom)和伴随着欢乐的真理(19~20行)。另外,在一篇集中了华兹华斯有关教育的主要观点的文章中("Reply to 'Mathetes',1809),诗人针对那些压抑儿童天性发展、急功近利的教育理论指出,人类进步的过程决不是"大步伐"(韦奇伍德语)前进的,也不是一条"笔直的罗马大道",而是如"河流"一样蜿蜒缓进,在"千回百转的航程中不断受到无可回避或难以克服的阻力",但阻力也是一种"恩惠"。③ 就青少年的教育来说,华兹华斯认为,青少年拥有特别的财富和自由:

> 身体强壮,生机勃勃,对宇宙自然格外颖敏……如果他作出尝试并且失败了新的希望接踵而至。因此,他将凭借欢乐自信的感受与灵动的

---

① Mary Moorman, *William Wordsworth: The Early Years* (Oxford: Clarendon Press, 1957), pp. 332—333.
② Ibid., p. 334—335.
③ William Wordsworth, "Reply to 'Mathetes'," *Selected Prose*, ed. John O. Hayden (London: Penguin Books, 1988), pp. 112—113, 125.

心灵远离世俗的野心、对荣辱的喜惧、物质欲求，以及任何迫使心灵向外界寻求依托的诱因。①

所以，诗人认为，应该让青少年"回到自然与孤寂中去"。② 当他的心灵变得坚强，"一个充满新鲜感受的世界将逐渐向他敞开"，并且，他不仅不会躁动地向外驰求，反而会"将认识自己当作首要任务"，③因为年轻的心灵"没有偏见（disinterested），充满自由，……最善于探索自心"。④ 这篇文章可被视为"温德米尔少年"片段的理论肖像。

在《序曲》中，温德米尔少年就是独自一人在大自然中进行着在（葛德文式的）成人眼里毫无意义、"一事无成"(5.363)的游戏。他凭借感官——主要是听觉——与混沌的大自然做有机的交流，从感心动耳、荡气回肠的自然之音里获得直觉的知识与供未来汲取的力量。当鸟群嘲笑他"最佳的技巧"、不再作出回应，这一无声的时刻一方面暗示着世事的发展常有悖逻辑、充满不测，如诗人所说，"这世界的进程本不由理性引导"(5.359)。另一方面，无声时刻恰如乐章中必要的休止，更加体现大自然不拘一格的教育方式，能够为执意等待回应的少年起到"校正企盼"(12.314)的作用，使少年在无声中听到另一些声音，并且深深地触动他的心灵（"has carried *far* into his heart the voice / of mountain torrents"，5.383~384），⑤让幼小的心灵在"不觉中"(5.385)自然地学会平静地接纳不确定的世界（"that *uncertain* heaven, *received* / into the bosom of the steady lake"，5.387~388）。⑥ 以上两处引文含有对应之意：前一句中的"水声载入心灵"对应后一句中的"景色移入他的心灵"和"天空映入湖水"，特别是形容湖水的"胸怀"(bosom)一词似再次暗示了这种对应，并突出强调了心灵的重要性。而该句中"平静的湖水"与"变幻的天空"的对比也反衬出心灵的镇定、包容与幽深。少年无须"控制意外事

---

① William Wordsworth, "Reply to 'Mathetes'," *Selected Prose*, ed. John O. Hayden (London: Penguin Books, 1988), p. 114.
② Ibid., p. 119.
③ 或可参考《序曲》中的如下诗句："灵魂忘掉感觉的对象，/却记住感觉方式本身"(2.316~317)，因此，少年最终关注的不是外界，而是善于感受的心灵及其感觉方式。
④ William Wordsworth, "Reply to 'Mathetes'," *Selected Prose*, ed. John O. Hayden (London: Penguin Books, 1988), p. 114, p. 119.
⑤ 斜体字为笔者所加。德昆西曾对"far"一词加以讨论，认为该词体现了心灵的空间与无限。见诺顿版《序曲》注释，第172页注8。
⑥ 斜体字为笔者所加。另外，在"小岛孤笛"片段中，湖水与天空的意象也曾共同出现，并且最终也都诉诸心灵："平静而凝止的湖水……压迫着我的心灵"，而"天空……沉入我心中"(2.165~174)。下文将具体论述这一点。

件"(5.355—56),而是学会"向经验敞开",①并且获得更加深刻的体悟,领略到"源于自身的力量"(self-originating efforts)。②

当"无声"体现大自然的教育手段,那么这种无声就是善意的,正如空寂中的水声所引起的惶悚是"轻柔的""温和的"(5.381～382),体现了大自然的温慈爱护。因此,一些评论家将"无声"解读为"少年之死的预兆"(a prefiguration of his death)以及"少年对死亡的预知"(a preknowledge of his mortality)的做法就要受到一定程度的质疑,至少有失片面。③ 另一类有关无声暗示"断裂"④的说法也要受到该片段本身结构的制约,因为该片段虽长达25行,但实际上乃由一个长句组成,体现了"情节"(如果有)的连贯发展(1805年文本更加明显)。诗人早已说过,"温德米尔少年"片段体现的是"各种内在感觉借助外部事件而实现转换与变通,将声音与景象的意象播种在想象天国的土壤中,为的是收获**永恒**(*immortality*)"。⑤ 想象与永恒——而非死亡——才是该片段的主题。其最初包含第一人称的手稿也以自传体性质说明它讲述的是成长经历,而且是一位诗人心灵的成长。在该片段中,想象力与心灵的成长主要就体现在"无声中/倾听"这一姿态中,甚至可以说,无声时刻恰恰体现了一种超越死亡、企及永恒的状态。

为论述方便,我们可以将"无声"时刻视为少年心灵成长的分水岭,标示出心灵成长的不同阶段,尽管诗人大概不太赞成这种几何式的划分。哈特曼根据少年在无声时刻前后的变化,指出这一片段反映了少年与大自然之间的关系转变,认为少年从"动物式的欢娱"(《丁登寺》,第75行)过渡到一种"更加平静而有意识的对大自然的爱",意识到"大自然孤立的存在",也意识到"自己孤立的存在"。⑥ 想象与自然的对立是哈特曼的基本出发点,但丹尼

---

① Michael O'Neill, "*Lyrical Ballads* and 'Pre-established Codes of Decision'," 1800: *The New Lyrical Ballads*, eds. Nicola Trott and Seamus Perry (New York: Palgrave, 2001), pp. 136—137.
② 华兹华斯特别强调这种源于自身的力量,见 William Wordsworth, "Reply to 'Mathetes'," *Selected Prose*, ed. John O. Hayden (London: Penguin Books, 1988), p. 113.
③ Paul de Man, "Time and History in Wordsworth," *Diacritics* 4 (Winter, 1987): 4—17. JSTOR.
④ Geoffrey Hartman, "Self, Time, and History," *The Fate of Reading and Other Essays* (Chicago: U of Chicago P, 1975), pp. 284—293.
⑤ 见华兹华斯1815年版诗集序言。William Wordsworth, "Preface to *Poems* (1815)," *Selected Prose*, ed. John O. Hayden (London: Penguin Books, 1988), pp. 377—378. 斜体字与黑体字为笔者所加。
⑥ Geoffrey Hartman, *Wordsworth's Poetry 1787-1814* (New Haven: Yale UP, 1964), pp. 19—20.

斯·唐纳休指出哈特曼所说的自然与心灵之间的分立("separateness")并不完全,因为两者之间的关系仍在继续(如"水声潜入心灵"句所示,5.383～384),①也就是说,不宜过于强调两者之间的对立。笔者认同哈特曼有关少年从"动物式的欢娱"转向另一种阶段的观点,但至于发生了何种转变则有待商榷。简言之,该片段主要象征了少年的心灵成长过程,即从简单的模仿行为向创造性的想象活动的转变,从初级的感官经验向更高级的心灵体悟的过渡。

具体来说,在"无声"时刻之前,少年的主要行为是向沉默的鸟群发出乱真的啼鸣,欲听到鸟群的回应,并满足于大自然欢乐的喧嚣(5.364～380)。这一阶段确实类似诗人在《丁登寺》里所描绘的"童年时粗俗的愉悦"和"动物式的欢娱"(74～75行),体现"年少无思"(91行)。然而,这种停留在感官上的模仿行为必然要让位于另一种欢乐,来自"超逸的思想"和"某种更加深入内心的崇高感"(a sense sublime / of something far more deeply interfused,95～97行)。在该片段中,无声时刻正象征从前一种阶段向后一种阶段的过渡,引导少年走向心灵成长的另一时期。少年在无声中"凝神倾听"(hung / listening),这里,"hung(hang)"一词不仅体现出少年"焦切不安的企盼",②更形象地勾勒出想象本身的姿态。③ 诗人在1815年诗集的序言中曾专门列举维吉尔、莎士比亚以及弥尔顿对该词的运用来说明该词所蕴涵的丰富想象。④ 该词所起到的延缓作用(suspension)也为想象活动提供了充裕的空间(详见本章第二部分)。在无声时分,尽管少年听到水声、看到景色,但连接水声与景色的连词是"弥尔顿式的'或者'"(the Miltonic 'or'),⑤体现一种若隐若现的不确定境界,意在说明这些感觉对象的次要性;而反复出现在这两个并列句当中的"心灵"(heart, mind, 5.383～385)以及在末句中具有隐喻性的

---

① Denis Donoghue, "On a Word in Wordsworth," *The Practice of Reading* (New Haven: Yale UP, 1998), p.191.
② 华兹华斯1815年版诗集序言。
③ Cynthia Chase, "The Accidents of Disfiguration: Limits to Literal and Rhetorical Reading in Book V of The Prelude," *Studies in Romanticism* 18: 4 (Winter, 1979): 547—565. Chase 指出,少年在无声中倾听的行为,特别是"hanging"所体现的姿态,正是想象本身的情形(552页)。笔者将在后面具体谈论这一话题。
④ 华兹华斯1815年版诗集序言。维吉尔用的是"pendere"。
⑤ 许多学者都指出弥尔顿诗歌中的"or"一词常蕴涵多重可能,如 Peter C. Herman, "*Paradise Lost*, the Miltonic 'Or,' and the Poetics of Incertitude," *Studies in English Literature, 1500—1900*, Vol. 43, No. 1, *The English Renaissance* (Winter, 2003): 181—211. JSTOR. 华兹华斯在其他诗歌(如《丁登寺》)里的"or"也体现弥尔顿传统,见 David Bromwich, *Disowned by Memory: Wordsworth's Poetry of the 1790s* (Chicago: Chicago UP, 1998) 77页。另外,在"温德米尔少年"片段中,"or"一词共出现三次(5.368, 369, 384行),都说明了场景的次要,从而突出少年的感受活动。

"(湖水的)心胸(bosom)"(5.388)等词语则共同强调了心灵本身的强大力量，说明少年开始关注感觉方式本身：

> 此时
> 此刻，想象的力量注入胸中。
> 虽然那蒙胧的喜悦忽至忽离，
> 但是，我并不以为无所收获，
> 不是因为这飘忽的情绪与我们
> 纯净的灵智和精神生活相关联，
> **而是灵魂忘掉感觉的对象，**
> **却记住感觉方式本身**，因而
> 对一个可能的极境保留着模糊的
> 意识，她以不断增长的才智
> 追求这境界，才智永在增长，
> 无论已达何种目标，仍觉
> 有所追求。
>
> (2.310～322，黑体字为笔者所加)

从"无尽的模仿"①到创造性想象的逐渐开启，从外部感官世界到"感性之光熄灭"(6.600)而向内心世界的回归，这些都体现心灵的成长。同时，它也暗示出倾听行为与内部精神世界的微妙关联。

在"温德米尔少年"片段中还存有另一个无声的时刻，即成熟后的诗人(同样在黄昏时)在少年墓旁"驻足/静默"(stood / mute, 5.396～397)的半个钟头，对应着上文的"无声中/倾听"(hung / listening)。再次出现的、用来形容山村教堂地理位置的词语"hangs(hang)"(5.392)以及修饰坟墓的定语"无声的"(5.403)也都暗示着此刻与彼时的关联：

> 这个孩子被迫别离他的
> 伙伴，在童年死去，尚不足十二岁的
> 年纪。他出生的山谷妩媚，优美；
> 乡村学堂的上方有个山坡，
> 近旁是(hangs)那草深叶密的教堂
> 墓场。常常在夏日的黄昏，每次

---

① 见"The Intimations Ode"，107 行。

> 穿过这片墓地,我都会驻足
> 静默,久久地凝视着他长眠的坟茔!

(5.389~397)

哈特曼指出,墓旁的华兹华斯更接近《颂歌:不朽性之启示》中所说的"富于哲思的心灵"(philosophic mind),体现"看破死亡的信仰"(faith that looks through death)。① 他认为,这一时刻的诗人与此前诗中的少年分别体现了诗人自己生命中"现在的"与"过去的"两种存在方式。② 因此,这里的少年之死可视为一种象征,象征一段逝去的生命、一种早先的存在方式。我们可以参考诗人在《序曲》第二卷所写到的另一段无声的"空间"(vacancy, 2.29),它隔开现时与往昔:

> 一种令人平静的精神
> 拥附着我的血肉之身,毕竟有广阔的
> 空间隔开现时的我与过去的
> 日子,只让它们实在于我的
> 内心,因此,回味往事时,我常常
> 自觉有两种意识,意识到我自己,
> 意识到另一种生命。

(2.27~33)

托马斯·威斯科尔(Thomas Weiskel)在《浪漫主义的崇高》一书中指出,华兹华斯通过回忆来寻找逝去的自我时,他同时也在塑造着"另一种生命"(2.33):"或许就像那与鸟群对话的温德米尔少年一样,只有在'无声中/倾听'的那一刻,他才真正找到了自己。"③ 威斯科尔认为,《序曲》的深层轮廓是一种对话结构,华兹华斯真正的交谈对象不是柯尔律治,而是"他自己,他的部分自己,过去的或将来的,总之,是一个不同于现在的自己,隔着一段'空间'(vacancy)向他发出召唤"。④ 但他进一步指出,就华兹华斯作为交谈者而

---

① Geoffrey H. Hartman, "Reading: The Wordsworthian Enlightenment," *The Wordsworthian Enlightenment: Romantic Poetry and the Ecology of Reading*, eds. Helen Regueiro Elam and Frances Ferguson (Baltimore: The John Hopkins UP, 2005), p. 37.
② Ibid., p. 33.
③ Thomas Weiskel, *The Romantic Sublime: Studies in the Structure and Psychology of Transcendence* (Baltimore and London: The John Hopkins UP, 1976), p. 170.
④ Ibid., p. 170.

言,其交谈对象——"另一种生命"——"也是他的倾听对象,事实上,在《序曲》中,华兹华斯主要就是以倾听者的身份来阐释自己的,因为在他的倾听中存有并且始终存在一种明显的连续性。"①这一观点在《华兹华斯式的启蒙》(2005)一书的前言中得到重申,或可说明华兹华斯作为听者的身份正日益受到重视与认同:"在'温德米尔少年'片段中,乃至在整个《序曲》里,华兹华斯的交谈对象是他逝去的自我……整部诗作就是这样一种姿态,一种对倾听行为的诉求,这种倾听行为能够使他复元,能够允许他与自己建立一种持续的、连贯的交谈,通过倾听不再是'他者'的'他者'来倾听自我。"②

2. "无声的旋律更加美妙":无声中的倾听与浪漫主义想象③

少年在无声中凝神倾听("in that silence while he hung / listening," 5.381~382)的姿态可视为浪漫主义想象的生动剪影,反映了浪漫主义想象的重要侧面。它尤其体现了华兹华斯所说的"人的心灵能够无须借助粗俗强烈的外部诱因而感动",④也体现了诗人特有的想象力,即"诗人比其他人更能够被失在的(absent)因素所感动",更善于"在自己的内心世界幻构各种激情",⑤就像《孤独的割麦女》中的听者,在久别歌声之后,更加强烈地感受到那音乐的力量。这种想象活动还表现为一种暂时延宕状态(依然由 hung 一词体现,5.381),它可以暂缓我们对外界经验事实的执著求证,从而更接近一个不可见精神世界。在此,我们可以参考柯尔律治在《文学生涯》第 14 章提出的一个概念:

> 由此产生《抒情歌谣集》。我们达成一致:我将致力于创作超自然的,或者至少是浪漫的人物或角色,但通过我们的内心向其传输一种人性味和真实感,足以为这些想象的影像获取一种**心甘情愿令怀疑暂歇**的时刻(the willing suspension of disbelief),为构成诗意信念(poetic faith)

---

① Thomas Weiskel, *The Romantic Sublime: Studies in the Structure and Psychology of Transcendence* (Baltimore and London: The John Hopkins UP, 1976), pp.170—171.
② Helen Regueiro Elam and Frances Ferguson, "Introduction," *The Wordsworthian Enlightenment: Romantic Poetry and the Ecology of Reading*, eds. Helen Regueiro Elam and Frances Ferguson (Baltimore: The John Hopkins UP: 2005), p.25.
③ 济慈在《希腊古瓮颂》中诗句:"Heard melodies are sweet, but those unheard / Are sweeter". John Keats, "Ode on a Grecian Urn," *Complete Poems*, ed. Jack Stillinger (Cambridge, Mass.: The Belknap Press of Harvard UP, 1982), pp.282~283.
④ 《抒情歌谣集》,第 746 页。
⑤ 同上书,第 751 页。

所必需。①

在《文学生涯》发表的同年，济慈提出著名的"消极能力"(Negative Capability)概念，也和这种想象能力有关。根据济慈的传记作者 W. J. 贝特的观点，这是一种"能够安于种种不确、神秘、怀疑，而不急于求索事实真相和道理"的能力，它"涉及一种自我消解（negating one's own ego）"。② 这里的"事实与真相"并不是贬义词，诗人所追求的也并非"不确定"本身。贝特强调，诗人主要针对的是那种焦躁的逻辑推理思维（"consequitive [consecutive] reasoning"），因为这种思维对想象极具杀伤力。③ 所谓"自我消解"，也就是消解掉过于强大的自我意识，包括逻辑判断、主观偏见等各种意识活动。意识活动就是我们凡俗生命（mortality）的表现，因此，唯有在意识暂歇的瞬间，心灵才有望接近永恒（immortality）、获得高级的体悟。

高级的想象活动是对自我意识的超越，它需要暂时的自我忘却，也教会自我忘却。华兹华斯在讲述早年阅读童话的经历时，认为其中"宝贵的收获"就是在想象中能够学会"忘记自我"（5.346）。温德米尔少年在无声中倾听的刹那也暂时地忘记了自己（如："不觉中，"5.383），才能有所发现。学者柯特·佛索认为"少年"片段体现了"处于自我消解（ego annihilation）边缘的一种无意识境界"。④ 温德米尔少年在无声中凝神倾听（"... hung listening"）的姿态，及其所体现的想象活动，在《序曲》最后一卷的"攀登斯诺顿峰"片段中达到高潮。成熟的诗人超越时间顺序，将1791年夏天的登山经历放到全诗的结尾，在平静的回忆中获得新的感悟，并借此经历来体现心灵与想象力得到全面复元、认识达到新的高峰。该片段中，圆月高悬（"hung"，14.40）在苍茫的天际，并且透过云缝，聆听着下界的喧声，这一情景在一定程度上体现与"少年"片段的关联：

> 圆月从至高无上的
> 位置俯瞰着巨涛起伏的云海；
> 此刻它这般柔顺、静默，只是
> 距我们立足的岸边不远处，裂开
> 一个云缝，咆哮的水声穿过它
> 升上天空。它是云潮的间歇——

---

① 《文学生涯》，Vol. 2，第6页。黑体字为笔者所加。
② W. Jackson Bate, *John Keats* (Cambridge, Mass.: The Belknap Press of Harvard UP, 1963), p. 249.
③ Bate, *John Keats*, pp. 249—250. "consequitive reasoning"出自济慈的信件（"To Benjamin Bailey," November 22, 1817），见济慈《书信》，第36页。
④ Kurt Fosso, *Buried Communities: Wordsworth and the Bonds of Mourning* (New York: SUNY Press, 2004), p. 168. "influx"为华兹华斯常用的词语。

> 凝止、幽暗、无底,传出同一个
> 声音,是百脉千川的齐语;在下面
> 传遍陆地与大海,似在此时
> 让银光灿烂的天宇一同感知。
>
> (14.53~62)

圆月至高无上,象征完满超卓的心灵(见以下引文:14.66,70)。她透过云海的缝隙倾听着来自山脚下的"百脉千川的齐语"(14.60)。这里,云海的缝隙(或称之为"渊洞",14.72)既是自然现象,也象征诗人经常说起的"心灵的幽渊"(6.594,详见下文),同时也是一段"隔开的空间"(2.29),隔开上方与下界、内部与外部、理想与现实。下界的喧声既来自容纳百川的真实的海洋,也象征山脚下的生活的海洋。当诗人在平静中反思这一场面,他从中感悟到"心灵的表征"(14.70),并且是一颗"倾听着的心灵"(14.72):

> 当我在平静中回想它,
> 似感到它象征着威仪浩荡的心智,
> 展示出它的作为、它的财富、
> 它现有的一切和它的渴求、它本身的
> 质素以及它将要达到的状态。
> 我在那儿看见心灵的表征,表现那
> 吞食无极的心灵,她孵拥着幽暗的
> 渊洞,专心致志,为倾听底下的
> 喧声升起,形成一股连续的
> 声流,触及上方的静辉;她认识到
> 有超验的能力,为超凡的灵魂所独有,
> 能将感官引向理想之形,而有此
> 认识又使她本身的存在获得支撑。
>
> (14.65~77)

"孵拥渊洞"指圆月透过云缝倾听下界喧声的姿态,它来自《失乐园》中圣灵孵拥洪荒、为其注入生命与秩序的意象,体现了最高级、最原始的创造与想象活动。诗人所感悟到的"心灵的表征"是一颗凝神倾听的心灵,透过连通上下的云洞,试图使下界的各种喧声汇聚为"一股连续的/声流,触及上方的静辉"(14.73~74),体现了心灵欲实现内在与外界和谐统一的努力,也反映了诗人对心灵成长之连贯性的渴求。诗人认为,"杰出的人们正是/以如此姿态与宇宙万物交流"(14.91~92)：

> 持久的或无常的事物都能够激发
> 他们的灵念，最微末的诱因也能让
> 他们构筑最宏大的景象；他们
> 时刻警醒，乐于创造，也甘愿
> 被激发，因此，唤醒他们无需
> 不同凡响的鸣叫，生活在富有
> 活力的世界，并未被感官印象
> 所奴役，而是借其激励，更迅捷地
> 与精神世界进行恰切的交流
>
> (14.100~108)

这里，心灵凭借"最微末的诱因……构筑最宏大的景象"(14.101~102)的行为再次说明诗人的想象力能够"无须借助粗俗强烈的外部诱因而感动"，①体现了既依赖感官同时也超卓于感官的高级想象活动，为浪漫主义想象的"理想之形"(14.76)。

3. 喧声与无声

"温德米尔少年"片段的过去时开头方式（"There was a boy…"）、其向山崖岛屿的呼语（invocation）、田园式的背景、理想化的少年及其早逝（象征意义），诗人在墓旁静默沉思的情景，以及星辰起落的意象和各种交错的语声（尤其是回声），这些细节都揭示出该片段的挽歌成分，为心灵的成长及其伴随的损失表达着潜在的伤逝之情。② 加之片段中体现"天然虔敬"③的少年、

---

① 《抒情歌谣集》，第746页。
② "温德米尔少年"片段的最初手稿与露茜组诗、马修挽歌系列等属于同期创作。
③ "天然的虔敬"(natural piety)是华兹华斯诗思中的重要概念，出自《我心欢跃》("My heart leaps up")一诗的尾句。该诗主要表达了诗人对心灵成长之连贯性的渴求。《我心欢跃》的后三行（"The Child is Father of the Man；/ And I could wish my days to be / Bound each to each by natural piety."）曾作为《颂歌：不朽性之启示》（1815年版）的题词出现。有学者指出，温德米尔少年双手交叉、手掌紧合的姿态如同在大自然面前的祈祷，体现了少年对大自然的虔敬。该说法有一定的参考价值。见 Kurt Fosso, *Buried Communities: Wordsworth and the Bonds of Mourning* (New York: SUNY Press, 2004), p.167. 另外，笔者认为，少年将双手作成呼哨、"宛若擎起一件乐器"(5.371)的姿态，也使少年成为诗人雏形的象征。

第六章 "当他在无声中/倾听":"温德米尔少年"片段中的倾听行为　151

有关想象与永恒的主题、其对心灵成长之连贯性的渴求,所有这些因素都使其与《颂歌:不朽性之启示》(首行为"There was a time...",与"少年"片段一起构成华兹华斯作品中不多的以"There was..."开篇的诗)①产生密切的关联。特别是作为《颂歌》之心的第九诗节,有助于我们进一步理解"少年"片段:

  追忆往昔常令我涌起
  恒久的谢意:的确不是
  为了那最值得赞美的;
  欢乐与自由,童年的
  天真信念,无论忙闲
  心中总有新的希望振翼待飞——
  我引歌致谢、赞美,
  并不是为了这些,
  而是为了那些关于感官
  与外部世界的执著追问,
  那离我们而去的、消逝了的一些能力;
  那游离在未知世界间的
  生命形态所怀有的迷茫疑惧,
  以及那令我们的凡躯如受惊的
  罪人般颤栗的敏感天性:
  为了那些最初的情感,
  那些如影的回忆,
  无论它们究竟为何物,
  始终是我们全部白昼的光源,
  始终是我们全部视野中的主要光线;
  令人觉悟的、不朽的真理,

---

① 在一定程度上,《颂歌》也是一首挽歌。在1815年出版的诗集里,诗人将它列在"墓志铭与挽歌"类之下。参考 William Wordsworth, *Poems, in Two Volumes, and Other Poems, 1800-1807*, ed. Jared Curtis (Ithaca: Cornell UP, 1983) 中对该诗的注释。另外,认为《颂歌》主要是一首挽歌的代表学者有海伦·范德勒,见 Helen Vendler, "Lionel Trilling and the Immortality Ode," *The Music of What Happens* (Cambridge, Mass.: Harvard UP, 1988) pp. 93—114。

请支撑我们、爱护我们,
让我们那些喧嚣的岁月看似
永恒沉寂中的短暂瞬间。

(136~159,黑体字为笔者所加)

童年的欢娱(当然也包括温德米尔少年式的游戏)固然值得留恋与赞美,但诗人说,他真正感谢的是那最初萌发的对感官和外界的思考,以及对心灵与想象的蒙胧认识,蒙胧一如"温德米尔少年"片段中映入"心灵幽渊"①的各种影像。诗人将这种难以言表的心境称为强大的光源,它蕴涵着永恒的真理,能够"让我们那些喧嚣的岁月看似/永恒沉寂中的短暂瞬间"(157~158 行)。在此,我们仿佛看到一个放大了的"少年"片段:"欢乐的喧嚣"(5.379)以及取而代之的"凝滞的无声"(5.381)不再是一次个别的童年游戏经历,而是被纳入更加普遍、宏阔的精神空间。同时,这里有关"喧声"与"沉寂"的诗行(157~158)一方面重复着诗人早期诗作《致无声》("An Address to Silence,"1797)中的诗句(第 51 行),②另一方面,这些诗行又在晚年作品《声音的力量》("On the Power of Sound", 1835)中以问句的方式近乎逐字重复出现(217~218)。这些重复的诗行背后是一位诗人对作为象征的"喧声"与"沉

---

① 华兹华斯的作品中经常出现"心灵的幽渊"这一意象,特别是谈及《颂歌》中提到的对感官和外界一度感到困惑时,诗人也用了这一意象,如"the mind's abyss", 6.594;"abyss of idealism",见 William Wordsworth, *The Fenwick Notes of William Wordsworth*, ed. Jared Curtis (Bristol: Bristol Classical Press, 1993), p. 61. 对这一意象的分析,可参考 M. H. Abrams, *Natural Supernaturalism*: *Tradition and Revolution in Romantic Literature* (New York: Norton, 1973), pp. 448—462。

② 该诗原载于 *The Weekly Entertainer* 29 (1797): 199—200. ProQuest. 原诗署名为"W. C."。详见附录 II。关于这首诗是否为华兹华斯所作,尚存争议。最早认为这首诗为华兹华斯所作的是海伦·达比舍尔(Helen Darbishire),她在诗人妹妹的笔记本上找到相关的依据,认为署名中的"C"说明了柯尔律治的少量参与,但主体部分为华兹华斯所作。见 William Wordsworth, *The Poetical Works of William Wordsworth*, 2nd ed., eds. Ernest de Selincourt [and Helen Darbishire], vol. 2 (Oxford: Clarendon Press, 1952—1972), pp. 526—534。康乃尔版(目前公认的最具权威性的华兹华斯作品集)《颂歌:不朽性之启示》的编者也认为有关"喧声与沉寂"的诗行呼应着诗人早期作品《致无声》的诗句,亦即承认了《致无声》为华兹华斯所作。见 William Wordsworth, *Poems*, *in Two Volumes*, *and Other Poems*, *1800-1807*, ed. Jared Curtis (Ithaca: Cornell UP, 1983) 注释部分。关于这首诗的考证,还可参考 J. R. MacGillivray, "An Early Poem and Letter by Wordsworth," *The Review of English Studies*, New Series, Vol. 5, 17 (1954): 62—66. JSTOR, 其中列举了 Ernest de Selincourt 和 Helen Darbishire 有关该诗作者的不同观点。在本篇论文中,让我们假定该诗为华兹华斯所作。

寂"的执著思索。本书以华兹华斯诗歌中的倾听活动为出发点,探索了各种倾听行为的意义及其与诗人心灵成长的关系,沿途涉及了作为倾听对象的各种声音。在本文接近尾声之时,我们也有必要对另一种声音——无声——给予适当的关注,并对华兹华斯诗思中"喧声"与"无声"之间的关系进行初步的考察。

首先,我们需要思考"喧声"与"无声"在华兹华斯诗思中可能含有的象征意义。在"少年"片段中,诗人使用富于变化的语言来描述构成"欢乐的喧嚣"的各种声音(5.374~379),然而对于"无声"(5.380~381),诗人则任其在连续的诗行中重复出现两次。为何会有这种看似单调的重复?在为《山楂树》("The Thorn," 1798)一诗写的注释里,诗人曾对诗歌中语词重复的现象予以说明。诗人写道:

> 为数不少的一类读者以为,同样词语的反复出现必然会引起不必要的同义重复(tautology)。这大错特错了。真正的同义重复更多是指使用不同的词语来表达完全相同的意思。词语,尤其是诗人的词语,应该用情感的天平来衡量,而不是靠它们在纸页上所占据的空间。我们必须始终提醒读者:诗歌是激情,是关于感觉的历史或学问。每个人都知道,当我们试图表达强烈的情感时,我们常会同时意识到表达能力的不足,或者说,语言本身的缺陷。在这种表意的努力中,心灵中产生一种强烈的热望;当它得不到满足时,语者就会依附于同样的词语,或者具有同样特征的词语。①

华兹华斯认为,词语的重复体现了语者的表意努力,它一方面揭示出难以言表的强烈情感,另一方面也说明了我们表达能力的欠缺,或者说语言本身的不足——"人类语言的无力"(6.592),因为语言不能直接地、恰切地表达超出日常经验以外的事物,如但丁在《神曲·天国篇》开篇所说:

> 万物的原动者的荣光照彻宇宙,在一部分反光较强,在另一部分反光较弱。我去过接受他的光最多的天上,见过一些事物,对这些事物,从那里下来的人既无从也无力进行描述;因为我们的心智一接近其欲望的

---

① 《抒情歌谣集》,第 351 页。这篇注释写于 1800 年。

目的,就深入其中,以致记忆力不能追忆。(1~9行)①

华兹华斯在本卷开篇所说的"不朽的生命将不再/需要文字的外衣"(5.23~24)也从另一个侧面表达了近似的思想。斯蒂芬·吉尔在谈到《序曲》时也指出:

> 关键时刻总会呈现无声,'当感性的光芒 / 熄灭——当它垂死的闪烁昭示了 / 肉眼不见的世界'(1805,6.534~536),在这些时刻,诗人歌颂着超越语言的经历。就像《颂歌:不朽性之启示》中的儿童,'阅读着不朽的海洋',却'不闻不语',在《序曲》中,当诗人极度强烈地感受到某种超验境界时,他也在达至一种离言绝思的状态。②

在"少年"片段中,连续重复的"无声"体现了少年对某种未知形态("unknown modes of being," 1.393)③的言不尽意的强烈感受。而富于变化的声音描写则反衬出一个人们熟悉的经验世界。在《序曲》中,华兹华斯常用"喧闹"等词语来形容生机盎然的童年岁月(如1.479,2.9,2.47等)。这里的喧闹虽然不同于第七卷等所说的市井喧嚣,但从更加宏观的角度来说,无论童年欢声,抑或市井喧嚣,都象征世俗生活本身,如"斯诺顿峰"片段中来自下界的喧声,须凭借心灵的努力去"触及上方的静辉"(14.74)。喧声与无声的对照,主要体现文学意义与玄学意义的两个层面。就心灵成长而言,喧声更加体现成长的过程本身。

《致无声》("An Address to Silence")一诗的题目具有明显的悖论(paradox)特点,因为向"无声"发出的"致辞"(address)是不会得到回应的。从某种意义上说,"温德米尔少年"片段也是一篇向无声发出的致辞,只是少年得到了片刻的回应;但大自然最初与最终的无声④足以使"欢乐的喧嚣"看似"永恒沉寂中的短暂瞬间",无声才是更加原始、更为宏阔的背景。正如马

---

① 但丁:《神曲·天国篇》,田德望译,北京:人民文学出版社,2001年。
② Stephen Gill, *Wordsworth : The Prelude* (Cambridge: Cambridge UP, 1991), p.22.
③ 出自"偷船"片段,伴随着它一同产生的是一种"无物的空寂"(solitude or blank desertion, 1.394~395),熟悉的形象也随之消失(1.396~400)。根据华兹华斯年表(第一卷,1770~1799年部分,257~258页),诗人在写完"偷船"片段之后,随即创作了"温德米尔少年"片段。因此,这些片段可能具有共同的主题或表达一些相同的情绪。
④ 尽管少年在无声时刻听到山溪的水声,但此时的水声主要体现一种逝去的声音,或曰余音,最终要归于无声。

克斯·皮卡德(Max Picard)①在《无声的世界》(*The World of Silence*)中所指出的,无声是一种"基本的现象,是原始而首要的客观现实,不可回溯。……在无声的背后唯有造物主的存在"。② 皮卡德认为,其他一切现象都是从无声这一基本背景衍生而来。同时,他也指出,声音与无声之间并非对立,而是体现一种平行的关系。③ 华兹华斯对喧声与无声的态度也并非机械,无论"温德米尔少年"片段、《颂歌》,还是早期的《致无声》与晚期的《声音的力量》,都体现出诗人在丰富的感官世界与超验的精神世界之间的萦回与踌躇。

在《致无声》一诗中,诗人向"无声"发出呼语后,对无声至高无上的地位予以肯定和赞美(1~21)。随后,诗人向"无声"发出第二次召唤,写到地上的一切珍宝、凡间的全部喧闹、甚至自然界的一切声响,都无法与超然的无声比伦(22~47)。然后,诗人再次表达赞美之辞:

> 永恒的平静是你的欢乐;
> 无限的空间是你的栖所;
> 斗转星移都凭借你神圣的动力;
> **我们渺小的岁月是你生命中的瞬间;**
> 我们渺小的世界消失在你的天体之间。
>
> 你体现心灵的和谐恬静;

---

① 马克斯·皮卡德(Max Picard,1888~1965),生于德国,旅居瑞士;早年学医,后改修哲学。法国哲学家、剧作家加布里埃尔·马塞尔(Gabriel Marcel,1889~1973)在为皮卡德写的介绍中认为"诗人"而非"哲学家"的称号才更适合他。受到宗教信仰的影响,皮卡德的作品多以虔敬而诗意的语言表达着对世俗化的现代文明的反思与批评,对那些滋养心灵的、逝去的理想发出召唤与挽歌,感悟到因而肯定那些渺小的、卑微的、真实的、眼睛不见的事物所具有的价值。马塞尔认为,德国唯心主义哲学家谢林(Friedrich Wilhelm Joseph Schelling,1775~1854)可能对皮卡德有过深厚的影响。他还是诗人里尔克(Rainer Maria Rilke,1875~1926)的朋友。见马塞尔为皮卡德的著作《逃离上帝》、《无声的世界》所写的介绍:Max Picard, *The Flight from God*, Trans. Marianne Kuschnitzky and J. M. Cameron, Introduction by J. M. Cameron, Note on Max Picard by Gabriel Marcel (Washington, D. C.: Regnery Gateway, 1951), pp. vii–xiii; —. *The World of Silence*, Trans. Stanley Godwin, Preface by Gabriel Marcel (Washington, D. C.: Regnery Gateway, 1952);以及维基百科中的部分信息(Wikipedia. 26 May 2009. < http://en.wikipedia.org/wiki/Max_Picard >)。

② Max Picard, *The World of Silence*, Trans. Stanley Godwin, Preface by Gabriel Marcel (Washington, D. C.: Regnery Gateway, 1952), p. 21.

③ Ibid., p. 27.

>   那游移在广漠天地间的
>   人类思想需要你的引领；
>   我们的上帝与你和孤寂同在。
>
>   （48～56,黑体字为笔者所加）

前一个诗节被诗人的妹妹于1798年抄录在笔记本中,并附上"W. W."(诗人名字首字母缩写)。黑体字部分与本中所抄录略有不同:本中记载的是"我们喧闹的岁月……",即后来重复出现在《颂歌:不朽性之启示》与《声音的力量》中的诗句。华兹华斯诗作的编者海伦·达比舍尔认为这是诗人后来有关"喧闹的年月"诗句的最早出处。① 接着,诗人命令风雨屏息、河流安静,否则诗人就同"无声"一起遁迹山林——或者墓穴,以便得到永远的宁静(57～61)。然而,在全诗的最后数行,诗人却表达出一种略嫌逆反的情绪,表达着对有声世界的眷顾：

>   哦,无声！让我再一次回顾
>   那些人群络绎之处；让我再次欣享
>   那心与心交流的景象,看到甜美的友谊的笑容,
>   在我消逝之前！
>   然后,无声,
>   剩下的由你支配！
>
>   （62～67）

关于这首诗,相关的研究并不多见。我们仅知道,根据有关学者的观点,柯尔律治可能参与了这首诗的创作。② 那么,诗中有关"无声"与"声音"的观点,应该也体现柯尔律治的思想。按照常识的推论,更善于哲思的柯尔律治大概会偏爱"无声"。如果说这首以"无声"为题的早年诗作最终背离无声而去,那么在晚期的诗作《声音的力量》中,诗人(这一次我们确知作者就是华兹

---

① 上述考证等信息,见 William Wordsworth, *The Poetical Works of William Wordsworth*, 2nd ed., eds. Ernest de Selincourt [and Helen Darbishire], vol. 2 (Oxford: Clarendon Press, 1952—1972),526—534。

② 该诗发表时的落款为"W. C.",海伦·达比舍尔认为这说明了柯尔律治的参与。见 William Wordsworth, *The Poetical Works of William Wordsworth*, 2nd ed., eds. Ernest de Selincourt [and Helen Darbishire], vol. 2 (Oxford: Clarendon Press, 1952—1972) 526—534,以及该书中提到的 Helen Darbishire, "An Approach to Wordsworth's Genius," *English Studies Today* (1951): 149—152.

华斯)对声音与无声持什么态度呢?《声音的力量》最初写于1828年—1829年。在1835年付梓以前,诗人进行过多次修改与增补,唯有我们即将重点讨论的最后一个诗节保持不动。① 华兹华斯本人非常看重这首诗。在1837年写给亚历山大·戴斯的一封信中,他这样写道:

> 我记不得你为什么觉得《声音的力量》中的诗节比不上我以前所写的任何东西。当我最初出版诗集《重访耶罗》(*Yarrow Revisited*)时,我将它放在诗集的最后;在我最近出版的诗集中,我也把它放在想象类诗歌的末尾,这些都说明了我**个人**对这首诗的观点。②

与诗人的早期作品相比,这首诗显得有些抽象,或许是它较少被欣赏的原因(但乔治·艾略特在1840年读罢此诗后曾致信友人,极力赞颂此诗③)。全诗(1835年文本)共14个诗节,长达二百多行。在开篇前,诗人还撰写了一个"梗概"。诗人首先向"耳朵"发出呼语("你拥有超凡的功能",第一行),并在1~6节追溯了声音的来源与效果。第7~10节谈到音乐的力量以及音乐的产生。在第11节,诗人表达了一个愿望,即希望这些声音能够被统一于一个体系,以便满足道德旨趣或智性思考的需要。第12节谈到毕达哥拉斯有关数字与音乐的理论,认为想象力与这种理论一致。第13节写到愿望(11节)得到一定的实现,体现在所有的声音都表达对上帝的感恩。最后一节将声音与上帝造物时的语声联系起来,认为即使地球与天体都毁灭,悦耳的和声会永在,体现上帝的神性。

这首诗反映出诗人晚年的宗教倾向。詹姆斯·常德勒认为该诗反映了诗人从"对大自然的虔敬"向"基督教的虔敬"的转变。常德勒指出,该诗的第2诗节如同一个"回音壁",回响着诗人自《抒情歌谣集》到1807年两卷本诗集中的许多抒情主题。他称此现象为诗人的"自我再现"(self-recapitulation),并认为这首诗本身就是诗人对过去创作的反思与改写,以便

---

① 见诗人书信:Letter 928, William Wordsworth to Christopher Wordsworth. (Sept. 26, 1835), *The Letters of William and Dorothy Wordsworth*, 2nd ed., edited by Alan G. Hill from the first edition by the late Earnest de Selincourt, Vol. 6. *The Later Years*, Part III. 1835—1839 (Oxford: Clarendon Press, 1982). 以下简称 *LY*。
② 见诗人书信:Letter 1193 of *LY*, part III.
③ George Eliot, *The George Eliot Letters*, ed. Gordon S. Haight (New Haven: Yale UP, 1954—1978), Vol. 1, p. 68.

昔日的声音能够被纳入一个神圣的秩序与体系。① 第一章曾经提到,《序曲》第一卷中,从"人类的心灵就像/音乐的和声"(1805.1.352～353)修改为"我们虽是凡夫俗子,却产生/不朽的精神,就像音乐的和声"(1850.1.340～341,改于1832年)就是体现诗人晚期宗教情怀的一个实例。而这种遍及一切的、和声般的精神("one pervading spirit",177)正是《声音的力量》的主题。在全诗的最后一节,诗人将声音与上帝创造光明时的语声联系起来("A Voice to Light gave Being," 209),为声音赋予了神圣的因素。在最后几行,诗人写道:

> 哦,无声!难道人类喧闹的年月
> 不过是你生命中的短暂瞬间?
> 难道和声——那笑与泪的神圣女王,
> 将流畅的旋律与必要的不协和音,
> 调和为充满欢乐的华章——
> 注定是受制于你的奴隶?不!纵使
> 大地成灰,天体销陨,她将永驻
> 在上帝的语言里,永不消逝。
>
> (217～224)

诗人以问句的形式重复着毕生的思考,又以看似坚决的否定答复为全诗作结。晚年的诗人依然在丰富的经验世界与永恒纯一的超验境界之间进行着艰难的选择。仿佛他必须使前者与神圣的后者联姻,才能使自己稍微获得内心的平静。对于很多诗人来说,这种选择都是不容易的,就像少年在无声中依然执著倾听一样。

今天的我们无法确知是否柯尔律治最初向诗人提出关于无声与有声的问题。但我们不由想起柯尔律治为诗人提出的另一个、同样萦绕诗人心头良久的问题,即关于创作长篇哲理诗《隐士》的计划。尽管该计划诞生于两位诗人友谊与创作的巅峰,尽管华兹华斯直到晚年依然未放弃这个酝酿已久的艰巨使命,但他最终只能以《序曲》、《安家格拉斯米尔》和《漫游》这一部部具体而感性的诗篇(诗人将其比喻为"前厅、小室、祈祷堂……")来筑造作为"哥特

---

① James Chandler, "The 'Power of Sound' and the Great Scheme of Things: Wordsworth Listens to Wordsworth," *"Soundings of Things Done": The Poetry and Poetics of Sound in the Romantic Ear and Era*," ed. Susan J. Wolfson. April 2008. Romantic Circles. 9 Jun. 2008. <http://www.rc.umd.edu/praxis/soundings/chandler/chandler.html.>

式大教堂"的哲理长诗——永远的"未完成"。① 在许多诗篇里,华兹华斯借助嘈杂来烘托与验证极静。在《序曲》中,诗人又以不断演化的倾听能力来构筑与表现一位诗人的心灵成长历程,这些都反映了诗人对有声世界与无声境界的不懈探寻。

---

① 在《漫游》(1814)的序言中,诗人把待完成的长篇哲理诗《隐士》比做"哥特式大教堂",将构成《隐士》的各个部分(即《序曲》《安家格拉斯米尔之家》《漫游》)称为"前厅""小室""祈祷堂"等。见 William Wordsworth, "Preface to *The Excursion* (1814)," *The Excursion*, eds. Sally Bushell et al (Ithaca: Cornell UP, 2007)。

结语　倾听：一种敏感性的形成[*]

　　2002 年 10 月，建筑家丹尼尔·李布斯金（Daniel Libeskind）来到纽约世界贸易大厦遗址考察，后来他获选成为世贸大厦重建项目的总体规划建筑师。在遗址巨大的深坑里，他经历了"深感震撼的时刻"。他了解到，"这个地点的灵魂不仅在于其天际线和熙来攘往的街道，也在于曼哈顿的岩床底下"：

> 　　往下走，这座建筑物留下的地基之广，让我们心生敬畏，仿佛到了海底，可以感到气压的变化。打了 7 层楼深的地基和地下结构，全都没了。建筑物还在的时候，谁会想到底下有什么东西？我们想到纽约，总是会想到摩天大楼，但是在大楼底下，才会意识到这个城市的深度。①

　　不可见的深度。理布斯金在纽约的瞬间醒悟（epiphany）让我们想起华兹华斯当年在伦敦的体悟：当众人或抱怨或迷恋"伦敦的叫卖声"时，只有诗人最终让心灵独立于喧声之外，并从喧声中听取"托升灵魂的和声"（《序曲》7.771）。十八世纪的伦敦已初步成为欧洲的重要都市，充满琳琅满目的新鲜事物，更以"伦敦的叫卖声"著称。当时的散文家约瑟夫·艾迪生（Joseph Addison）就曾饶有兴味地描写过伦敦的市声：

> 　　初来乍到的外国人或者外地乡绅，最感吃惊的莫过于伦敦的叫卖声了。我那位好朋友罗杰爵士常说，他刚到京城第一周里，脑子里装的全是这些声音，挥之不去，简直连觉都睡不成。相反，威尔·亨尼康却把这些声音称为"鸟喧华枝"，说是这比什么云雀、夜莺、连同田野、树林里的天籁加在一起还要好听呢。②

　　艾迪生还在文中虚构了一位"狂想者"，他在写给艾迪生的信中声称自己想谋

---

* 此结语曾发表在《东吴学术》2014 年第 4 期。
① 丹尼尔·李布斯金：《破土：生活与建筑的冒险》，吴家恒译，北京：清华大学出版社，2008 年，第 32 页。
② 约瑟夫·艾迪生等：《伦敦的叫卖声》，刘炳善译，北京：三联书店，2013 年，第 24 页。

求"伦敦市声总监"一职。他将这些叫卖声分为声乐和器乐两类,并打算对此进行总体规划管理:"嗓音不美者不得在街头大喊大叫","叫卖声不仅要压倒人声喧哗、车声轧轧",还要恰当、清晰、悦耳地说明贩卖的货色。① 伦敦的喧嚷可想而知。

当华兹华斯离开家乡湖区、步入城市,从自然到社会的过渡在诗中主要表现为一系列听觉对象的转变,即人世间的各种噪音取代了自然界更为质朴纯净的声音。相应地,关于人间社会的场景描写则表现为一个个目不暇接的新奇景象以及大量有关剧场、舞台、表演的描写或比喻。无论是噪音还是各种景观,仿佛都说明了城市抑或人间社会的虚幻不实、混乱无序。在描写伦敦以前,诗人先写到剑桥,称其为一种"过渡"(3.520)之地,是"一处似像非像人世间的地方"(3.524),以"小舞台上的 / 肢体表现着大世界中的奔波"(3.583~584)。华兹华斯在剑桥听到的是学校厨房里的嗡嗡声与喝骂声(3.50~52),礼拜堂令人困倦的卡珊德拉式的钟声与轰鸣的风琴声(3.53~57,309),还有学生们"空虚的喧闹声"(3.210)。这些"空洞的声音"(3.417)是"真正"人间的前奏,预告着以伦敦为代表的更加喧闹的俗世。自《序曲》第7卷到第11卷,诗人写到寄居伦敦、巴黎的经历。身处都市之中,诗人听到的尽是"震耳欲聋的噪声"(7.155~156)、"无休无止的喧嚣"(7.171)、"最刺耳的尖嚎"(7.184)和"一浪高一浪的 / 喧嚷"(7.211~212)。摊贩的叫卖声、艺人的杂耍声、法官议员的吵闹声、虚伪教士的布道声,组成人间特有的嘈杂。诗人反复使用"喧嚷"(hubbub)一词(如 7.211,9.58)。根据学者们的考证,喧嚷本是弥尔顿在《失乐园》中描写地狱时的用语(如 2.951 及各处),②华兹华斯借用该词以显示人间社会同样的混乱无序,仿佛暗示着"喧嚷"就是人间的基调。华兹华斯涉及都市的不少诗作中,有一个共同的因素,就是借助噪音、喧嚣来表现都市,如《丁登寺》里的都市喧声(27 行)、《康伯兰的老乞丐》("The Old Cumberland Beggar: A Description")中"令人窒息的喧声"(that pent-up din,174 行)、"消耗生命的声音"(life-consuming sounds,175 行)等等,仿佛暗示现代工业文明下的都市就是一片空虚的噪声。在早期工业社会阶段,这种噪声对当时在自然中成长起来的、敏锐的诗人来说一定产生过不小的影响,不像如今的我们久已习惯都市的噪音乃至充耳不闻。在维多利亚时期,以狄更斯为代表的许多作家也都在作品中表达了对噪音的感

---

① 艾迪生,第 25~26 页。
② 诺顿版《序曲》,第 238 页注释 7。

受,卡莱尔还曾致力于抵御噪音的工作。①

"时代的喧嚣与狂热,/加重了病情,使人再不闻田园中/那柔美的吟唱"(12.197～199)。前面提到的各种喧嚣不仅导致听觉退化,更使心灵一度麻木。在剑桥,当最初的新奇感开始消退,华兹华斯感到"想象力昏然睡去,但并未/完全熄灭"(3.260～261)。后又写到,由于缺少了大自然"那愉快的教程"(3.331)作为向导,心灵暂时失去目标,以致"记忆力日渐迟钝,/热血在午睡中歇息,思想的潜流/似将失去它那冲动的节律"(3.332～334)。诗人感叹道,"外部世界浮华俗丽的场景"似乎使人的"内心变得无足轻重"(3.447～449)。在第七卷后半部分,诗人举出一系列例子,说明外界对心灵的压迫。在接近尾声时,诗人以圣巴塞罗缪大集市(St. Bartholomew Fair)为例,写到那里喧嚣混乱的场面足以使人的"全部创造力/变得麻木"(7.681),是对心灵的巨大挑战。华兹华斯在《抒情歌谣集》序言里指出:

> 史无前例,在我们的时代里,众多的因素正在以一股联合之势钝化着心智的鉴赏力(discriminating powers),使心灵不能发挥任何主动性,乃至退化到一种蛮荒的愚钝状态(torpor)。这其中最显著的因素就是那每天发生着的国家大事和城市中急剧增加的人口,单调乏味的工作使人们产生对特别事件的饥渴,而完善的交通体系又使信息得以高速传播,能随时满足人们的需求。②

诗人认为,在他所处的时代里,心灵主要面对来自两个方面的威胁,其一是"国家大事",主要指英法之间的战事。其二是城市发展带来的一系列问题。这两种因素都让人们对粗俗刺激的事物产生极大的兴趣,渐渐陷入愚钝状态。詹姆士·常德勒指出,这里的"愚钝"(torpor)一词颇有来历。在《国富论》(*Wealth of Nations*)第 5 卷,亚当·斯密谈到劳动分工对劳动者个体所造成的负面后果:

> 如果一个人一辈子只是进行一些简单的操作,始终面对一样的、或基本不变的结果,那么他是没有机会发挥他的理智力的,也无法启动他的创造力去解决那永远不会发生的难题。因此,自然而然地,他会丧失发挥这种能力的习惯,也就会变得要多愚昧无知就有多愚昧无知。其心

---

① 见 John M. Picker, *Victorian Soundscapes* (Oxford: Oxford UP, 2003), p. 6, pp. 43—45, pp. 55—56。
② 《抒情歌谣集》,第 746 页。

灵的愚钝(topor of his mind)让他不仅无法参与理性的交谈,更让他无法想象或理解任何慷慨、高尚或温柔的情感,最终,他也无法对个人生活中哪怕最平常的职责做出公正的判断。①

常德勒指出,华兹华斯有关城市化导致心灵愚钝的思想或许是受到了亚当·斯密的影响。他还指出华兹华斯可能还受到了另一个人的影响,即英国植物学家伊拉斯谟斯·达尔文(Erasmus Darwin),他在《动物学》中指出重复的刺激会使生物的反应能力减退,即便是高等的刺激。华兹华斯将这些观点扩展到城市化和通讯技术方面来,并以此来批判当时的文化产业。② 哈特曼也指出,这些历史性因素导致"革命性或者自我异化性"人格滋生,乃至压倒了"创造性"人格,因而使心灵变得迟钝,以致人们再不闻柔美的田园吟唱。③ 面对"时代的重压",诗人确曾慨叹,"存在于/心灵之外的事物竟有这般/巨大的支配力,真不可思议!"(8.550～552)。

作为伦敦的缩影,圣巴塞罗缪大集市以其巨大的喧嚣对诗人的心灵构成了威胁,同时也带来挑战。该集市是当时伦敦最大的集市,其历史可以追溯到1133年,但终因有伤风化而于1855年被取缔。④ 英国文艺复兴时期的剧作家本·琼生(Ben Jonson,1572～1637)曾以此集市为题著有一部喜剧(*Bartholomew Fair*),借该集市融刑场、商贸、娱乐为一体的特殊身份表现了当时伦敦社会政治、宗教、文化的各个方面,其中世风日下的场面也与圣者巴塞罗缪(集市名称的缘起)的清教传统形成极具讽刺意味的对照。⑤ 琼生的传记作者安·巴顿(Anne Barton)指出,这部剧作通过该集市反映了"作家本身的写作技艺以及创造精神所面临的挑战",并认为该集市体现着"原始的无序,混乱的杂烩,让人们在无意义的人类行为面前失去希望、放弃责任、茫无目标"。⑥ 鉴于此,巴顿认为后来的华兹华斯在处理该集市时表达了与琼生相同的主题。此外,亚历山大·蒲柏(Alexander Pope,1688～1744)在《群愚史诗》(*The Dunciad*)中也曾以这个上演着各种荒诞无稽的闹剧与滑稽剧的

---

① 转引自 James Chandler, "Sensibility, Sympathy and Sentiment", in *William Wordsworth in Context*, ed. Andrew Bennett, (Cambridge: Cambridge UP, 2015), p. 163.
② James Chandler, "Sensibility, Sympathy and Sentiment", in *William Wordsworth in Context*, ed. Andrew Bennett, (Cambridge: Cambridge UP, 2015), p. 164.
③ Geoffrey Hartman, *The Unremarkable Wordsworth* (London, Methuen, 1987), p. 4.
④ Richard Cavendish, "London's Last Bartholomew Fair: September 3rd, 1855," *History Today* 55 (2005): 52. ProQuest.
⑤ Ben Jonson, *Bartholomew Fair*, ed. E. A. Horsman (London: Methuen, 1960).
⑥ Anne Barton, *Ben Jonson: Dramatist* (Cambridge: Cambridge UP, 1984), pp. 194-195.

集市为背景,抨击了当时文人的低俗品味,也反映了蒲柏"对文学商品化、庸俗化的担忧"。① 罗伯特·格里芬(Robert L. Griffin)指出,华兹华斯深受蒲柏的影响,在《序曲》第七卷,诗人也扮演着蒲柏在《群愚史诗》中所担当的"文化权威"角色,以"孤立的先知者的声音谴责着道德败落的文化"。② 以上前辈作家有关圣巴塞罗缪大集市的描写及其对华兹华斯的影响有助于我们理解该集市在《序曲》中的意义。

许多学者还注意到第七卷结尾有关伦敦集市的描写与第八卷开篇、处于自然环境中的、充满欢乐气氛的乡村集市所形成的对照。詹姆斯·H·艾弗里尔(James H. Averill)认为,这一对照主要是要说明"城市在想象与精神方面的贫瘠足以淹没想象的塑造力"。③ 他还批驳了大卫·费里(David Ferry)有关华兹华斯仇恨人类、渴望神秘的超验经历的观点,认为"诗人感到困扰的,是伦敦的多元性对秩序的威胁,而非玄学意义上的对人类局限的忧虑"。④ 作为生态批评的代表,乔纳森·贝特(Jonathan Bate)也写到七、八两卷两个集市的不同,认为华兹华斯有关伦敦集市的描写表达了诗人在现代城市中感到的异化,也表达了诗人对工业化与城市化的批评。不过,贝特有关"对于华兹华斯来说,生存在城市中与生存在大自然中有着根本的区别"的观点将两种生存环境过分地对立起来,这种做法未免有些片面。⑤ 露茜·纽林(Lucy Newlyn)等学者则在承认华兹华斯诗歌中可能包含的自然与城市的对立的前提下,更强调这两种生态环境的象征意义,认为它们主要体现不同的心灵生态:一种是死气沉沉的,另一种则充满创造力。⑥ 事实上,在华兹华斯

---

① Alexander Pope, *The Rape of the Lock and Other Poems*, ed. Christopher R. Miller (New York: Signet Classics, 2003). 另见李赋宁主编,《欧洲文学史》(北京:商务印书馆,1999年)第一卷,415 页。
② Robert J. Griffin, "Wordsworth's Pope: The Language of his Former Heart," *ELH* 3 (Autumn, 1987): 700. JSTOR.
③ James H. Averill, *Wordsworth and the Poetry of Human Suffering* (Ithaca: Cornell UP, 1980), p. 261.
④ Averill 261n16. 艾弗里尔所批驳的大卫·费里的观点,见 David Ferry, *The Limits of Mortality* (Middletown, CT: Wesleyan UP, 1959), 173 页。
⑤ Jonathan Bate, *Romantic Ecology: Wordsworth and the Environmental Tradition* (London: Routledge, 1991), pp. 19—21.
⑥ Lucy Newlyn, "Appendix: 'In City Pent': Echo and Allusion in Wordsworth, Coleridge, and Lamb, 1797—1801," *Coleridge, Wordsworth and the Language of Allusion*, 2nd edition (Oxford: Oxford UP, 2001), pp. 205—226; 以及 John Alban Finch, "Wordsworth's Two-Handed Engine," *Bicentenary Wordsworth Studies*, ed. Jonathan Wordsworth (Ithaca: Cornell UP, 1970), pp. 10—11.

心中,自然与城市及其代表的人类社会并非如在拜伦那里一样敌对。① 对于一位富于想象与感受力的诗人来说,一切都孕育着"心智的能源"(8.633),或者,如兰姆所说,"人的心灵能与一切为友。"②

迈克尔·弗里德曼(Michael Friedman)也认为,将集市片段解读为"诗人对城市生活的厌恶、对有秩序的乡村生活的偏爱"是有局限的。他另外指出两种可能的解读,一种从社会批评角度出发,认为该片段表达了"统治阶级对下级阶层的仇恨与恐惧",另一种则从精神分析的角度出发,认为该片段揭示了"混乱无序的心灵,类似弗洛伊德所说的本我(id)"。③ A·B·英格兰德(A. B. England)在评价弗里德曼的解读时认为,即便情况真的如此,我们仍有必要做更进一步地细读。他认为,许多学者在分析"集市"片段时大都脱离了它的文本语境,忽略了出现在"集市"片段之前的一段关键诗文(7.650～675),只有欧文(W. J. Owen)对这段诗文给予了关注。④ 和欧文一样,他认为华兹华斯主要通过"集市"片段说明了心灵与外界之间的关系,最终表明诗人的心灵在集市这样的外部世界面前依然具有创造的可能,而不会被外界挫败。与此同时,英格兰德还将柏克有关心灵与外界的观点与华兹华斯诗中的相关思想进行了比较。⑤

欧文和英格兰德都注意到的关键诗文指的是出现在"盲人乞丐"片段与"圣巴塞罗缪集市"片段之间的一些诗行。首先,我们有必要先来看一看"盲人乞丐"片段。该片段讲述的是诗人在伦敦熙攘、涌动的人群中邂逅的一个"默立、静止"⑥(7.648)的"个别景象"(7.622):一个盲人乞丐,靠墙站立,胸前挂着一纸标签解释着其身世:他从哪来,他是何人——

这景象抓住

---

① 可参考拜伦《少侠哈罗尔德游记》(*Childe Harold's Pilgrimage*)第三篇的相关内容。
② Charles Lamb, *The Letters of Charles and Mary Lamb*, ed. E. W. Marrs (Ithaca: Cornell UP, 1976—1978) Vol. 1, p. 167.
③ Michael Friedman, *The Making of a Tory Humanist: William Wordsworth and the Idea of Community* (New York: Columbia UP, 1979), pp. 228—233. 转引自 A. B. England, "Wordsworth's Context for Bartholomew Fair: Intimations of Burke on the Force of Material Objects," *Studies in English Literature, 1500—1900*, Vol. 30, No. 4, Nineteenth Century (Autumn, 1990): 603, JSTOR.
④ W. J. B. Owen, "Such Structures as the Mind Builds," *The Wordsworth Circle* 1 (Winter 1989): 29—37. 转引自 England, 第 603 页。
⑤ A. B. England, "Wordsworth's Context for Bartholomew Fair: Intimations of Burke on the Force of Material Objects," pp. 603—616.
⑥ 原文为"unmoving",更体现出一种坚毅、镇定的姿态。

> 我的内心,似乎逆动的洪波
> 扭转了心灵的顺游。这一纸标签
> 恰似典型的象征,预示了我们
> 所能知道的一切,无论涉及
> 自身,还是整个宇宙。凝视着
> 这默立的人形,那坚毅的面颊和失明的
> 眼睛,我似在接受别世的训诫。
>
> (7.641~649)

与此前充满戏剧性、全景画一般繁复纷乱的伦敦相比,盲人乞丐以其无法再简括的形象与真实成为"典型的象征";乞丐以其物质上的匮乏与低需求反衬着伦敦泛滥的物质性,而其信息"贫乏"的标签却预示着"我们所能知道的一切"。"失明的眼睛"(*sightless eyes*)①以无视外部世界的姿态漠视着伦敦太多的看点与表演(show),似与(初级阶段的)工业文明、信息社会的浮华虚幻形成对峙。所有这些都令诗人感到来自伦敦——或曰现代人类社会——以外的另一个世界的训诫。

诗人认为,类似"盲人乞丐"这样的情景"虽建筑在外在事物的/基础上,但主要靠警醒的灵魂为自己/竖起完整的结构"(7.650~652)。也就是说,是心灵内部活动的参与使这些情景产生意义。诗人指出,另有一些景象则与此不同:

> 其他景象
> 有所不同,不需很多主观的
> 参与,即可以完整的画面占有
> 我们的心灵。
>
> (7.652~655)

这些场景是一个巨城经过白天的躁动之后平息下来的景象。诗人在处理这些景象时,总是注意到一些声音:"空寂的/街道与几声似响在沙漠中的声音"(7.660~661),以及"不幸的女人"的微弱的招呼声,诗人认为"这也是/静谧的声音——只要不理会她们,/不去细听这语声所传递的内容"(7.665~667)。英格兰德认为,这些细节都与柏克的有关思想产生关联:"空寂的街

---

① 斜体字为笔者所加。

道"对应着柏克有关"贫乏"(privations)、"茫然"(vacuity)、"沉寂"的美学概念,而"沙漠"则更符合柏克有关"广漠""崇高"的标准。他还指出,柏克在列举外部感官经验对心灵的削弱作用时也引入了声音的概念,如突然响起的声音使人警觉,夜晚低沉、不息的声音能产生"崇高感",模糊难辨的声音令人恐惧,而人或动物的依稀不清的声音里也有一种内在的力量。英格兰德指出,柏克举这些例子来阐释"崇高"概念显得有些牵强,但他认为柏克主要的目的是为了说明"外部世界如何强有力地挫败有关心灵独立性的幻觉"。①

尽管华兹华斯举上述景象为例是想说明外界对心灵的完全占有与控制,但他随即否定了这一想法:

> 但恐怕这样的时刻也被错误地
> 归类,因为事物的形态如何,
> 或存在与否,仍要看心灵的回响,
> 或情感是否敏捷地做出反应。
>
> (7.668~671)

话音未落,诗人又列举出另一类场景为心灵设下的挑战,层层深入地将心灵与外界的关系推演到"集市"片段——本卷的高潮:

> 请在此接受一件完整的
> 作品,因为地球上哪有如此
> 景象能让观者的全部创造力
> 变得麻木!
>
> (7.679~682)

华兹华斯称该集市是"一件完整的作品"(a work completed to our hands, 7.679),呼应着前文列举的场面——"……不需很多主观的/参与,即可以完整的画面占有/我们的心灵"(7.653—55),当外部因素过强、不给心灵以想象的余地时,人的心灵就会变得被动、迟钝:

> 多么巨大的冲击——

---

① A. B. England, "Wordsworth's Context for Bartholomew Fair: Intimations of Burke on the Force of Material Objects," *Studies in English Literature*, 1500—1900, Vol. 30, No. 4, Nineteenth Century (Autumn, 1990): 603, JSTOR. p.608.

> 对眼睛,对听觉! 野蛮人的或地狱般的无序
> 与嚣噪——像是错乱的心灵幻构的
> 图案,充满怪异的形状、动作、
> 场面、声响与色彩!
>
> (7.686～690)

集市里的各种奇闻轶事:巨幅画卷,乱叫的猴子,叫卖的小贩,小丑等艺人,各种野兽、木偶、病态之物,畸形之人——"人类的愚笨与疯狂,以及/愚笨与疯狂的业绩——共凑成这怪物的/议会"(7.716–18)。诗人认为,整个集市就是一个"大工厂"(vast mill,7.719),与威廉·布莱克"黑暗的撒旦式磨坊"(dark Satanic mills)①一起,不约而同地表达了对工业革命下人类生存环境的忧患意识。诗人坦言,集市实际上就是伦敦的缩影:

> 哦,一片混乱! 一个真实的
> 缩影,代表着千千万万巨城之子
> 眼中的伦敦本身,因为他们
> 也生活在同一种无止无休、光怪
> 陆离的琐事旋流中,被那些无规律、
> 无意义、无尽头的差异与花样搅拌
> 在一起,反而具有同一种身份——
> 这是对人的压迫,即使最高尚的
> 灵魂也必须承受,最强者也不能
> 摆脱!
>
> (7.722～731)

杂乱无序的外部世界之所以"压迫"心灵,原因之一在于心灵无法在其中找到"一个坚实的中心"来"控制……幻念的飘升"(8.431～433),无法集中注意力,从而导致思维涣散、创造力减退乃至"完全麻木",如诗人在1807年的一封书信中所写:

---

① William Blake, "And did those feet in ancient time," Preface to *Milton: A Poem in Two Books*, *The Complete Poetry and Prose of William Blake*, ed. David V. Erdman, Commentary by Harold Bloom, Newly Revised Edition (New York: Doubleday, 1988), p. 95.

> 谁不曾感受过,在大量的事物面前,心灵无法获得安宁?这些事物既不能构成一个统一的整体,又无法从中挑选出一种个别的物体使心灵得以专注其中。①

面对大集市,面对伦敦这个"令人眼花/缭乱"(7.731)、"经纬全无的场面"(an unmanageable sight,7.732),诗人一方面承认这一场面的表面混乱性,但同时,他又一次推翻了此前的论题,认为真正敏锐的心灵依然能够在其中找到参与的余地,将心灵的创造力推向又一个高度。诗人转向早年在大自然中接受的"欢乐的教程"(7.741),从中他曾收获"专注、记忆力、宏阔的悟性"(7.742),并凭借早年形成的感觉习惯,学会在大自然的变化中把握"恒定的原理"(7.754),在其丰富多彩中建立"关联与秩序"(7.760)。在伦敦,凭借这种能力,诗人能够在"零杂琐细"中感到"无上的宏伟",在观察局部的同时也意识到整体的存在,因此感到"这场景也不至/全然无序"(7.734~737)。再进一步,诗人调用倾听和声的能力又为画面赋予更深层的精神内涵,最终能够从喧嚣与躁动中听到"托升灵魂的和声"(7.771):

> 在那里[伦敦],大自然的精神
> 仍影响着我,美与不朽生命之灵魂
> 赐给我她的启示,并借助丑陋的
> 线条与色彩及乱纷纷自我毁灭、
> 过眼云烟之物,向我渗透着镇定,
> 漫然传播着托升灵魂的和声。
>
> (7.766~771)

肉眼所见的"丑陋贫乏的"线条与色彩仅仅是"过眼云烟之物",终须让位于心灵的目光,因为后者能为混乱的表象赋予秩序。"漫然传播的"、镇定而持久的和声等听觉因素则恰切地反映出事物背后更加恒久的精神实质。诗人最终能够从伦敦令人眼花缭乱、震耳欲聋的场面与喧声中听取"托升灵魂的和声",并且发现,城市中依然孕育着"心智的能源"(8.633):

---

① William Wordsworth, Letter 301 of *The Letters of William and Dorothy Wordsworth*: *The Middle Years*, Vol. 1: 1806—June 1811, ed. Ernest de Selincourt (Oxford: Clarendon Press, 1937), p.128. 关于这封信的相关性,参考了 W. J. B. Owen, "Such Structures as the Mind Builds," *The Wordsworth Circle* 1 (Winter 1989): 29—37。

>   我在城中
> 能同宏大与力量交流,就像
> 面对独立而实在的物体。因此,
> 这个地方充满心智的能源,
> 就像培养我儿时情感的荒野——
> 光秃的山峦与峡谷,及它们所富有的
> 洞穴、岩石、流水淙淙的幽坳、
> 秀丽的湖泊、飞瀑与回声,还有
> 弹拨着旋风、奏出音乐的笋石。
> 在这里,我那活跃的想象力未发现
> 异己的成分。
>
> (8.630~640)

华兹华斯平等地接受外界的一切,并不偏执地排斥任何因素。面对粗俗而强烈的刺激,他努力做到不为所动,并最终将其化为己用。凭借心灵内部的能量,他能够从喧声中提取和声。或者,就像《作于威斯敏斯特桥上》一诗所揭示的,在诗人那里,嘈杂也可以成为必要的背景,能够更好地烘托极静的力量。当诗人站在桥上,他看到晨曦中的城市呈现出"世上从未有过的"壮美景象,宁静、安恬。这样写并非夸张,而是缘于诗人敏锐的感悟力。城市的静谧之美不是因为这是尚未开始一天运作的城市,那仅体现一般意义上的动与静的对比;而是恰恰因为整个城市是一颗充满噪音与活力的"巨大的心脏",静穆正蕴藏在躁动不安之中。诗人写道,如果谁从此经过而不驻足,那么他的心灵就是迟钝的。这些都体现了诗人卓越的感受力。①

1850年4月23日,华兹华斯逝世。维多利亚时代的重要思想家马修·阿诺德在当月所作的挽诗中写道,在这个"令灵魂麻木的年代",也许歌德能带给我们智慧、拜伦使我们勇锐,但是,"谁,啊,谁能让我们感觉?"(But who, ah! Who, will make us feel?)②如果阿诺德的话让我们驻足、甚至感到刺痛,那是好的征兆。但大多数时候,我们可能无动于衷,也可能感到不屑,以为自己无需他人来传授如何感受。然而,在忙忙碌碌的世界里,"由于熟视无睹或者私心牵掣,我们有眼睛,却看不见,有耳朵,却听不到,有心灵,却既不能感

---

① William Wordsworth, "Composed upon Westminster Bridge", *Poems, in Two Volumes, and Other Poems, 1800—1807*, ed. Jared Curtis (Ithaca: Cornell UP, 1983), p.147.

② Matthew Arnold, "Memorial Verses", *Poetry and Criticism of Matthew Arnold*, ed. A. Dwight Culler, (Cambridge, Mass.: Riverside, 1961), pp.108—109.

觉又不能理解",因此,华兹华斯写诗,是"为了给平凡的事物赋予一种新鲜的魅力",为了"将心灵从惯性的昏睡中唤醒"。① 华兹华斯认为,一颗敏感的心灵应该能够为一些简单、平和的事物所感动,无需"粗俗强烈的刺激",一如"那风中摇曳的、最卑微的小花"也可使人产生"眼泪所不及的深刻思想"。② 在1802年给约翰·威尔逊的信中,华兹华斯写道,"一位伟大的诗人应该在一定程度上矫正人们的感觉,给他们新的感觉体验,让他们的感觉更加健全、纯洁、完善。"③华兹华斯指出,在任何时期,作家最重要的职责都是要提高人们心灵的灵敏度。

和两百年前相比,我们如今的世界充满更多的诱惑和挑战。尽管事物更新的速度越来越快,却不能引起人们持久的新奇感,相反,"厌倦的频率"④成倍增长,成为现当代艺术家们所面临的一个难题。因此,培养心灵的敏感性也就变得更加迫切。而且,这种敏感性的生成更多依赖我们对平常事物的关注与发现。爱尔兰诗人谢默斯·希尼在为中文版《希尼诗文集》所作的序言中也指出,诗歌存在的必要性就在于能够使我们"成为敏感的人"(to be sensitively human)。⑤ 我想,在敏感的基础上,我们更要成为敏睿的人。在一首小诗中,爱尔兰诗人德里克·麦宏(Derek Mahon, 1941～)借助人们熟悉的日落场景,展现了一种敏感而极富创造性的倾听能力,是一种令人向往的精神境界。本书即以其诗句作结:

> 塔西陀相信水手们听到
> 太阳沉入西边的海洋;
> 谁又会质疑那巨大的声响呢?⑥

---

① 详见柯尔律治《文学生涯》,第2卷第14章,第7页。
② 见《颂歌:不朽性之启示》结尾。
③ William Wordsworth, *Selected Prose*, ed. John O. Hayden (London: Penguin Books, 1988), pp. 311—312.
④ 潘公凯:《现代艺术的边界》,北京:三联书店,2013年,第102~103页。
⑤ 谢默斯·希尼:《希尼诗文集》,吴德安译,北京:作家出版社,2000年。
⑥ Derek Mahon, "Tractatus", *Selected Poems* (London: Penguin Books, 2006).

附 录

I. 安家格拉斯米尔

威廉·华兹华斯
(手稿 B)①

我曾在那边的山顶②上驻足,
当时我还是个学童(多大年纪
我已记不清,也忘了是哪一年,
但我清楚地记得那一瞬间),
看到这幽僻之地,我突然　　　　　　　　　　5
心潮澎湃,一时间忘记了匆忙,
因为匆匆曾是我的脚步,
如同我年少兴高的追逐——【慨叹道:】③
"能住在这儿将是何等幸运!
如果,我还想到临终之际,　　　　　　　　　10
如果死别之绪来临时,天堂
能一同呈现,就让我在此死去。"
我绝非先知,亦未抱奢望,
从未祈愿,仅怀有这美好的念想,
一个幻想,以为这只可能是　　　　　　　　15
别人的命运,绝不会为我实现。

我登高远望的地方柔软而青翠,

---

① 根据 William Wordsworth, *Home at Grasmere*, ed. Beth Darlington (Ithaca and London: Cornell UP, 1977)手稿 B 所译。
② 这座山指的是格拉斯米尔湖南端的拉芙瑞格阶地(Loughrigg Terrace)。
③ 原手稿中此行不完整,方括号中的内容为康奈尔版编者参考诗人其他手稿所加。下同。

凌空而不眩目,下方是幽深的
山谷,上方是连绵的山峰。
我久久地驻足,几乎将这种   20
停留当作了我的任务和使命。
对于身体的休养,它是绝佳之地,
拥有穷奢极欲之人所渴望的一切,
但对精神来说,却充满诱惑。谁能
看到那一切律动而无动于衷?   25
我想到乘风的云、嬉水的风,
或在清澈的水草和稻田深处
没完没了、彼此追逐的风,
时而风行水上,时而穿梭
草中,掀起波波无尽的风浪。   30
还有阳光、阴影、蝴蝶、鸟雀、
天使以及一切有翅的生灵,
无拘无束地主宰着视野中的一切。
我坐下来,环顾四周,内心激动,
仿佛觉得这份自由也是我的,   35
这份力量和喜悦;只为这个目的:
从田野到山岩,从山岩到田野,
从湖畔到岛屿,从岛屿到湖畔,
从空旷之地到隐蔽之地,从一片
草原繁花进入到一丛树林,   40
从高处到低处,从低处到高处,
始终在这巨大的山谷内;这儿
将是我的家,这山谷即我的世界。

从那时起,这个地方就成为我
美丽的回忆,正如它曾美丽地   45
呈现在我的肉眼前,我的情感
牵系之处,常常令欢乐更加
明朗,在悲伤(但我几乎不知
何为悲伤)、阴郁、至少,
在一颗欢乐的心灵感到沮丧   50

而非悲伤的时分,它是一缕光。
如今它将伴我终生:亲爱的山谷,
你低处的一方住所就是我的家!

是的,生活的真相——如此冷漠、
如此怯懦,如此充满背叛, 55
以及如此吝于施恩布泽,
诸如此类报导,实属不公——
生活对我始终比希望还慷慨,
却不似欲望那样怯弱。哦,确实
很勇敢!对我鼓励、慷慨有加, 60
我自己也勇锐,既不缺少信心、
也不乏决心,最后,也不乏希望,
富于智慧的希望,我感觉是这样。

那么这需要很大代价吗?是否
需要长期的训练?能否应看作 65
英勇行为?这件事本身算得上
一次征战?可惜情况一直如此,
与男孩或少年无关,却为你羞愧,
明哲的成人,你这子午线上的太阳、
盛放的花朵,人性之君王与冠冕, 70
明哲的成人,我为你感到羞愧。
你的谨慎,你的经验,你的欲望,
你的忧惧——你该为这一切脸红。
但我安然;是的,至少安然的一个;
曾经以为困难重重,现在却 75
顺利、简单,毫无任何障碍;
曾经被我盲目视为牺牲的,
如今却成了全心全意的选择。
如果接受这份馈赠曾被当作
屈尊俯就或懦弱地沉湎于 80
痴心妄想,那么此刻,它是
理智的行为,令人心驰神往。

这份孤寂是我的;这缕遐思
来自它曾经属于的天空。
这份尚未被占有的天福如今　　　　　　　　　　85
找到了主人,那主人就是我。
掌管这快乐的神就在大地上,
也在我心中。何须惊讶,如果我
言语激动,为想到我的资产、
我内在与外在的真正财富,　　　　　　　　　　90
而欢欣不已?我所保存的
有所增长,将要且必然增长,
如果我的信念正确,根据
对过去与现在的正确理解,
在我童年的时候,我的自然之心,　　　　　　　　95
无论如何都不似现在这般强烈。
为了证明,看一看这山谷,看看
那座房舍,那儿住着我的爱玛①和我。

啊,想一想,我的心,不要再搅动,
停下来想想,让呼吸的躯体　　　　　　　　　　100
屏住呼吸,而一切皆得满足。
哦,如果这份寂静不是对上帝
馈赠的谢意,那么,到哪里、哪里
才能寄托这份感激?我的目光
从未停留在美好的事物上,我的心　　　　　　　105
也从未沉醉于【享乐的】念头,
但此刻我拥有她,共享这珍爱的住所,
她就在我身旁,或者不远处,
无论我的脚步转向何方,
她的声音就像小鸟在隐蔽中歌唱;　　　　　　　110
想起她,就仿佛想起一道光,
或者,一种无形的陪伴,一缕
不假风力而弥散的气息或芬芳;

---

① 指诗人的妹妹多萝西(Dorothy Wordsworth)。诗人有时在诗中称其为"爱玛"。

在我所到之处,在我全部的
新思旧绪之中,在最爱的此地, 115
在这里,这最最重要的地方。
因此,自人类诞生以来,何等生灵
曾有更加充足的理由来表达
谢意?倘若音乐与歌唱的力量
能使他更好地答谢,那就让这些 120
来帮助他,让他的欢乐与之共鸣。
这是绝对的恩赐,超凡的恩惠
被赐予我。即使在极乐的伊甸园的
绿荫之下,从来不曾也不能
有如此恩惠——这是令人叹求的 125
上好财富,久远的念头终于实现,
亲爱的梦想以最大的限度成真,
是啊,甚至比期待的更多。

那么,抱紧我,群山,将我围拥,
在这晴朗无云的白昼,我感到 130
你们的守护,并全心接受;
宛如夜晚庄严肃穆的庇佑。
但我要说你是秀美的,因为
你如此温和、柔软、欢乐、美丽,
亲爱的山谷,你面含微笑,尽管 135
平静,却喜意盈盈,欣然满足于
你的山崖和密林,你的湖泊,
湖上唯一的绿岛①和蜿蜒的湖畔,
连绵不绝的山石丘陵,以及
你用山石筑起的教堂和房舍—— 140
多如繁星,有些扎堆儿,但多数独处,
在羞涩的幽居里暗暗地发光,
或以欢乐的目光彼此张望,
如同被云团隔开了的星斗。

---

① 格拉斯米尔湖上有一个小岛,华兹华斯很喜欢划船至此,在岛上休息、写作。

我们还缺什么？不是有泉流不息？　　　　　　　　145
还有暖树、晴山、清新的碧野
和同样碧绿的山峦，羊群与牛群，
歌手云集的灌木丛，以及鸟中
贵族的歌声——出人意料的声音，
从清晨到深夜，不时地响起，　　　　　　　　　　150
向走在下方的人们昭示着
只应天上才有的孤独与清寂。
我们拥有这些，大地上千百个
角落也有；但是别处都找不到——
到哪里（这是幻想吗？）都找不到——　　　　　　155
这里独有的精神；就在这儿，
一如它曾潜入我童年的心灵中，
一如它日日夜夜在此守候，
非此莫属，或在被选中的心灵里，
他们携其同行，无论走到哪里。　　　　　　　　　160
它是（但我无法名状），它是
一种庄严、美丽与安详之感，
一种融合天地造化的神圣，
正是它使这个独特的地方、
这个众人栖居的方寸之地，　　　　　　　　　　　165
成为一处归宿和恒久的幽居，
不论你从哪里来，它都是中心，
独立无依、完美无缺的整体，
自给自足并且自得其乐，
尽善尽美，浑然天成。　　　　　　　　　　　　　170

很久了，我们重聚不再分离，
我和爱玛听到彼此的召唤，
重新相依为伴，像惊弓之鸟，
一对曾经失散的同胞再不能
忍受独自生活。已经很久了，　　　　　　　　　　175
我们回忆良多，憧憬更多，
终于得以并肩同行，尽管

道路狭窄,我们的脚步
不会分开。我们的家园甜蜜,
怎能不如此?如果无常难料, 180
我们的家依然甜蜜;因为,青春,
看似强大勇敢,内心却弱小、
缺乏信心,人生的命运
尚未确定,因此我们依旧

【185—191 行散佚】

【我们将拥有自由,并且,我们
活着是为了培养神性和真理,
因此将选择所知的最高贵的庙宇。
我们做此决定,并非怀疑 195
或无视心灵和她的内在力量
能够使一切事物变得高贵,
也远非一时的心血来潮、
不切实际的幻想,虚无缥缈;
而是因为我们认为接受 200
眼前的帮助是明智的,我们
知道,这里没有低微的帮助;
单纯、和谐与平静的精神在此。
在这庄严而自给自足的世界里,
在这全部的自然中,这里最适合 205
我们,大地上没有其他[ ]更合适,
目的纯一,爱恋炽烈,志向
高远,却不是为了赢得外界的
奖赏,】①而是为了内心的酬报——
最崇高的理想。在日常的事务 210
工作中,这里拥有能让感官
永葆愉悦的和谐与恩惠,
对于灵魂——毋须多言,尽管

---

① 192—208 行选自手稿 A,以弥补手稿 B 中的散佚部分。

已说了很多——这就是灵魂的意象,
是永恒和上帝的体现。   215

生活没有欺骗我们;迄今为止①
结果未低于我们最高的预期。
那是凄冷的季节,动荡而凄冷,
当我们前往这里,并且步行,
穿过喷薄的阳光和飞舞的雪花,   220
穿越漫长的山谷——多么漫长啊,
然而很快长路就被抛在身后,
温斯利的长谷和赛博格的裸山。
寒风,仿佛为弥补它刺骨的
气息,帮助我们行进并推动   225
我们向前,如海上的两艘轮船。
坚定是大自然的面孔;我们欣悦于
那坚定的面容,我们的灵魂从中
感到自身的力量。赤裸的树木,
冰封的小溪,当我们经过时,它们   230
似在提问。"你们从哪里来?往哪里去?"
它们仿佛说。"有何贵干?"疾雨说,
"流浪者,为何在我幽暗的领地?"
阳光说:"开心点。"它们受到感动,
一切都在感动;它们围绕着我们,   235
我们也在它们之中。在鹿跃井②边,
我们恍惚觉得——更温和的日子
即将到来,一个更美好的世界——
于是振作;尽管此地的不幸
令我们沮丧,尽管在此被捕、   240
丧命的动物令我们悲伤,
我们却产生令人敬畏的幻象——

---

① 218~256 行所提到的旅行,可以参考华兹华斯给柯尔律治的信,1799 年 12 月 24、27 日。在《格拉斯米尔日记》(The Grasmere Journal)1802 年 10 月 4~6 日的记载中,多萝西也追溯了这次旅行。

② Hart-leap Well. 可参考《抒情歌谣集》(1800)中的《鹿跃井》一诗。

似看到人性和作为哀悼者的上帝,
作为受难者的上帝,当他创造的
可怜的生灵正在内心深处 245
忍受着本不公平的苦难——
我们在悲哀与欢乐中找到
希望和热诚,于是,我们两个,
离群索居的一对儿,将在
我们脚步迈向的神圣之地, 250
在那个独一无二的角落,
在这个充满不幸的时代,
提早为自己获取一份祝福,
我们相信,凭借爱与智识
这份祝福将被传布到大地上 255
所有的山谷以及全部的人类。

自从那心爱的一天,我们心爱的
山谷格拉斯米尔接纳我们以来,
冬日的月亮已含光三载。天空
明亮庄严,热烈地欢迎我们, 260
领我俩来到我们的门槛前,进入
家中之家,不久又成为我们的
爱中所爱。然后,黑夜降临,
令人镇定的黑暗,满载静谧的
满足,悄然惠临这小小房屋, 265
小屋似受到搅扰而感到不安,
上下打量着它的新居民。
如今,它爱我们,这美丽的山谷
爱上我们!因一场沉闷的风暴,
两个月以来不倦的狂风暴雨, 270
考验着我们的脾气与性情,
发现我们在阴郁中始终忠诚,
也听到诗人以一颗欢乐的心
吟咏着他的序曲,一种陌生的
欢乐之音,在寂静的树林与山峦中, 275

不同于所有牧羊人发出的
欢乐音调。

        但是,春天的门扉
已然敞开,暴躁的冬天已准许
她在此时或即将到来的暖日　　　　　　　　280
款待他的客人,令它们欢喜。
它们虽是冬日的房客,却对
这和煦的召唤感到满意,尤其是
那些风雨飘摇的鸟儿,在长久的
沮丧或看似沮丧之后,它们如今　　　　　　285
洋溢着喜悦,我怎能有所不及?
尽管我比快乐还要快乐,我却不能
像它们一样拥有天空,不能凭借
无忧无虑的冲动上升,在空中盘旋,
强大群体中的一员,其一举一动　　　　　　290
都是一种庄严的和谐与舞蹈。
看啊,看它们如何塑造自己的
航程,周而复始,循环往复,
在那片湖水的上空,那是
它们为自己选定的领地,　　　　　　　　　295
萦绕、盘旋,纵情地循环——
不断刷新飞翔的最大圆圈——
成百上千的弧线与圆环,忽高忽低,
时前时后,这是复杂的行进,
仿佛万众一心,驱动着它们　　　　　　　　300
不知疲倦的飞行。就这样,
十次,或更多,我以为要停下来了,
可是,看啊!消隐的鸟群再次
飞升——听!我听到翅膀的声音:
隐隐的,起初很轻,接着一声巨响,　　　　305
刹那间飞过,又复归隐寂!
它们诱惑阳光与羽毛嬉戏;
它们诱惑湖水和发光的冰面

映出美妙的容颜,那是它们自己,
将曼妙身形投映在闪烁的平面上, 310
随其降落而愈加柔和美妙,
眼看就要着地,又再度升起,
举身腾跃,一闪而过,仿佛
对憩所和休憩都不屑一顾。
春天!欢乐吧,今朝属于你! 315
不仅我一人得到恩赐——
我,沉浸在对未来的憧憬中——
阳光与温和的空气。哦,这些当然
都值得感激;那欢乐的爱的合唱队,
甜美的春天,那是你独特的亲眷, 320
它们如此欢乐地嬉戏在绿叶之间。

但是少了两个——两个,一对儿孤独的
白天鹅。啊,为何他们不见了?
最重要的两个,啊,为何他们不在这儿
分享今朝的喜悦?他们来自远方, 325
就像爱玛和我,一起相依为命,
和平而孤独地在这里生活。
全世界都是它们的选择,它们却
选定这个山谷。在两月的风暴中,
我们每天看见它们,引人注目地 330
在湖水中央,它们安全的避风港。
我俩熟识它们——我想,整个
山谷都认识它们——但对于我俩,
它们有着别人无法理解的珍贵,
不仅因为它们的美,其安静、 335
平和的生活方式,形影不离的
忠贞之爱,不仅是因为这些,
更因其境遇与我俩如此相似;
它们也选择了来此地栖息;
它们是外来者,我们也是;它们 340
成双,我俩也是孤寂的一对儿。

它们不会离开的;多少天来,
我徒劳地寻找它们,不曾看到
它们飞翔,也不见它们在那方
冰消的碧绿池塘,它们曾经 345
比翼同游、长久安居的地方。
伴侣、兄弟、圣洁的朋友,
我们来年能否再见到它们
幸存,为我们;我们,也为它们,
每一双都安然无恙? 不,或许, 350
如此希望为时已晚;或许
牧羊人已举起致命的枪管
将它们拆散,为得到一份酬报,
然而,为了家中那些他所爱的人,
为了山顶上的羔羊(Lamb),他本该 355
放弃这酬劳;或许它俩已逝,
一道死去,那是对它俩的恩惠。

我不能观望这心爱的山谷,
但怀有这想法本身,似乎已经
对它不公,对于如此纯粹的信任, 360
却报以不相匹配的幻想。
啊,如果我追随目光所及的
一切,如果我跟从声音的指引,
那声音即主宰此地的灵魂,
我将会这样告诫自己, 365
居住在如此神圣之地的人,
其自身也应该是圣洁的。
他们无需来自陌生人的赐福,
因为他们已然得福。没有谁
能这样问候他们:"愿安宁与你同在," 370
因为安宁属于他们,非其莫属。
还有仁慈与忍耐——不,无需这些,
这里不需要这些。爱掌管着
这一职能,以及一种无疆的

仁爱——一种充溢丰盈之爱，　　　　　　　　　　375
不仅为了这里的生灵，也为了
它们周围的一切，爱眷顾着我们
在这欢乐之谷中所见的一切！

因此我们欣慰，当这种情绪
逝去，我们也无怨它曾来过。　　　　　　　　　380
好比我在欢快的小溪中漂游，
现在我已上岸，不再游动——
难道我要责怪自己吗？不，溪流
仍在流动且川流不息，
我也会再度漂浮在溪水之上。　　　　　　　　　385
灵魂通过忘舍而形成——
言语难表其美。那么，欢呼吧！
为了眼前的存在！为你欢呼，
悦人的山谷，美好的住处！
为一切给予我们内在帮助的　　　　　　　　　　390
外在形象欢呼，它们带来
净化、提升、和谐、慰藉，它们
会悄然遁形，有时也迷惑我们，
酣然假寐，但始终支持我们，
无欲无求，无怨无悔，　　　　　　　　　　　　395
静观这极致无瑕的完美，
如欣享一场安详的睡眠。

我们来此，并非内心柔弱，
畏惧或者完全无视真理，
并非怀着浪漫的希冀，以为　　　　　　　　　　400
在如此可爱的地方能找到
爱、完美的爱，在如此庄严中
能找到同样庄严的心智，以为
它在此地的居民中，人如其境。
我一直以来所感到的快乐并非　　　　　　　　　405
出于这种希冀或此类信念。

我常常在散步中听到一种
令人畏惧的声音,真实不虚,
来自远山或群山环抱中的田野,
一声接着一声,呼唤不停, 410
仿佛鸟儿乐于对自己
发出回声,或如一只猎犬
独自追逐在孤独的树林——
一种人声,在夜幕降临前的幽暝中,
多么令人怖畏,天黑了,大地 415
却不黑,也不亮,仅凭雪光
依稀可见,周遭是风的呜咽
和羊群的啼叫,它们听懂了召唤
都蜂拥而至赶来觅食——
那声音,那同样的、不变的声音, 420
是像风一样令人怖畏的言语,
或群山曾经听到的任何声音。

那是牧羊人的声音,我听到时
恐怕已有所贬值或遭亵渎,
它清晰地表达着污秽、不敬 425
与愤怒的声音,是酒醉后
燃起的毫无意义的纷争。我来此,
并非梦想风平浪静的生活、
纯洁无染的举止;生在山中,
长在山中,我并不要什么天平 430
来制衡我的希望;善良令我愉悦,
邪恶也不会令我退缩,带来厌恶
或极度的痛苦。我寻找的是人,
情同手足、普通平凡的生灵,
他们和别处的人们没有两样, 435
也会心怀自私、嫉妒和报复,
也会邻里不和——这真是愚蠢——
以及谄媚,虚伪,争吵与诽谤。

然而，这是不是某种收获——确是
巨大的收获——在这里，劳作永葆　　　　　　　440
其瑰丽的面庞，恰如一位仆人
侍奉在炉火旁或空旷的田野上。
一个自由人，健康且不受奴役；
这里不知何为极度的贫穷，
也没有饥寒交迫的悲惨不幸，　　　　　　　　445
既伤身害命又扼杀神圣的心灵。
在这里，对于救济者来说，匮乏者
并非沉重的负担。在这里，愿心灵
在共同的苦难中勇敢地呼吸，
就像在与心灵同源却更加　　　　　　　　　　450
清新的风中呼吸一样；双手
不辞辛劳与疲倦，从未要求
摆脱力所不及的繁重劳作，
或因疲惫、淡漠、绝望而抱怨。
由于这些巍峨的屏嶂阻断了　　　　　　　　　455
风的威力——这深谷确实能
为我们挡风遮雨——所以，这里
为心灵提供了一份力量和保护，
这份力量也惠及其他幽谷，
那里享有和此处同样的特权，　　　　　　　　460
财产的独立同样普遍存在，
在那里，只要他耕耘，他就是
幸福的人！是这片土地的主人，
踏着他父亲曾经踏过的山川。
因此，也鉴于当地的其他情况，　　　　　　　465
在这与世隔绝之地，很多古老、
实质的美德拥有更加坚定的语声，
胜过那些低处的、平凡的世界。

远处的村庄，若它能诉说一段①

---

① 以下469—605行，诗人后将其移植到长诗《漫游》第6卷1080—1191行。

自己的故事，数以万计者会听， 470
会听，并深感脸红。几年前，
这个山谷里住着一个当地人，
他拥有一小片土地，
言谈举止都温文尔雅，
也是一位学者（据当地所说）， 475
因为他从那些有限的书籍中
获得偌大的快乐，正因如此，
山里的人更加敬重他。
他是牧羊人，也是耕耘者，
勤奋好学，体格健壮， 480
内心公正、平和安静，
他和他的伴侣与孩子们
过着鲜有小吵小闹的日子，
以及远离大灾大难的岁月，
长期维持着最明智纯洁的人 485
都会感到十分满足的生活。
然而在他身上和周围一些失误
正在发生并一点一点地削弱
他的幸福。他的家庭主妇
活力四射、泼辣活泼，比山谷里 490
任何人都更勤快，但据说她的
勤快是追求华而不实的讲究，
一种为了向人炫耀的体面，
一种苦心经营的纤尘不染，
而非实实在在的勤俭。而他呢， 495
为人慷慨，心思简单，却难免
粗心大意，因此，时间一长，
两者的弱点联合起来，或许
还有其他隐含原因，就导致了
财产的损失和精神的痛苦， 500
再谨慎的人都难以避免，
也无法挽救。一个妙龄的姑娘
侍奉他们，和他们同住。唉！

他缺少平静的幸福，而屈从于
不安的快乐，开始无法无天地 505
追求这个姑娘，而她居然
不合时宜地答应了。不幸的人！
那些他出于软弱而做的事，
着实不堪回首。他被刺痛，
被内心的思想所刺痛，也被 510
妻子和孩子的笑容深深刺痛。
他的秉性告诫他不要靠喧闹的
酗酒作乐寻求解脱，也不要
靠孤独的自我麻醉来获取安慰；
一个理智且能忍耐的人，他自己 515
就是他的世界，却无一处安身。
在家不快乐，在外也无安宁，
他浪迹山间，席地而睡，
向开阔的自然寻求安慰，
在夜晚的黑暗中找不到平静， 520
在白昼的美丽中也找不到欢愉。
他的羊群被冷落；父辈的田地
成了他的累赘，他的精神想要
飞翔，可是向哪儿？远处的教堂，
有着和平、希望与爱的面庞—— 525
她是这个山谷的慈母，
在村庄的子民中多么动人！——
但却使他感到痛苦和疚责。
我凭借有限的了解推测他的境遇，
直到最后也没人知道大部分事实。 530
唯一确定的是：他死于自己的悲伤，
他不能承受自身耻辱的重负。

从山的侧面隆起的山脊
将岩石和树林铺展到平原中，
掩映着一个村舍，里面有一位 535
鳏居的父亲，其人生伴侣久已

故去,留下他孤独地支撑着
许多无助的孩子。我这些话
仿佛一个悲伤、沮丧故事的
引子,但是,我并不觉得—— 540
尽管看起来充满悲伤——
悲伤,当我想到我在那个
欢乐家庭中亲眼所见的一切。
孩子们是爸爸额上鲜艳的花环,
六个娇女含苞待放,没有一个, 545
没有一个长成盛放的花朵。
去他那里:你将会证实,
那看似被**他**(He)①带走的,实际上
一半都没有带去,或回赠我们,
远远超过我们的祈求。 550
他令希望都不曾灌溉过的
土地给出丰厚的物产与馈赠。
你会看到一所房屋,远看
它和别的房屋没有两样,
并不比它们更好,都是由 555
当地的石头筑成;但是近看,
你会发现,它并不像大多数
山间住房那样粗陋,板着阴郁、
清寒的面孔——仅靠自然的呵护,
无友伴的自然——一件精工之作, 560
出自多重想象与众人之手,
值得玩味,值得骄傲,这就是
这个小小地方具有的气质,
即便在萧瑟的冬日也保持不失。
他们让茉莉花栖息在门廊上, 565
他们的玫瑰,茁壮结实,很快
就会高及屋顶;花园的围墙上
布满一枚枚石子,张扬地铺开

---

① 黑体为译者所加。原文为大写"He",或许指上帝。

奇形异彩——有的圆形,如弹珠,
溪水把它们打磨得圆润、光滑,　　　　　　　　　　570
因为它们捡自小溪。其他明亮、
晶莹,是散落在山野上的粗砾。
这房屋的装饰主要归功于一人
一个爬山攀岩的彪悍姑娘。
这是她的选择,她不怕寒风;　　　　　　　　　　575
她是父亲的伙伴,无论他
到哪里去游牧,她都像个
男孩似的服侍他,伴着更强烈的
欢乐和更骄傲的英勇。然而,
和别人一样,在花园里,她也有　　　　　　　　　580
自己的花朵,或偏爱的草木,
一处由神圣宪章护持的空间;
我想她也曾帮忙装点那片
我偶然发现的小小园地,
在高出屋子的茂密山林中,　　　　　　　　　　　585
有一块更加平整的泥土,
上面种植着醋栗,其中
在带刺的灌木丛的中央,
有一个手做的、人造的鸟巢,
干草编织的东西明晃闪耀,　　　　　　　　　　　590
一株秀美的杉树比其它都高。
但对我来说,在夜晚的黑暗中,
这住所最迷人;夜色笼罩下,
我不顾举止是否得当,突然驻足,
并且(谁能忍住呢?)悄悄地窥探　　　　　　　　595
屋内的团圆景象,透过那
灯火明亮的窗子,我看见
屋里,大女儿正在织布机旁,
全速织布,仿佛在追赶什么,
她也说不清,或者轮到她教导　　　　　　　　　　600
妹妹们当中的小学徒,学习
掌握这项或那项基本家务,

当她还是孩子的时候,她从
爸爸尊贵的双手学会这些。
温良的人!他不快乐,但她们快乐,　　　　　　　　　　605
整个房子里充满了欢乐。

　　在碧波粼粼的小溪旁
有一块灰色的石头,从那里遥望,
在大约半山腰那么高的地方,
有一处幽暗地带,是一丛杉林,　　　　　　　　　　　610
看起来比实际情况还要小。下方
住着一位妇人,告诉我这片树林
只比她的大儿子小六个星期,
是她和丈夫一起栽种的,为了
便于避雨,风暴来袭时,他们的　　　　　　　　　　　615
羊群可以躲在这儿。"它们知道这儿,"
她说,"因为下大雪的时候,我们
在这儿给它们喂食。"接着,她开始
欣然地顺从着自己的思绪,
讲起她已故的丈夫。有没有一种　　　　　　　　　　620
艺术、一段音乐、一股①文字
即是生活,那得到公认的、生活的语声?
它将讲述乡间发生的事情,
那确实发生或切身感到的实在的善
和真正的恶,尽管如此,却甜美依旧,　　　　　　　　625
比最甜美的管笛随意吹奏的田园
幻想曲更加美妙,更加和谐?
有没有这样一股溪流,
纯净无染,从心底流出,
伴有真正庄严而优雅的律动?　　　　　　　　　　　630
是否必须远离人群以将其寻觅?
我想我能够重复动听的诗句,
悦耳,一如那最温柔的风拂过

---

① "一股文字",原文是"a stream of words",与第628行的"一股溪流"(a stream)呼应。

高耸入云的杉林时发出的音声，
能够保存一部分人类的历史，　　　　　　　　635
它来自那位妇人的口述，
讲述曾见证这一历史的眼泪，
以及这对爱人之间动人的对白，
他们在新婚之际联手种下
树林，现在它们枝繁叶茂，　　　　　　　　640
他们却不再繁盛；他已然逝去，
她则在孤独中枯萎。就让我来
挑战这个任务吧；沉默的心灵
有其自身的珍宝，我想到这些，
爱我所见，并以人类为荣。　　　　　　　　645

不，我们并不孤单，我的爱玛，
我们在此，并非误置或被遗弃，
爱着只有我们自己才爱的事物。
在这美丽的山谷，在平原和岩石间，
在宽广的高地上，我们不应播撒　　　　　　650
无益的仁爱，去施予那些本不
习惯接受情感馈赠的对象，
他们几周前还垂头丧气，
若我们不在，他们还将如此。
我们并非呵护着一盏只有　　　　　　　　　655
我们自己参与其间的灯光，
一盏仅赖于我们自身的灯火，
明亮，却注定熄灭，垂死的火焰。
放眼望去，人类的心灵已在
我们之前呈上了贡品；这些　　　　　　　　660
小小的牧场没有一棵树，然而
却为思想提供了必需的物质，
对有些人来说，或许亲如老友。
欢乐弥漫，悲伤弥漫；整个山谷，
尽管是粗朴的牧羊人之家，　　　　　　　　665
却百感汇集，正如它汇集了

阳光、阴影、微风、气息、声响。
这些情感——尽管与我们的相比,
更服从于日常的食物需求,
其本质和外形更多取决于 670
自身的利益——不要因此认为
它们无价值、不纯洁。不,
它们提升了动物性的存在,
在大自然仁慈、持久的帮助下,
确实净化了它们原有的自私, 675
凭借爱,也缓解了与之相伴的
自我焦虑。它们大多纯洁,
其最好的部分是纯洁的;
记住,最好的、最多的这些,
是【　　】①欢乐的合适盟友, 680
这欢乐来自最高等、最纯洁的心灵;
它们与之融为一体;并平静地,
它们呼吸着自己不死的生命,
尽管渺小卑微,却在这里,
它们山间的圣地(哦,愿它 685
长久、长久地保持纯净!),
传布着健康平静的欢乐,
所到之处,以生动的思绪
布施它们小小的馈赠,
使劳作变得甜美,不再是、 690
不觉得是任意强加的负担,
而是人们自然、愉悦的本能。

我虽是新来的,却已经亲眼
见证了这一点;内在的结构,
虽缓缓展开,但每天都在展现。 695
当它不时地呈现在这里、那里,
我对这景象感到喜悦,不亚于

---

① 原文散佚。下同。

一位路过的旅人，当他第一个
踏上他所经过的这片土地
（比如这美丽的山谷），这时，低沉的　　　　　　　700
青霭雾散云开，渐渐消退。
他听到喃喃的溪流是多么高兴！
他不知这众多的语声从哪里来，
无论他走哪条路，都在他的左右，
每一边都对视线有所保留，　　　　　　　　　　705
每一处都有迷人的景色，
隐隐约约或一览无余，失而复得——
进展与屏障交替变换，
但整体上是不断扩展的景色。

现在，这快乐属于我，设想——　　　　　　　　710
因此我不如那旅人快乐——
我有时不得不向那些不受欢迎、
莫名出现的事物投去痛苦的目光，
又会怎样？我的心灵不会为此
沮丧，也不会对未来感到恐慌；　　　　　　　　715
而是深信，每一份注视都令我富足，
我所见越多，就越加快乐。
真理自有公道；既然她与希望
同在，谁不愿跟随她的指引？

别让我忽略那些其他的爱，　　　　　　　　　　720
那些无畏的情谊，那些更谦卑的
同情，它们使我越来越热爱
这崇高的隐居之地的宁静。
我已经开始在心里铭记下
对小灰马的爱意，它是瘫痪者的　　　　　　　　725
座骑；我也知道那头驴子，
矿区的跛者骑着它走来走去：
我知道他们和他们的方向。
著名的牧羊犬，整个山谷第一，

尽管它还不认识我,但不会 730
长期这样;还有那盲人的向导,
温顺、不起眼的家伙,不会长久无闻。
谁不曾有过自己的知更鸟或鸫鹩,
只要他曾经在一处过冬、
曾住在乡村的茅檐之下? 735
我两者都有,当春天到来,
我还有歌鸫和上百的歌手;
如果那对流放的老鹰归来,
海芙琳峰①的山鹰,回到古老的栖所,
那么,当它们翱翔天际,我将看到, 740
并宣告我和它们是故友。
那使"鸦峰"得名的山鸦,
我听过它的鸣叫,不久,它也将
成为我选中的致敬对象。
小小的牧场里有一头小母牛, 745
她的主人很珍爱它,尽职尽责地
扶养它,谈到她的责任,
我曾听到她说出一两个词,
【　　】家常,如同慈母,是的,
她本身就是母亲。幸福的生灵, 750
如果温柔的语声、双手的抚摸
能使它如此幸福的话。

在大自然的关照下,你们快乐,
不认识我和所有人,至少,
不晓得一切特殊化的友谊, 755
以及一切使个体脱离族群的
信息往来或情感交流。
无论你们住在大的社群,
年复一年,不避人类,
有固定的住处,还是住在远方, 760

---

① 海芙琳峰(Helvellyn)是湖区乃至英格兰最高的山峰,位于格拉斯米尔北部。

野外的生灵,居无定所,
随风而来,也随风而逝,
你们随心所欲——然而,
请不要这样要求,不要根据
自己的身份,在我的情感中, 765
要求从属的、低下的位置。
见证这份快乐!我刚看到鸟群
快乐地飞过天际,又看见它们
在明镜般的湖面上停息,却不是停息。
它们像小狗一样蹦跳,停不下来, 770
像羊羔一般活泼,喜不自胜,
尝试一切欢快的动作,振翅、
俯冲,用翅膀拍打被动的湖水。
我们看不清远处的它们,但是看啊!
那些在阳光下闪烁的清泉, 775
讲述着它们所做的一切,
当一个或另一个欢喜踊跃,
一阵阵银色的水花随之升起——
浪花飞溅,但更像是一场
烟花表演,在节日的夜晚, 780
淘气的男孩脚下嘶嘶作响。
这剧场的范围何其广大!
上映的全是美好的盛况
与寂静的庄严。白桦林披着
成千上万的钻石水滴,那是 785
融化了的冰霜凝结在裸枝上,
每一个节点、每一个芽苞
都有莹珠环绕,一棵树上
挂着无数的珠宝,而远方
漫山遍野、直达山顶的丛林 790
使整座山峰如同银光素裹!
看看那边那同样的景象,
再看一看这普遍的图景,
以何等深度,映在湖水深处。

预知爱的日子即将到来， 795
渡鸦的嘶鸣响彻晴空，
奇怪的声音表达着爱的和谐，
尽管它们一刻都不能安宁，
并以自己的方式恣意纵情，
然而，在这欢乐的乐队里， 800
却有一种宁静，仿佛它们
在平静的居所里平静地狂欢。
我任它们尽情欢乐，我走过，
同时想到即将到来的一年的
生活——想到漫山遍野的山花 805
还有湖面上舞动的睡莲。

那么恕我直言，只要这些存在，
就没有孤独可言：真正孤独的人，
是众人中的一个，他的眼睛注定
日复一日与既不懂也不爱的 810
事物进行着空虚的交流——
死物，对他是三倍的死寂——或更糟，
与熙攘的生活，最糟的是，与人群，
他的同类，对他来说不过
如同高空中密密麻麻的树叶 815
之于森林隐士——不，远远不如，
远远不如那带来慰藉、保护、
镇静、愉悦的事物。社会在此：
真正的社群，能将众多因素
融合于一体的最高贵的结构， 820
非此地莫属；这里有父亲般的尊严，
上帝之下，无论高低，都是一家人，
共享同一个家庭、同一座家园；
这里最适合它们，像一个洞穴般
与世隔绝，一个人兽共居的 825
群体，没有谁能侵扰它们享有
这隐居之地，它们合法的殿堂，

它们的庙宇，它们荣光的栖居地。

因此，放弃所有桃花源的梦想吧，
所有黄金时代的金色梦幻， 830
所有朦胧思想的耀眼阵势，
来自一切时间之前，或持续到
时间终结之后；那激动人心
并仍将动人的景象，当我们的目光
注视着美好的事物，并渴望远离 835
一切关于市井喧嚣的记忆——
这一切引向清明的真理；证明
大自然并没有赦免我们最爱的
这个地方，她庄严的权力
加强到极致，并向我们索取 840
不可避免的痛苦作为贡品，
痛苦因而增加，人类自己
总是忙于折磨自己。不过，
有足够的希望调和这痛苦
（还有何需求？）：我们永不会 845
因生活无趣而沮丧或悲伤，
因为欢乐就在我们身旁，
也不乏使不知满足的心灵
保持健康的东西；我们拥有
丰沛的知识与爱；我们感到， 850
这里的穹庐是多么旖丽！多么
美妙绝伦！多么无懈可击！
还有这深谷，可以与之媲美，
在其环抱之中和保护之下，
我们才得以安宁地呼吸；
而且，我们还将发现， 855
（如果我们发挥正常，如果
我们观察准确、判断公正）
这里的居民配得上其家园，
名副其实地人杰地灵。

　　　　　　若非
如此，我们充实丰盈的内心　　　　　　　　　　860
足以让今天充满喜悦，
让未来的年月充满希望——
我们美丽而安详的家园，
因一位我们深爱的来客①
更加富足，他来自我父亲的家，　　　　　　　865
永不停息的海上朝圣者，
终于在我们的屋檐下找到
片刻满足。我们爱的其他人
也来找我们，我们心爱的姐妹，
同样，还有一位心爱的兄弟，　　　　　　　　870
哲人兼诗人，在他面前，
群山无需掩饰自己的快乐。
这就是我们的财富：哦，和平之谷，
上帝让我们是且必须是欢乐的一群！

　　　但是，我们活着，绝不仅仅　　　　　　875
是为了享乐；不，必须做些什么。
我不能带着毫无自责的快乐
走在狭隘的地方，别无他想，
没有长远的责任，漠不关心。
任何生命都有职责，有些低级　　　　　　　　880
而且普通，但只要热情地履行，
一切都有价值，并且确信，
有一分播种就有一分收获。
我必须远离不明智的野心和骄慢，
然而我感到，在我的身上，　　　　　　　　　885
被赐予了一种内在的光芒，
永远不熄灭，永远不消失。
为何这内在的光芒乐于寻觅
并和外部世界交织在一起？

---

① 指的是诗人的弟弟约翰，他在1800年1月底至9月期间来访。

那些我所爱的,为何在我周围发光? 890
那些我所敬的,为何教导我?
奇怪的问题,它本身却没有答案。
那谦卑的屋顶,在树荫的掩映下,
那平静的炉火——甚至它们也不能
作答,尽管被祝福,它们却无法 895
给出令人满意的完美答案。
我拥有财富,完全属于我,
某种内在的东西,无法分享——
即使是我最亲近、最心爱的人——
唯有威力与努力才能将其传布。 900
我会将它传播,使它扩展到四方,
当我在未来的世界里永生。
即便在此世,我也不会完全消逝,
躺在尘土中被人们遗忘,
和我生命中最卑微的友伴们, 905
在死亡的坟茔中沉默与共。
一定不会这样,如果我蒙
上天教诲,有幸说出我所
体悟的人心中的人性或神性。

当我天真年幼时,一颗心 910
显然不需要温柔的时刻,
(我清楚地记得)我吞吐着
狂野的胃口和盲目的欲望,
本能的野蛮行动让我快乐,
让我兴奋。那时,没有什么 915
如此受欢迎,没有哪个诱惑
比怂恿我去冒险更令人心动。
深塘,高树,黑壑,眩目的山崖——
我喜欢打量它们,站着阅读
它们冷峻的面孔,阅读、反抗, 920
有时采取行动,更多是空想。
怀着只有它们才能超越的

强大冲动,我聆听着实际的
或勇敢寻求的危险,绝望的
事业,为坚守志向而孤军奋战, 925
或为荣誉赤手空拳以少抗多。
是啊,直到今天我依然充满
同样的渴望;即便此时此刻,
当我阅读两位勇士的故事,
他们在致命之战中势均力敌, 930
并奋战至死,我依然很高兴,
明事理的成人不该如此;我希望,
我燃烧,我挣扎,我的精神与其同在。
然而,大自然驯服我,让我寻找
其他的心动,或者安静下来, 935
大自然对我如对待一条急流——
群山的幼子,由她引领着
穿过平静的草原,它已知晓
自己的力量,拥有胜利与喜悦,
以及绝望途中的躁动与快活。 940
大自然暗中的行为使理性
得到了认可。她坚定的声音说,
"要温和,并爱所有温柔的事物;
你的荣耀与幸福就在那里。
不要害怕(虽然你信任我)缺少 945
理想,理想一直存在——要较量的
敌人,待完成的胜利,要超越的
界限,以及有待探索的黑暗。
那点燃你赤子之心的——爱,
渴望,清狂,无所畏惧的追求—— 950
依然会幸存,尽管职能改变,
它们将存在,它们无权死去。"
那么,别了,战士的行动,别了,
全部的希望,我曾长久地希望
以缪斯的气息充满英雄的号角! 955
然而,在平静的山谷,尽管我们

热爱静思,却不会无闻地度日;
一个声音将言说,主题是什么?

在孤独中沉思,思考人类,
思考自然,思考人间生活, 960
我常感到甜美的情感如音乐般
穿越我的灵魂;无论身居何方,
我将以浩繁的诗歌将其吟唱:
吟唱真理、宏大气象、美、爱、
希望——此世的以及彼岸的希望—— 965
吟唱德行品性和精神的力量,
吟唱悲难中惠临的慰藉,吟唱
在最广大普通人中传布的欢乐,
吟唱个人的心灵如何守住
其神圣不侵的幽居,①并以自身的 970
无限与同一种伟大的生命共存——
我吟唱,但求解语者,不畏知音稀!

但求解语者,不畏知音稀——诗人,
最神圣的人在祈祷。尤芮尼娅,②,
指引我,或者,一位更伟大的缪斯, 975
若她惠临大地或高居云霄!
我必须踏在如影的地面上,必须
深深沉落,再高高升起,在与
最高的天堂仅一纱之隔处呼吸。
所有的力量和恐惧,单独或结伴, 980
始终都以人的形式出现——
耶和华与他的雷霆,天使嘹亮的
合唱,还有至高无上的宝座——
我经过他们,不惊不怖不畏。
最深地狱里最黑的深渊,混沌,黑夜, 985

---

① 964～970 行局部借鉴了丁宏为的译文,参见丁宏为,《理念与悲曲》,第 2 页。
② Urania,希腊神话中掌管天文的缪斯女神。

乃至梦境挖掘的更加【　】的空穴，
也不会孕育出那种恐惧和敬畏：
它降临在我们身上，当我们洞察
自己的心灵，深入人类的心灵，
我常拜访之处，我诗歌的主要疆域。　　　　　　990
美，居住在绿色的大地上，
等候在我的步履中，当我移动，
她在我前面搭起帐篷，时刻为邻，
胜过精致的灵魂以精湛的技艺、
用大地上的材料创造的最完美的　　　　　　　995
形式。天堂，极乐世界的仙林，
幸运岛，以及远古深海中的
乐土——谁说它们只存在于
历史，或者梦中？一旦心灵
与外在的事物相爱联姻，就会　　　　　　　　1000
发现这些都是日常的产物。
早在这幸运时刻到来之前，
我将独自歌唱这支婚曲，
歌唱这伟大的完美，我将宣布——
就讲述我们本来的情况——　　　　　　　　　1005
个体的心灵（其进取力或许
并不亚于全部的人类）如何
精妙地与外在的世界契合；
同样地，多么精妙啊——
这个话题鲜为人知——　　　　　　　　　　　1100
外在的世界与心灵相契；
以及两者齐心协力完成的
创造（不能用更低的名称
称呼它）：这就是我宏大的主题。
在造访上述【　】之后，如果我不得不　　　1015
常常转向别处——行至靠近
人类群落的地方，观看
狂乱的欲焰燃出邪恶的景象；
聆听人性在田野与树林间

吹奏孤独哀婉的声响；或盘旋   1020
孵拥于悲痛汇成的汹涌
风暴之上，永远被困于
城市的垣墙——愿这些声音
发出真实的言论；纵使倾听着
它们，我也不觉得凄惨、沮丧！   1025
来吧，先知般的精神，人类的灵魂，
那广袤大地上的人性的灵魂，
在强大的诗人心中，你拥有
至高无上的殿堂。请屈尊
引领我，教我辨别和区分   1030
必然和偶然，持久与短暂，
愿我的诗永在，乃至，
愿它如天堂之光去激励
未来的人们！如果我在其中
融入更加低级的事物——通过   1035
思索对象来描述思索中的心灵
与思索者，他是谁，做些什么，
这短暂的生命看到这异象，
他在何时、何处、以何为生，
以及他生命中所有渺小的真实——   1040
愿这一切并非无益。如果这主题
【堪比】①至高的事物，那么，伟大的上帝，
你，呼吸与生命，道路与向导，
力量与觉知，愿我的生命能够
描绘一幅更美好的时代图景，   1045
更明智的渴望，更简单的举止；
以真正的自由滋养我的心灵；
愿我心地纯洁，直到终点！

---

① 原文散佚。译者根据手稿 D 补充翻译。

II. 致无声（英文）

W C, **ADDRESS to SILENCE**., Weekly entertainer or, Agreeable and instructive repository. 29 (1797:Mar.) p.199

POETRY.

For the WEEKLY ENTERTAINER.
ADDRESS to SILENCE.
[Read at a Literary Club.]

SILENCE! calm, venerable majesty:
 Guardian of contemplation and of love.
Thy voice, in marv'llous words of nature, speaks
Not to the ear, but to the eye of man;
Thy placid mien restores the ruffled heath
Or shattered forests, where the storm is past;
And calms the ocean wave without a shore.
Sometimes, when not a single leaf is wav'd;
When no mild breeze sweeps o'er the smiling vale;
When, in the lake, each undulation sleeps;
When heaven is full serene; and grove, and hill,
And mother earth are stript of herb and flower
By winter's hand, laying in deep repose
Whole islands; heav'nly musing silence reigns.

Round Iceland's coast the frozen sea its base,
Its top the sky, lit by the polar star,
Thy throne is fixt. Thy palace, now and then,
Is to the center shook, by falling rocks
Of glittering ice; or the enormous whale;
Or by the roar of Hecla's flaming mouth
Loud thundering o'er thy widely echoing realms.

Silence! I would not visit thy domains,
In north and south, for the most precious ore,
The gold and gems which Afric, Asia hold;
Or rivers wash into the eastern main:
No: Not for the sweet beauties of our earth;
Nor the proud glories of the light of day.
Sceptres and thrones, imperial crowns and stars,
Fade in the shadowy mansions of the dead,
Where Kings, lords, slaves, without distinction lie
Beneath thy sway.

 Thy peaceful sceptre scorns
The triumphs of the throng'd metropolis,
And exclamations of the multitude.
Floods; cataracts o'er precipices huge;
The mighty sounds of Ganges and of Nile,
Have not a charm for thee; nor thunder's voice,
Nor dire convulsions, which the mountains shake.
Far, far remote from noise, thy presence dwells.
The sleeping infant, and his mother's eye;
The smiling picture, and the breathless bust;

 The

200 THE WEEKLY ENTERTAINER.

The reſt of ages, and the mourner's face;
The mould'ring abbey, and the quiet grave;
The lonely tower on a deſert rock;
The ſhining valley, with the full orb'd moon,
Are thy delights: With them thou art well pleas'd.
With thee 'tis peace: Peace now; peace evermore!

Eternity of calmneſs is thy joy;
Immenſity of ſpace is thine abode;
The rolling planets own thy ſacred power;
Our little years are moments of thy life;
Our little world is loſt amid thy ſpheres.

The harmony ſerene of mind is thine;
And human thought, that wings its boundleſs way
From earth to heaven, is led through air by thee;
With ſolitude and thee our God reſides!

Huſh winds! be ſtill: Ceaſe flood! thy tedious voice,
The monotonous muſic of thy ſtreams;
Or I muſt leave you, and with ſilence ſtray
To the deep foreſt, or the deeper grave,
Where neither winds nor waves diſturb repoſe.

Yet, ſilence! let me once review the haunts
Of men. Once more let me enjoy the ſcene
Of ſocial hearts; and view ſweet friendſhip's ſmiles,
Ere I be ſeen no more!

     Then have thy ſway,
Silence!

            W. C.

For the Weekly Entertainer.
SONNET.

THE Naiads, in their oozy bow'rs,
 Form a pleaſing, lively train,
Smiling at the vernal ſhowers,
 Falling on their glitt'ring main.

Secure from care and mortal ſtrife,
 They feel not for to morrow;
But gently lead a careleſs life,
 And loſe all thoughts of ſorrow.

If man could thus ſuch pleaſure ſhare,
 When lodg'd within his ſedge crown'd cot;
And freed from all his ſtrife and care,
 Happy then would be his lot.

But woe to him was firſt conſign'd:
 'To ſeek for fortune—to be kind.

Exon, February, 1797.   M. B. Junior.

引用书目

I. 威廉·华兹华斯著作(含书信):①

Wordsworth, William. "An Address to Silence." *The Weekly Entertainer* 29 (1797): 199-200.

——. *The Excursion*. Eds. Sally Bushell et al. Ithaca: Cornell UP, 2007.

——. *The Five-Book Prelude*. Ed. Duncan Wu. Oxford, UK: Blackwell, 1997.

——. *Home at Grasmere*. Ed. Beth Darlington. Ithaca: Cornell UP, 1989.

——. *Last Poems*, *1821-1850*. Ed. Jared Curtis. Ithaca: Cornell UP, 1999.

——. *Lyrical Ballads, and Other Poems*, *1797-1800*. Eds. James Butler and Karen Green. Ithaca: Cornell UP, 1992.

——. *Poems, in Two Volumes, and Other Poems*, *1800-1807*. Ed. Jared Curtis. Ithaca: Cornell UP, 1983.

——. *The Poetical Works of William Wordsworth*. Ed. Ernest de Selincourt and Helen Darbishire. Oxford: Clarendon Press, 1940-1949. Vol. 5.

——. *The Poetical Works of William Wordsworth*. Eds. Ernest de Selincourt [and Helen Darbishire]. 2nd ed. Oxford: Clarendon Press, 1952-1972. Vol. 2.

——. *The Prelude*: 1799, 1805, 1850. Eds. Jonathan Wordsworth, M. H. Abrams, and Stephan Gill. New York: Norton, 1979.

——. *The Ruined Cottage and The Pedlar*. Ed. James Butler. Ithaca: Cornell UP, 1989.

——. "There was a Boy." MS. Sr of MS. JJ. "From Goslar to Grasmere: William Wordsworth Electronic Manuscripts". The Wordsworth Trust and Lancaster University, UK. 2 May 2009. http://collections.wordsworth.org.uk/GtoG/home.asp?page=MSJJ7.2TherewasaBoy

——. *Selected Prose*. Ed. John O. Hayden. Penguin Books, 1988.

——. *Shorter Poems*, *1807-1820*. Ed. Carl H. Ketcham. Ithaca: Cornell UP, 1989.

——. *Sonnets Series and Itinerary Poems*, *1820-1845*. Ed. Geoffrey Jackson. Ithaca: Cornell UP, 2004.

——. *The Early Letters of William and Dorothy Wordsworth*: *1787-1805*. Ed. Ernest de Selincourt. Oxford: Clarendon Press, 1935.

——. *The Letters of William and Dorothy Wordsworth*: *The Middle Years*. Vol. 1: 1806-

---

① 同一位作者的多种作品,依照字母顺序排列。书信等排在作品之后。下同。

June 1811. Ed. Ernest de Selincourt. Oxford: Clarendon Press, 1937.

———. *The Letters of William and Dorothy Wordsworth: The Later Years*. Vol. 6: 1835—1839. 2nd ed., Edited by Alan G. Hill from the first edition by the late Earnest de Selincourt. Oxford: Clarendon Press, 1982.

———. *The Fenwick Notes of William Wordsworth*. Ed. Jared Curtis. Bristol: Bristol Classical Press, 1993.

II. 其他作家作品：

Addison, Joseph. "The Pleasures Of Imagination." *Spectator*. No. 411, June 21, 1712. ECCO. Peking U Lib., Beijing, 28 Aug. 2009. ＜http://www.gale.cengage.com/DigitalCollections/products/ecco/index.htm＞.

Arnold, Matthew. *Poetry and Criticism of Matthew Arnold*. Ed. A. Dwight Culler. Cambridge, Mass.: Riverside, 1961.

Blake, William. *Complete Poetry and Prose of William Blake*. Ed. David V. Erdman, Commentary by Harold Bloom. Newly Revised Edition. New York: Doubleday, 1988.

Bonnefoy, Yveys. "A Childhood Memory of Wordsworth's", translated from French by Hoyt Rogers, *The Kenyon Review* (Spring 2010) 2: 39.

Burke, Edmund. *A Philosophical Enquiry into the Origin of Our Ideas of the Sublime and the Beautiful*. Ed. James T. Boulton. Notre Dame: U of Notre Dame P, 1968.

———. *Reflections on the Revolution in France*. Ed. J. C. D. Clark. Stanford: Stanford UP, 2001.

Lord Byron. *The Major Works*. Ed. Jerome McGann. Oxford: Oxford UP, 2000.

Carlyle, Thomas. "Characteristics." *A Carlyle Reader: Selections from the Writings of Thomas Carlyle*. Ed. G. B. Tennyson. Cambridge: Cambridge UP, 1984.

Coleridge, Samuel Taylor. *Biographia Literaria, or Biographical Sketches of My Literary Life and Opinion*. Eds. James Engell and W. Jackson Bate. Princeton: Princeton UP, 1983.

———. *The Friend*. No. 19. Thursday, December 28, 1809. Penrith, England printed and published by J. Brown; and sold by Messrs. Longman and Co., and Clement, London, 1809—1810.

———. *Lectures 1818-1819 On the History of Philosophy*. Ed. J. R. de J. Jackson. Princeton: Princeton UP, 2000. Vol. 1.

———. *Logic*. Ed. J. R. de J. Jackson. Princeton: Princeton UP, 1981.

———. *The Major Works*. Ed. H. J. Jackson. Oxford: Oxford UP, 1985.

———. *Marginalia*. Ed. George Whalley. Vol. 3. Princeton: Princeton UP, 1980.

———. *Collected Letters of Samuel Taylor Coleridge*. Ed. Earl Leslie Griggs. Vol. 1: 1785—1800. Oxford: Clarendon Press, 1956.

De Quincey, Thomas. "The Literature of Knowledge and the Literature of Power." *The Norton Anthology of English Literature*. 6th edition. Vol. 2. Ed. M. H. Abrams et al. New York: Norton, 1993.

Eliot, George. *The George Eliot Letters*. Ed. Gordon S. Haight. New Haven: Yale UP, 1954—1978. Vol. 1.

Eliot, T. S. "Matthew Arnold."*The Use of Poetry and the Use of Criticism*. Cambridge, Mass.: Harvard UP, 1933.

Godwin, William. *An Enquiry Concerning Political Justice* 1793. Introduction by Jonathan Wordsworth. Oxford: Woodstock Books, 1992.

Heaney, Seamus. *Preoccupations: Selected Prose 1968-1978*. New York: Farrar, Straus and Giroux, 1980.

——. *Opened Ground: Selected Poems 1966-1996*. New York: Farrar, Straus and Giroux, 1998.

——. *Finders Keepers: Selected Prose 1971-2001*. New York: Farrar Straus Giroux, 2002.

Jonson, Ben. *Bartholomew Fair*. Ed. E. A. Horsman. London: Methuen, 1960.

Keats, John. *Complete Poems*. Ed. Jack Stillinger. Cambridge, Mass.: The Belknap Press of Harvard UP, 1982.

——. *Selected Letters*. Ed. Robert Gittings. Oxford: Oxford UP, 2002.

Lamb, Charles. *The Letters of Charles and Mary Lamb*. Ed. E. W. Marrs. Ithaca: Cornell UP, 1976—1978. Vol. 1.

Mahon, Derek. *Selected Poems*. London: Penguin Books, 2006.

Mill, John Stuart. *Autobiography*. Ed. Jack Stillinger. Oxford: Oxford UP, 1971.

Milton, John. *The Complete Poetry and Essential Prose of John Milton*. Eds. William Kerrigan et al. New York: Modern Library, 2007.

Nietzsche, Friedrich. *The Birth of Tragedy and Other Writings*. Ed. Raymond Geuss and Ronald Speirs. Trans. Ronald Speirs. Cambridge: Cambridge UP, 1999.

Peacock, Thomas Love. "The Four Ages of Poetry."*The Norton Anthology of English Literature*. Eds. M. H. Abrams et al. 6th edition. Vol. 2.

Pope, Alexander. *The Rape of Lock and Other Poems*. Ed. Christopher R. Miller. New York: Signet Classics, 2003.

Rilke, Rainer Maria. *The Selected Poetry of Rainer Maria Rilke*. Ed. and trans. Stephen Mitchell. Intro. Robert Hass. Bilingual edition. New York: Vintage International, 1989.

Shakespeare, William. *The Riverside Shakespeare*, Eds. G. Blakemore Evans et al., 2nd edition. Boston and New York: Houghton Mifflin Company, 1997.

Shelley, Percy Bysshe. *Shelley's Poetry and Prose*. Eds. Donald Reiman and Neil Fraistat. New York: Norton, 2002.

Stevens, Wallace. *Collected Poetry and Prose*. New York: Library of America, 1997.

Whitman, Walt. *Leaves of Grass*. New York: Penguin Books, 2005.

Yeats, William Butler. *The Collected Poems of W. B. Yeats*. Ed. Richard J. Finneran. Revised 2nd Edition. New York: Scribner, 1996.

——. *The Major Works*. Ed. Edward Larrissy. Oxford: Oxford UP, 2001.

Ⅲ. 论著、论文等其他文献:

Abrams, M. H. *The Mirror and the Lamp: Romantic Theory and the Critical Tradition*. New York: Oxford UP, 1953.

——. *Natural Supernaturalism: Tradition and Revolution in Romantic Literature*. New York: Norton, 1971.

——, et al, ed. *The Norton Anthology of English Literature*. 6th edition. Vol. 2. New York: Norton, 1993.

Allen, Stuart. "Wordsworth's Ear and the Politics of Aesthetic Autonomy." *Romanticism* 9 (2003): 37—54. JSTOR.

Averill, James H. *Wordsworth and the Poetry of Human Suffering*. Ithaca: Cornell UP, 1980.

Bachelard, Gaston. *The Poetics of Space*. Trans. Maria Jolas. With a new foreword by John R. Stilgoe. Boston: Beacon P, 1969, 1994.

Bartlett, Brian. "'Inscrutable Workmanship': Music and Metaphors of Music in *The Prelude* and *The Excursion*." *The Wordsworth Circle* 3(1986): 175—180.

Barton, Anne. *Ben Jonson: Dramatist*. Cambridge: Cambridge UP, 1984.

Bate, Jonathan. *Romantic Ecology: Wordsworth and the Environmental Tradition*. London: Routledge, 1991.

Bate, W. Jackson. *John Keats*. Cambridge, Mass.: The Belknap Press of Harvard University, 1963.

Bennett, Andrew. ed. *William Wordsworth in Context*. Cambridge: Cambridge University Press, 2015.

Bernhardt-Kabisch, Ernest. "The Stone and the Shell: Wordsworth, Cataclysm, and theMyth of Glaucus." *Studies in Romanticism* 24 (1985): 455—490.

Bewell, Alan. *Wordsworth and the Enlightenment: Nature, Man and Society in the Experimental Poetry*. New Haven: Yale UP, 1989.

Bishop, Jonathan. "Wordsworth and the 'Spots of Time'." *Wordsworth: The Prelude*. Eds. W. J. Harvey and Richard Gravil. New York: Macmillan, 1972. pp. 134—154.

Blasing, Mutlu Konuk. *Lyric Poetry: The Pain and the Pleasure of Words*. Princeton and Oxford: Princeton UP, 2007.

Bloom, Harold. *The Anxiety of Influence: A Theory of Poetry*. Oxford: Oxford UP, 1973.

——. *The Visionary Company: A Reading of English Romantic Poetry*. Ithaca: Cornell

UP, 1971.

——. *Yeats*. New York: Oxford UP, 1970.

Bromwich, David. *The Choice of Inheritance: Self and Community From Edmund Burke to Robert Frost*. Cambridge, Mass.: Harvard UP, 1989.

——. *Disowned by Memory: Wordsworth's Poetry of the 1790s*. Chicago: U of Chicago P, 1998.

Cavendish, Richard. "London's Last Bartholomew Fair: September 3rd, 1855." *History Today* 55 (2005): 52. ProQuest. Peking U Lib., Beijing. 12 Jul. 2009. <http://www.proquest.umi.com>.

Chandler, James K. *Wordsworth's Second Nature: A Study of the Poetry and Politics*. Chicago: U of Chicago P, 1984.

——. "The 'Power of Sound' and the Great Scheme of Things: Wordsworth Listens toWordsworth." *'Soundings of Things Done': The Poetry and Poetics of Sound in the Romantic Ear and Era*. Ed. Susan Wolfson. *Romantic Circles*. April 2008. 9 Jun. 2008. http://www.rc.umd.edu/praxis/soundings/chandler/chandler.html.

Chase, Cynthia. "The Accidents of Disfiguration: Limits to Literal and RhetoricalReading in Book V of *The Prelude*." *Studies in Romanticism* 4 (1979): 547—565.

Close, Anthony. *The Romantic Approach to "Don Quixote."* Cambridge: Cambridge UP, 1978.

Connor, Steven. "The Modern Auditory 'I'." *Rewriting the Self: Histories from the Renaissance to the Present*. Ed. Roy Porter. London: Routledge, 1997.

Cruden, Alexander. *Cruden's Complete Concordance to the Old and New Testaments*. Eds. A. D. Adams et al. Grand Rapids, Mich.: Zondervan Pub. House, 1968.

De Man, Paul. *The Rhetoric of Romanticism*. New York: Columbia UP, 1984.

——. "Time and History in Wordsworth." *Diacritics* 4 (Winter, 1987): 4—17. JSTOR.

Donoghue, Denis. "On a Word in Wordsworth," *The Practice of Reading*. New Haven: Yale UP, 1998.

Elam, Helen Regueiro, and Frances Ferguson, eds. *The Wordsworthian Enlightenment: Romantic Poetry and the Ecology of Reading*. Baltimore: The John Hopkins UP, 2005.

Engell, James. *The Committed Word: Literature and Public Values*. University Park: The Pennsylvania State University Press, 1999.

——. *The Creative Imagination: Enlightenment to Romanticism*. Cambridge, Mass.: Harvard UP, 1981.

England, A. B. "Wordsworth's Context for Bartholomew Fair: Intimations of Burke on the Force of Material Objects." *Studies in English Literature, 1500—1900*, Vol. 30, No. 4, Nineteenth Century (Autumn, 1990): 603—616.

Esterhammer, Angela. *The Romantic Performative: Language and Action in British and*

German Romanticism. Stanford: Stanford UP, 2000.

Ferry, David. *The Limits of Mortality*. Middletown, CT: Wesleyan UP, 1959.

Finch, John Alban. "Wordsworth's Two-Handed Engine." *Bicentenary Wordsworth Studies*. Ed. Jonathan Wordsworth. Ithaca: Cornell UP, 1970. pp. 10—11.

Fletcher, Angus. *The Prophetic Moment: An Essay on Spenser*. Chicago and London: U of Chicago P, 1971.

Fosso, Kurt. *Buried Communities: Wordsworth and the Bonds of Mourning*. New York: SUNY Press, 2004.

Friedman, Michael. *The Making of a Tory Humanist: William Wordsworth and the Idea of Community*. New York: Columbia UP, 1979.

Fry, Paul H. *The Poet's Calling in the English Ode*. New Haven: Yale UP, 1980.

——. *Wordsworth and the Poetry of What We Are*. New Haven: Yale UP, 2008.

Fyler, John. "Introduction to *The House of Fame*." *The Riverside Chaucer*. Eds. Larry D. Benson et al. 3rd edition. Boston: Houghton Mifflin, 1987.

Galperin, William H. *The Return of the Visible in British Romanticism*. Baltimore: John Hopkins UP, 1993.

Gill, Stephen. "Introduction." *William Wordsworth's The Prelude: A Casebook*. Ed. Stephen Gill. Oxford: Oxford UP, 2006. 3—42.

——. *William Wordsworth: A Life* Oxford: Oxford UP, 1989.

——. *Wordsworth: The Prelude*. Cambridge: Cambridge UP, 1991.

——. "Wordsworth's Poems: The Question of Text." *Romantic Revisions*. Eds. Robert Brinkley and Keith Hanley. Cambridge: Cambridge UP, 1992.

Griffin, Robert J. "Wordsworth's Pope: The Language of his Former Heart." *ELH* 3 (Autumn, 1987): 700. JSTOR.

Hagstrum, Jean H. *The Sister Arts: The Tradition of Literary Pictorialism and English Poetry from Dryden to Gray*. Chicago: U of Chicago P, 1958.

Halmi, Nicholas. *The Genealogy of the Romantic Symbol*. Oxford: Oxford UP, 2007.

Hartman, Geoffrey. *The Fate of Reading and Other Essays*. Chicago: U of Chicago P, 1975.

——. "Reading: The Wordsworthian Enlightenment." *The Wordsworthian Enlightenment: Romantic Poetry and the Ecology of Reading*. Eds. Helen Regueiro Elam and Frances Ferguson. Baltimore: The John Hopkins UP: 2005. 29—44.

——. *The Unmediated Vision: An Interpretation of Wordsworth, Hopkins, Rilke, and Valéry*. New Haven: Yale UP, 1954.

——. *The Unremarkable Wordsworth*. London: Methuen, 1987.

——. *Wordsworth's Poetry: 1787-1814*. New Haven: Yale UP, 1964.

——. "Words, Wish, Worth: Wordsworth." *Deconstruction and Criticism*. Eds. Geoffrey Hartman et al. London: Continuum, 1979. 143—176.

Heard, W. A. "Wordsworth's Treatment of Sound."*Wordsworthiana: A Selection From Papers Read to the Wordsworth Society*. Ed. William Angus Knight. London: Macmillan & Co., 1889. 221−39.

Herman, Peter C. "*Paradise Lost*, the Miltonic 'Or,' and the Poetics of Incertitude," *Studies in English Literature, 1500-1900*. Vol. 43. No. 1. The English Renaissance (Winter, 2003): 181−211. JSTOR.

Hollander, John. *Images of Voice: Music and Sound in Romantic Poetry*. Cambridge: Heffer, 1970.

———. *The Untuning of the Sky: Ideas of Music in English Poetry, 1500-1700*. Princeton: Princeton UP, 1961.

———. "Wordsworth and the Music of Sound." *New Perspectives on Coleridge and Wordsworth*. Ed. Geoffrey Hartman. New York: Columbia UP, 1972. 41−84.

Holmes, Richard. *Coleridge: Early Visions*. London: Hodder & Stoughton, 1989.

Jacobus, Mary. *Romanticism, Writing, and Sexual Difference: Essays on "The Prelude"* Oxford: Clarendon Press, 1989.

———. *Romantic Things: A Tree, a Rock, a Cloud*. Chicago and London: The University of Chicago Press, 2012.

Jay, Martin. *Downcast Eyes: The Denigration of Vision in Twentieth-Century French Thought*. Berkeley: U of California P, 1994.

Jeffares, Alexander Norman. *A Commentary on the Collected Poems of W. B. Yeats*. Stanford: Stanford UP, 1968.

Jonas, Hans. *The Phenomenon of Life: Toward a Philosophical Biology*. Evanston: Northwestern UP, 2001.

Jones, Chris. *Radical Sensibility: Literature and Ideas in the 1790s*. London: Routledge, 1993.

MacGillivray, J. R. "An Early Poem and Letter by Wordsworth."*The Review of English Studies*. New Series. Vol. 5, 17 (1954): 62−66. JSTOR.

McDonnell, Maura. "Visual Music." 2002. 19 Apr. 2007. ＜http://homepage.eircom.bnet/~musima/visualmusic/＞.

McFarland, Thomas. *Romanticism and the Heritage of Rousseau*. Oxford: Clarendon Press, 1995.

———. *William Wordsworth: Intensity and Achievement*. Oxford: Clarendon Press, 1992.

Miller, Christopher R. *The Invention of Evening: Perception and Time in Romantic Poetry*. Cambridge: Cambridge UP, 2006.

Miller, J. Hillis. "The Stone and the Shell: the Problem of Poetic Form in Wordsworth's Dream of the Arab." *Untying the Text: A Post-Structuralist Reading*. Ed. Robert Young. Boston: Routledge and Kegan Paul, 1981.

Mitchell, W. J. T. "Visible Language: Blake's Wond'rous Art of Writing."*Romanticism and *Contemporary Criticism*. Eds. Morris Eaves and Michael Fischer. Ithaca: Cornell UP, 1986.

Moorman, Mary. *William Wordsworth: The Early Years*. Oxford: Clarendon Press, 1957.

Morkan, Joel. "Structure and Meaning in *The Prelude*, Book V." *PLMA* 87 (1972): 246—254. JSTOR.

Morris, Brain. "Mr. Wordsworth's Ear." *The Wordsworth Circle* 1(1979): 113—121.

Nancy, Jean-Luc. *Listening*. Trans. Charlotte Mandell. New York: Fordham University Press, 2007.

——. "Vox Clamans in Deserto." Trans. Simon Sparks, in *Multiple Arts: The Muses II*. Stanford University Press, 2006, pp. 38—49.

Newlyn, Lucy. *Coleridge, Wordsworth and the Language of Allusion*. 2nd edition. Oxford: Oxford UP, 2001.

O'Neill, Michael. "*Lyrical Ballads* and 'Pre-Established Codes of Decision'." *1800: The New Lyrical Ballads*. Eds. Nicola Trott and Seamus Perry. New York: Palgrave, 2001.

Owen, W. J. B. "Such Structures as the Mind Builds." *The Wordsworth Circle* 1 (Winter 1989): 29—37.

Park, Roy. "'Ut Pictura Poesis': The Nineteenth-Century Aftermath." *The Journal of Aesthetics and Art Criticism* 2 (winter 1969): 155. JSTOR.

Paulson, Ronald. *Representations of Revolution*. New Haven: Yale UP, 1983.

Picard, Max. *The Flight from God*. Trans. Marianne Kuschnitzky and J. M. Cameron. Introduction by J. M. Cameron. Note on Max Picard by Gabriel Marcel. Washington, D. C.: Regnery Gateway, 1951.

——. *The World of Silence*, Trans. Stanley Godwin. Preface by Gabriel Marcel. Washington, D. C.: Regnery Gateway, 1952.

Picker, John M. *Victorian Soundscapes*. Oxford: Oxford UP, 2003.

Potkay, Adams. *Wordsworth's Ethics*. Baltimore: The John Hopkins UP, 2012.

Reed, Mark L. *Wordsworth: The Chronology of the Early Years, 1770-1799*. Cambridge, Mass.: Harvard UP, 1967.

——. *Wordsworth: The Chronology of the Middle Years, 1800-1815*. Cambridge, Mass.: Harvard UP, 1975.

Rodis-Lewis, Genevieve. "Descartes's Life and the Development of His Philosophy." *The Cambridge Companion to Descartes*. Ed. John Cottingham (Cambridge: Cambridge UP, 1992. pp. 21—57.

Roe, Nicholas. *The Politics of Nature: William Wordsworth and Some Contemporaries*. 2nd ed. New York, N. Y.: Palgrave, 2002.

——. *Wordsworth and Coleridge: The Radical Years*. Oxford: Clarendon Press, 1988.

Sabin, Margery. *English Romanticism and the French Tradition*. Cambridge, Mass.: Harvard UP, 1976.

Schaffer, R. Murray. *Soundscapes: Our Sonic Environment and the Tuning of the World*. Inner Traditions Bear and Company, 1999.

Simpson, David. *Romanticism, Nationalism, and the Revolt against Theory*. Chicago: U of Chicago P, 1993.

Smith, A. C. *A Study of Wordsworth*. Edinburgh: Oliver and Boyd, 1944.

Smith, J. Mark. "'Unrememberable' Sound in Wordsworth's 1799 *Prelude*." *Studies in Romanticism* 42 (2003): 501—518.

Smyser, J. W. "Wordsworth's Dream of Poetry and Science: *The Prelude*: V." *PLMA* 71 (1956): 270—271. JSTOR.

Szendy, Peter. *Listen: A History of Our Ears*. Trans. Charlotte Mandell. New York: Fordham University Press, 2007.

Temple, William. *Nature, Man and God*. Whitefish: Kessinger Publishing, 2003.

Thomas, Sophie. *Romanticism and Visuality: Fragments, History, Spectacle*. New York: Routledge, 2008.

Vendler, Helen. *The Music of What Happens*. Cambridge, Mass.: Harvard UP, 1988.

Von Erhardt-siebold, Erika. "Harmony of the Senses in English, German and French Romanticism." *PLMA* 2(1932): 577—592 (577—578).

Weiskel, Thomas. *The Romantic Sublime: Studies in the Structure and Psychology of Transcendence*. Baltimore and London: The John Hopkins UP, 1976.

Wolfson, Susan, ed. *'Soundings of Things Done': The Poetry and Poetics of Sound in the Romantic Ear and Era*. Romantic Circles. April 2008. 9 Jun. 2008. <http://www.rc.umd.edu/praxis/soundings/chandler/chandler.html.>

Woof, Robert. Introduction. *Wordsworth's Hawkshead*. By T. W. Thompson. Ed. Robert Woof. London: Oxford UP, 1970. xi—xx.

Wordsworth, Jonathan. *The Music of Humanity: A Critical Study of Wordsworth's "Ruined Cottage"*. London: Nelson, 1969.

Wu, Duncan. *Wordsworth: An Inner Life*. Malden: Blackwell Publishing, 2002.

——. *Wordsworth's Reading 1770-1799*. Cambridge: Cambridge UP, 1993.

Ⅳ. 中文文献:[①]

《圣经》,中国基督教三自爱国运动委员会和中国基督教协会印行。

但丁:《神曲·天国篇》,田德望译,人民文学出版社2001年版。

约瑟夫·艾迪生等:《伦敦的叫卖声》,刘炳善译,三联书店2013年版。

威廉·华兹华斯:《序曲:或一位诗人心灵的成长》,丁宏为译,中国对外翻译出版公司1999年版。

[①] 大致依照作者的生平年代顺序排列。译著排在论著前面。

黑格尔:《美学》,朱光潜译,商务印书馆1997年版。第三卷上册。
斯蒂芬·茨威格:《昨日的世界:一个欧洲人的回忆》,舒昌善译,三联书店2010年版。
谢默斯·希尼:《希尼诗文集》,吴德安译,作家出版社2000年版。
伊夫·博纳富瓦:《诗歌有它自身的伟大》,树才译,载《读诗》(长江文艺出版社)2011年第2卷,第219~221页。
丹尼尔·李布斯金:《破土:生活与建筑的冒险》,吴家恒译,清华大学出版社2008年版。
莫里斯·布朗肖:《文学空间》,顾嘉琛译,商务印书馆2005年版。
李赋宁主编:《欧洲文学史》,商务印书馆1999年版。第一卷。
丁宏为:《理念与悲曲——华兹华斯后革命之变》,北京大学出版社2002年版。
——.《模糊的境界:关于浪漫文思中的自然与心灵图谱》,载《国外文学》2003年第3期,第19~24页。
——.《真实的空间:英国近现代主要诗人所看到的精神境域》,北京大学出版社2013年版。
潘公凯:《现代艺术的边界》,三联书店2013年版。
耿幼壮:《倾听:后形而上学时代的感知范式》,北京大学出版社2013年版。

后　记

　　有三个人,我始终分不太清。他们分别是华兹华斯、我的导师丁宏为教授和我的父亲。无论在相貌上还是气质上,丁老师都很像三十五岁时的华兹华斯,而晚年的华兹华斯,特别是他低头沉思的样子,则像极了我的父亲,这一点也得到了母亲与好友们的肯定。即使不完全在血缘上,那么至少在精神和思想上,我们之间的联系也是非常深密的,我受惠于这三个人的帮助也是深远的。

　　我和华兹华斯的最初"交往"可以追溯到大学时期。大三的时候,系里举办英语朗诵比赛。我选读的作品是华兹华斯的诗《一段沉睡封存了我的灵魂》("A Slumber did My Spirit Seal"):

　　　　一段沉睡封存了我的灵魂,
　　　　我没有凡人的恐惧:
　　　　她仿佛一个没有感觉的东西,
　　　　不受尘世岁月的牵制。

　　　　如今她不移动,也无力量,
　　　　听不见,也看不到,
　　　　与岩石、顽石、树木一起,
　　　　随地球的自转而动。

那时,我好像很羡慕这种不为外物所动的能力,尽管这首诗写的可能是死亡。我也喜欢华兹华斯朴素的语言和平静的语调,喜欢他"天然去雕饰"的风格。此后,我接触到华兹华斯更多的诗作,尤其喜欢长诗《序曲》,初读便觉似曾相识,兴奋得觉得这仿佛就是我写的。深入的阅读教给我的却是感动的能力。这种感动无需外界强烈的刺激,而是源自最普通最平凡的具体生活,它依赖一颗敏感的心灵,但更需要深厚的同情,以至于"那盛开的最卑微的小花也能/带给我泪水所不及的深刻思想"。

　　后来,丁老师成为我博士期间的导师。当时,丁老师身为系主任,非常忙碌，却丝毫没有减少对我的指导。他会抓紧利用仅有的午休时间，请我到学生食堂共进午餐，谈论学习情况，在人群嘈杂之中，我们都要放大声音；也会在周末请我到家中，畅叙写作与人生。我有一个小本子，题为"The Milky Door"（乳白色的门），记录着每一次拜访丁老师的收获，因为他家的每一扇门都是乳白色的，洁净，像乳汁一样给予滋养，并通往一个银河（the Milky Way）般宏阔的精神空间：

> 2006年10月26日
> 写东西要明快，不要抽象，缺乏具体的支撑就不要写，但也不要琐碎。……理解华兹华斯这样的诗人很难，需要深切的体认，从诗人本身的秉性去体悟，一般的评论是难以企及的……评论文学作品，切忌与文学为敌，切忌俗见。

> 2007年2月4日，丁老师家。
> Honesty is the best policy. 要简单、诚实。我们往往忽略了生活中一些最简单的道理、交流方式，使得我们往往缺乏生机、自由意志和朝气。
> 博士论文就是讲清楚一个问题，要学会收拢，不要扩大，有时候，舍比取更重要。

> 2009年12月2日，毕业前夕。
> 既肯定已经取得的进步，同时也要保持心平气和、谦虚的心态，不能骄躁、狭隘，要准备好平心面对一切挫折、困难。学会合作。对于外界的做法、态度，要有自己冷静的判断，不要随波逐流。

> 2010年1月19日，即将工作。
> 对自己的认识、标准要调整。将过去归零。要成熟起来。要以他人利益为先，任劳任怨，关心学生。讲课时要有平衡感。诗歌课要引起学生的兴趣，产生启蒙的作用。诗歌不是分析对象、研究对象，理解尚且不易，何言解析、甚至解构。
> ……

在这本博士论文即将出版之际，距我成为丁老师的学生已有十余年了。但他给我的教导却是受益终身的。母校北京大学也即将迎来120周年华诞。

谨以此书作为对母校和老师们的微薄回报。

最后要感谢的是我的家人。爸爸是我最早的英语老师。在他教我说话、认字的时候,他写了很多卡片,有汉字,也有英文,嘴里念道:"跟我学……"现在回忆起来,这些卡片仿佛一粒粒语言的种子,在我生命之初就播种下对文字的挚爱。如今,爸爸却跟我学。我做什么,他也做什么。看到我翻译诗歌,他也提起笔来,热忱地投入译诗乐事。每当我从外地返回家中,他就"呈上"厚厚的译稿,让我检查是否正确。听妈妈说,这些铅笔的译稿,爸爸反复修改了好多遍,还熬夜赶在我回家前完成。但我缺乏耐心,草草提出一些修改意见。爸爸又认真地查阅字典、修改,最后用钢笔誊清一遍。妈妈虽不译诗,但也效仿我们,竟给我写了一首很长的诗……我想,最朴素的爱就是相互模仿、追随吧。

小时候,我喜欢投稿,总让爸爸帮我"算算"能不能发表。每次,他都说"能"。但他算得并不准。我还记得常对他说:"我以后不想工作,我要当一位作家。"他想了想,答应我说:"好!你可以试一试。我能供养你生活。但是靠写作为生是很清贫的。如果有一天,你坚持不下去了,想工作了,那就再找工作。"虽然我现在不是作家,并且有一份稳定的工作,但我始终怀有童年的梦想,父母的支持是维持这份梦想的充足养分。

所以,我要把这本小书送给我的父母,我的第一本书,童年梦想的第一个果实。

2018 年立春,剑桥